로열로더 4

초판 1쇄 인쇄일 2015년 1월 27일 ∣ **초판 1쇄 발행일** 2015년 1월 29일

지은이 이희호 ∣ **펴낸이** 곽중열 ∣ **담당편집 팀장** 이범수
편집부 신연제 이윤아 김호성 김은경

펴낸곳 (주)조은세상 ∣ 출판등록 제 2002-23호
주소 경기도 연천군 미산면 청정로 1355
TEL 편집부 02)587-2966 ∣ FAX 02)587-2922
e-mail bukdu@comics21c.co.kr

ⓒ이희호 2014
ISBN 979-11-5512-940-1 ∣ ISBN 979-11-5512-809-1(set) ∣ 값 8,000원

NEO FUSION FANTASY STORY

CONTENTS

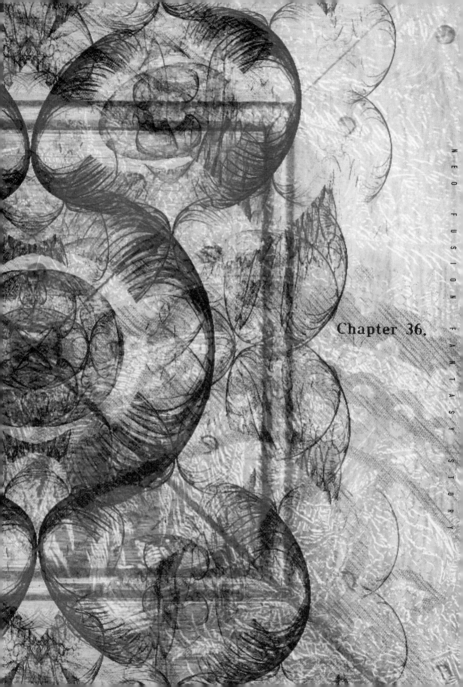

Chapter 36.

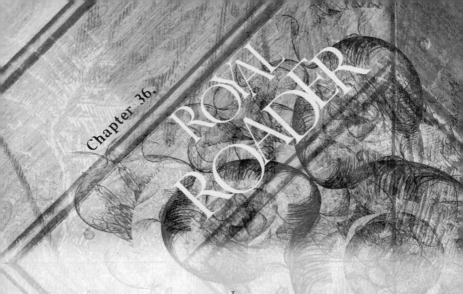

Chapter 36.

ROAL ROADER

I

꿀꺽.

제닌은 마른 침을 삼켰다.

'움직이면… 죽는다.'

조금이라도 움직이면 사방을 포위한 오러의 검들이 날
아들 것이다. 단순히 그뿐이 아니었다. 오러의 검은 화살
처럼 쏘아지면 끝인 게 아니라, 여인이 마음먹은 대로 방
향을 틀 수도 있었다.

뱀처럼 꿈틀거리며 공중을 날아다니는 하나는 그것을
설명하기 위함으로 보였다.

몸이 굳어 제대로 움직여지지 않았다. 알 수 없는 끈끈
한 거미줄 같은 것이 온몸을 칭칭 옭아맨 듯한 느낌이었

다.

갑자기 품 안이 허전한 느낌이 들었다. 그와 동시에 눈앞에 작은 등이 나타났다.

'마리?'

양팔을 활짝 벌린 마리는 제닌의 앞을 막아선 모습이었다.

"아빠는! 내가 지켜!"

"어머! 귀여워라!"

에르네스는 흥미롭다는 얼굴로 마리를 바라보았다.

"그런데 아가야, 그거 아니? 그러다가 네가 죽으면, 그 아빠라는 사람이 무지무지 슬퍼할 거란 사실?"

"크윽! 그만!"

제닌은 잘 움직여지지 않는 입을 벌려 소리쳤다. 팔을 뻗어 마리를 잡으려 했으나, 팔이 제대로 움직여지지 않았다.

'빌어먹을!'

이가 깨지도록 악물며 팔에 힘을 보냈다. 안간힘을 짜낸 끝에 부들부들 떨리는 팔로 마리를 잡을 수 있었다. 제닌은 마리를 그대로 끌어와 품에 안았다.

"허억! 허억!"

고작 팔 하나 움직였을 뿐인데, 숨소리가 거칠어졌다. 실제로 시야 왼쪽 위의 생명력 막대가 눈에 띄게 줄어 있었다.

"원하는 게… 뭡니까?"

간신이 쥐어짜 낸 목소리에 에르네스의 얼굴에 김빠진 듯한 표정이 떠올랐다.

"쳇! 재미없네."

에르네스는 입술을 삐죽거리며 손을 휘저었다. 그러자 공중에 둥둥 떠있던 오러의 검들이 순식간에 사라졌다. 그와 동시에 제닌은 몸의 자유를 얻었다.

"다들 나가지?"

에르네스의 목소리에 우당탕거리는 소리가 일어났다. 바닥에 엎드려 또는 테이블 밑에 숨은 채 눈치만 살피던 사람들이 허겁지겁 도망친 탓이었다.

"거긴 안 나가? 내 말을 들으면 내일 해를 보기 어려울 텐데?"

"아! 예, 예! 나, 나가겠습니다!"

휘둥그레진 눈으로 부리나케 나가는 주인을 끝으로 당사자를 제외한 모든 이가 사라졌다.

"이젠 좀 믿고 싶어 졌어?"

에르네스가 물었다.

오늘은 대화만 하러 왔다는 말. 이제는 믿어야만 했다. 그녀의 말마따나 내일 뜨는 해를 다시 보고 싶다면 그럴 수밖에 없었다.

'소드 룰러……. 이런 괴물이었다니. 엑셀시어하고는
아예 차원이 달라.'

아예 싸울 마음 자체가 생기지 않을 정도의 강자였다.
또한, 싸워봤자 돌아오는 건 확실한 죽음뿐이었다.

특히 몸을 거미줄처럼 옭아매 움직임을 방해하는 기술
에는 딱히 해결책이 없었다. 조금 전만 해도 그녀가 풀어
주지 않았다면 제닌은 여전히 부들거리며 몸을 움직이고
있었을 터였다.

'익스플로젼 스톤을 쓰면 어떨까?'

통하면 좋겠지만, 확신할 수 없었다.

허공에 오러의 검을 생성해내는 소드 룰러의 능력이라
면 그에 상응하는 방어 기술 또한 없으리라는 보장이 없었
다.

'정말 최후의 순간이 닥친다면 사용해야겠지만.'

꺼려지는 것은 분명했다. 게다가 익스플로젼 스톤은 상
대뿐만 아니라 제닌 자신도 위험하게 만드는 물건이었다.

제닌은 천천히 고개를 끄덕이며 긴 한숨을 내쉬었다. 그
리고 입을 열었다.

"믿어야지요. 다른 사람도 아닌, 검의 지배자께서 하신
말씀인데요."

"한번 아까처럼 빈정거려보지? 왜? 까불다 죽을까 봐
겁나?"

"당연히 겁이 나지요."

제닌은 마리를 안은 팔에 힘을 주었다. 자신이 겁먹은 게 아니라, 마리를 위해서 그런 거라는 의미였다.

너무 밀리는 것 같아 핑계를 댄 셈이었는데, 에르네스는 그것을 정확히 읽었는지 피식 웃음을 터뜨렸다.

"꼴에 남자라고……."

"아빠입니다."

"인간도 아닌 것의 아빠 노릇을 한다고? 홋! 그것도 재밌겠는데? 하긴, 저것과 인간 사이에서 나중에 뭐가 태어날지 기대해 보는 것도 좋겠는데?"

에르네스의 말은 또 한 번의 충격을 주었다. 뒷말보다는 마리가 인간이 아닌 것을 알아본다는 사실이 그의 마음을 흔들었다.

눈을 둥그렇게 뜨고 있는 제닌에게 그녀가 다시 물었다.

"그걸 어떻게 알았느냐고? 알려줄까?"

제닌은 고개를 가로저었다.

굳이 알 필요가 없었다. 본래의 모습이 어쨌든, 그는 이미 마음으로 마리를 가족으로 받아들이고 있었다.

"쳇! 정말 재미없어졌는데? 뭐, 재미없어지게 한 대가로 말해주지. 마나가 달라. 몸속에 있는 마나가 흐르는 통로가 다르다고."

'마나가 흐르는 통로가 다르다고?'

제닌은 처음 듣는 말이었다. 말을 듣기 전에는 그런 개념 자체를 몰랐었다. 그러나 듣고 나니 어떤 생각이 머릿속에 떠오를 듯 말 듯했다.

"하! 대단한 배짱인데? 감히 적을 눈앞에 두고도 딴생각을 해?"

에르네스의 목소리는 제닌의 머릿속에 떠올랐던 생각들을 순식간에 지워냈다. 아쉬운 감정이 피어올랐으나, 그녀의 말대로 지금은 다른 생각을 할 때가 아니었다.

"저에게 원하시는 게 있으십니까?"

자신의 정체를 알면서도 굳이 살려둔다는 것은, 원하는 것이나 바라는 행동이 있다는 의미였다.

"바로 본론으로 들어가자는 말이지?"

에르네스의 물음에 제닌은 고개를 끄덕였다.

"그 전에 한 가지 전제가 필요한데. 가르타스를 말라비틀어지게 한 것, 네 솜씨지?"

제닌은 부정하려 했으나, 에르네스가 날카로운 표정으로 그를 쏘아보았다.

"그건 별로 좋지 않을걸? 그럼, 쓸모없어지니까."

지금 상황에서 쓸모없어진다는 말은 곧, 죽인다는 말과 다름없었다.

'빌어먹을 년!'

제닌은 상대가 원하는 대로 빌빌거리며 맞춰주는 이런

상황 자체가 마음에 들지 않았다. 그는 이를 악물며 고개를 끄덕였다.

"그렇습니다."

"표정은 좀 풀고. 꼭 부모한테 혼나는 어린아이 같잖아?"

제닌은 가슴 속에서 뭔가가 끓어오르는 기분이 들었지만, 꾹 눌러 참았다.

"뭐, 상황은 비슷하지만. 어쨌든, 계속 그렇게 해줬으면 해. 이 나라 전체를."

"그 말씀은……."

"그렇게 수위를 넘으려 들면 곤란한데?"

제닌은 '반란'이라는 말을 꺼내려 했으나, 에르네스의 싸늘한 일갈에 막혔다.

어쨌든 상대의 의도는 분명해 보였다.

제국을 혼란스럽게 만들고, 그 틈을 타 제도에 있는 황제를 친다.

제닌 역시 목적은 달랐지만 비슷한 것을 계획했었다. 그는 혼란스러움을 틈타 전쟁을 끝낼 생각이었다.

비록 서로 목적은 달랐으나, 그것을 이루는 데 필요한 것은 같았다.

제국의 혼란.

'내가 원하던 일이기는 하지만.'

자신이 주도적으로 계획한 일과, 남에게 떠밀려 하는 일은 기분 자체가 달랐다.

"어차피 너도 바라는 바였잖아. 이미 하는 중이었고. 난 그저 네가 날뛰기 좋게 자리를 깔아준 것뿐이야. 안 그래?"

상대의 말에 뭔가 말리는 느낌이었으나, 사실이 그러했기에 제닌은 고개를 끄덕였다.

"산맥 아래는 네가 가져."

"그, 그게 무슨?"

"훗! 이미 그럴 생각이었으면서 아닌 척을 해? 우리 사이에 더 감출 것이 남았던가?"

산맥 아래를 가지라는 말. 이는 제닌에게 왕이 되라는 말과 다름없었다.

여전히 당황한 듯한 제닌의 표정에 에르네스는 눈매를 가늘게 좁히며 그를 바라보았다.

"어머! 정말 아니었어?"

"그런 귀찮은 일을 떠맡을 생각은 없었습니다. 그냥 조그마한……."

제닌은 정말 왕이 될 생각이 없었다. 그러나 왠지 순순히 인정하면 상대에게 얕잡아 보일 것 같아 억지로 가져온 핑계였다.

"푸훗!"

에르네스가 입을 가리며 웃음을 터뜨렸다.

"그러고 보니 귀여운 구석이 있었네."

'귀, 귀엽다니! 나이 차이가 얼마나 난다고!'

생전 처음 들어본 말에 제닌의 얼굴은 붉게 달아올랐다. 그러나 이내 의문이 들었다.

'그런데 정말 젊을까? 소드 룰러가 저런 젊은 나이에 이룰 수 있는 경지였던가?'

제닌은 에르네스와 대화를 나누는 내내 약간의 위화감 같은 것을 느꼈다.

조금 더 고민하려 할 때였다.

딱!

경쾌한 소리와 함께 이마에 격통이 일었다.

"크윽!"

신음을 흘리며 앞을 바라보자, 싸늘한 표정을 머금은 에르네스의 얼굴이 보였다. 말아쥔 검지가 조금 전 제닌이 느낀 이마의 통증을 설명했다.

'무서운 년.'

그저 손가락을 튕기는 것만으로 공간을 격하고 이마를 때린 것 같았다.

"왠지, 불손한 생각을 하는 것 같은데. 거기까지만 하지?"

항변하고 싶었으나, 고작 궁금증 하나 해결하고자 목숨 거는 취미는 제닌에게 없었다.

"그저 조그마한 영지에 소중한 사람들 모아 놓고, 알콩달콩 살고 싶다는 말이었겠지?"

"그렇습니다."

사실이었기에 제닌은 선뜻 대답했다. 하지만 돌아온 것은 혀를 차는 소리였다.

"머리는 제법 똑똑한 것 같은데, 생각이 어리네. 딱, 그 나이 수준이야."

제닌은 대꾸하지 않았다. 기분이 나쁘기도 했지만, 그보다는 자신이 놓치고 있는 부분이 무엇인지를 생각하느라 여념이 없었다.

열심히 고민한 끝에 제닌은 한 가지 결론에 도달할 수 있었다.

"싫어도 할 수밖에 없겠군요."

"호홋! 역시 머리는 좋다니까. 생각 같아서는 몇 년 정도 옆에 끼고 가르치고 싶을 정도야."

"마음은 감사하나, 정중히 사양하지요."

"넌 이미 오우거의 머리 위에 올라선 상태야. 잡아먹히기 싫으면 별수 있나? 오우거의 목을 칠 수밖에."

에르네스는 전쟁이 끝난 후를 이야기하고 있었다.

솔직히 제닌도 생각해보지 않은 것은 아니었다.

그는 어디선가 갑자기 굴러 온 돌멩이였다.

전쟁으로 공을 세우기는 했으나, 기득권을 쥐고 있던 귀족들에게는 눈엣가시 같은 존재일 터였다.

특히 이미 그에게 자금을 강탈당한 귀족들이 이미 적으로 있었고, 또한 원래 라테스 성과 그 주변을 다스리던 귀족들 역시 적이 되었을 것이다. 결과적으로 제닌이 그들의 것이었던 영지를 차지한 셈이었기 때문이다.

거기에 더해 지금은 전격적으로 밀어주고 있는 아스트 백작과 국왕도 문제였다.

만약 제닌이 전쟁을 끝내고 왕국을 좀먹던 귀족들까지 모두 정리하면, 과연 국왕이 그의 어깨를 두드리며 수고했다고 할까?

답은 이미 나와 있었다.

권력을 쥔 자는 그것은 결코 다른 이와 나눌 생각이 없다는 공통점을 가지고 있었다.

여러 가지로 복잡한 문제들이 얽혀있어 일단 당면한 과제부터 해결하고 난 뒤로 미뤄 두려 했었다.

전쟁의 끝.

하지만 생각해보니 마냥 미뤄두고 있다가는 언제 뒤통수를 맞을지 모를 일이었다.

"좋은 가르침을 받았군요."

제닌은 에르네스를 향해 살짝 고개를 숙였다.

"어머! 솔직하기까지! 이거 갈수록 마음에 들어서 어쩌지?"

'나는 네년이 전혀 마음에 들지 않거든?'

이 말이 목구멍까지 치솟았으나, 억눌렀다. 굳이 말 한 마디에 목숨 걸고 싶지는 않았다.

"그 불손한 표정만 아니면 더 좋겠는데 말이야."

제닌은 황급히 표정을 풀었다.

"이곳에 온 원래 목적은 뭐였어?"

"솔직히 말씀드려도 됩니까?"

"거짓말하거나 얼버무리는 것보다는 낫지."

"당신을 죽이려고 왔습니다."

제닌의 말에 에르네스는 입을 떡 벌렸다.

"세상에! 그렇다고 정말 그걸 대놓고 말해?"

"이미 알고 계셨지 않습니까? 그래도 놀라는 표정을 이 끌어 냈으니, 성공했네요."

"어우! 정말 갈수록 마음에 드는데! 이걸 어쩌지?"

"안타깝지만, 저는 사양하겠습니다. 혹시 더 하실 말씀 있으십니까?"

비록 상황은 마음에 들지 않았지만, 결과는 나쁘지 않았다. 제닌은 그저 이곳을 무사히 빠져나갈 수 있다는 것만으로도 만족했다.

"떠나기 전에, 여기도 좀 흔들어."

"진심이십니까?"

"단, 절반은 내 몫. 그거면 돼."

흔들라는 말은 가르타스에서 했듯이 이곳의 물자를 말리라는 의미였다.

'상단과 별로 사이가 좋지 않은가? 아니면 의심을 피하기 위함인가?'

어쨌든 자신에게도 떨어지는 것이 있는 일이었기에 제닌은 흔쾌히 승낙했다.

"60%를 드리지요."

제닌의 대답에 에르네스가 미소 띤 얼굴로 일어섰다. 그리고 제닌을 향해 손을 내밀었다.

"다시 만날 때는, 협곡이겠네?"

의미심장한 말이었다.

섬뜩한 말이기도 했다. 만약 모든 일이 두 사람이 뜻한 대로 이루어지면 에르네스는 에이서스 제국의 황제가 되고, 제닌은 크라인 왕국의 국왕이 된다. 그런 두 사람이 협곡에서 만날 일은 한 가지 이유뿐이었다.

전쟁.

'역시, 무서운 년이었어.'

제닌은 생각과 달리 부드러운 미소를 머금은 채, 그녀의 손을 맞잡았다.

"꼭, 거기서 뵙도록 하지요."

그의 미소 속에는 다시 만날 때에는 소드 룰러도 씹어먹을 레벨과 실력을 갖추리라는 다짐이 담겨 있었다.

"그런데 하나만 물어봐도 됩니까?"

"곤란한 질문이면 대가를 치러야 할 텐데?"

"그럼 그만두지요."

"포기가 너무 빠른 것 아니야? 남자라면 위험을 무릅쓰고라도 도전해야지."

'왜? 하려다 그만두니까 궁금해지지?'

차라리 처음부터 말을 하지 않았으면 모를까, 말을 꺼내놓고 접으면 궁금해할 수밖에 없는 게 사람 심리였다. 제닌은 그것을 노렸다.

"해 봐."

제닌은 에르네스의 허락이 떨어지자마자 기다렸다는 듯 물었다.

"이유가 뭡니까? 어차피 저에게 바라는 게 제가 하던 대로 하는 거였다면, 굳이 제 앞에 나타날 이유가 없었을 텐데요."

"글쎄. 왜일까?"

에르네스는 의미심장한 눈빛으로 되물었다.

'나에게 경각심을 주기 위해서? 함부로 날뛰지 못하도록? 그런데 내가 제국을 흔들기를 바라면서 굳이 그럴 이유가 없잖아. 그게 아니라면 단순한 흥미? 호기심? 그게 말이 되나?'

제닌은 슬쩍 에르네스의 얼굴을 살펴보았다. 재미있다

는 표정으로 자신을 바라보고 있었다.

"지금 네가 생각하는 딱 그거야."

'아주 가지고 놀려고 드네. 이걸 확 뒤집어 버릴 수도 없고!'

가슴 속에서 화가 치밀어 올랐으나 차마 표현할 수 없다는 게 한이었다.

"왜? 화나?"

"아니, 화가 나는 건 아니지만……."

"딱 그거라니까. 아랫사람에게 엄청나게 날뛰는 놈이 있다는 정보를 들으니, 나도 모르게 한번 만나 보고 싶었다고 할까?"

'호기심이라고 말하는 건가? 정말, 단순히 그 때문에?'

"게다가 내 덕분에 큰 걱정거리 하나를 덜었잖아. 아무 피해 없이 요새 하나를 먹은 건데. 너한테는 좋은 일 아닌가?"

'이게 더 이해할 수 없단 말이지. 결과적으로 적이 될 사람을 키워준다는 건데.'

제닌의 얼굴이 굳어졌다.

'이건 날 아주 우습게 본다는 소리잖아?'

언제든 마음만 먹으면 찍어낼 자신이 있다는 말과 다름 없었다.

"그럼, 잘해줄 거라 믿겠어. 화난다고 괜히 우리 애들 괴롭히지 말고. 여기 있는 동안은 졸졸 따라다닐 테니까. 알았지?"

말투는 밝았지만, 내용은 협박이었다.

'조용히 상단만 털고 빠지라는 말인가?'

에르네스는 제닌의 어깨를 두드린 후, 여관을 빠져나갔다. 그와 더불어 여관 주위를 둘러쌌던 붉은 점들이 몇 개만 남기고 사라졌다.

빠득!

제닌의 잇새에서 섬뜩한 소리가 새어나왔다.

'빌어먹을! 기분이 아주 뭣 같은데?'

왠지 모르게 농락당한 기분이 들었다. 실제로 손해 본 것은 없었지만, 정신적으로는 커다란 손해였다.

'후우! 참자. 참아. 비록 지금은 내가 납작 엎드렸지만, 다시 만날 때, 납작 엎드리게 해주면 되잖아?'

한숨을 내쉬며 마음을 다잡을 때, 품 안에서 들썩거림이 느껴졌다.

비록 소드 룰러의 압도적인 힘에 당당하게 맞섰지만, 무섭고 두려웠을 터였다. 상대가 사라지자 비로소 참아왔던 울음이 터진 것이었는데, 그것을 제대로 터뜨리지도 못하고 소리 죽여 흐느끼고 있었다.

그런 마리의 모습에 제닌은 괜스레 코끝이 찡해왔다.

'기특한 녀석.'

자신조차 꼼짝 못한 상대 앞에서 마리는 당당하게 나섰다. 죽음을 무릅쓴 행동임을 알기에 더욱 그것이 애틋하게 느껴졌다.

"내가 딸 하나는 정말 잘 얻었지."

제닌은 나지막하게 중얼거리며 마리를 안은 팔에 힘을 주었다. 들썩임이 조금씩 잦아들었다.

II

- 띠링!

[음모 '후작의 암살'에 실패했습니다.]

'아! 이것도 있었지.'

[음모]는 그가 흑막으로 전직한 후 얻은 스킬로 정체를 감추고 여러 사람에게 영향을 주는 일을 할 경우, 추가 경험치를 얻는 일을 가능하게 해주는 스킬이었다.

음모는 세 개까지 설정할 수 있었는데, 제닌은 프라덴 영지에 오면서 '후작의 암살'을 음모로 설정해 둔 상태였다.

'아쉽지만 어쩔 수 없지. 후작의 암살 음모를 삭제한다.'

[음모 '후작의 암살'이 삭제되었습니다. 다른 음모를 설정하시겠습니까?]

'아니. 지금은……. 잠깐!'

불현듯 하나의 생각이 머리를 스쳤다.

'이거, 많은 사람에게 영향을 줄수록 얻게 되는 추가 경험치가 많다고 했었지?'

제닌의 두뇌가 급속도로 회전하기 시작했다. 어느새 그의 입가에는 진한 미소가 감돌고 있었다.

한참이 지난 뒤, 제닌은 생각을 마쳤다.

"됐어!"

스킬 창을 확인하는 그의 얼굴에는 환한 미소가 떠올라 있었다.

[음모 '제국의 반란']

- 제국을 혼란스럽게 만들어 동조자가 반란을 일으키고, 황위를 찬탈하는 것을 돕는다.

[음모 '왕국의 혁명']

- 썩은 귀족을 도려내고, 무능한 국왕을 몰아내 왕위를 찬탈한다.

[음모 '프라덴 영지의 혼란']

- 프라덴 영지의 물자를 고갈시켜 거주민의 혼란을 유도한다.

'솔직히 제국의 반란과 왕국의 혁명은 도박이야. 하지만 확률이 낮은 도박일수록 크게 따는 것 아니겠어?'

확률도 낮았지만, 허점도 있었다.

'과연 프라덴 후작을 동조자로 인정하느냐도 문제고, 또 설사 그렇다 해도 내가 한 일이 그 일에 얼마만큼의 영향을 줄까 하는 점도 걸리지.'

걸리는 점이 많았으나, 그 모든 것을 극복하는 것은 성공했을 때의 보상이었다.

'제국의 인구는 적어도 수천만 이상. 황제를 바꾸는 것은 이들 모두에게 영향을 주는 일이야. 중요한 건, 추가 경험치가 얼마만큼의 비율로 적용되느냐 하는 점인데…….'

제닌은 산뜻한 미소를 베어 물었다.

'그건 이제부터 알아보면 되겠지.'

Ⅲ

일주일.

제닌이 프라덴 영지의 물자를 말리는 데 소모된 시간이었다. 그는 각 상단의 창고를 털고, 유입되는 물자를 중간에서 빼돌리는 등, 가르타스에서 했던 일을 그대로 반복했다.

그러자 식량과 필수품의 가격이 천정부지로 치솟기 시작했다. 그와 더불어 물가를 올린 상인들에 대한 원망 또한 덩달아 치솟았다.

'아! 그런 거였나? 혼란이 극에 달했을 때, 물자를 풀어 충성도를 끌어 올리는 계획?'

한발 늦은 깨달음이었다.

'하긴, 반란을 일으켜도 무조건 뒤를 따를 사람들이 필요할 거야. 그런데……. 그렇다면 후작 그 여자도 보통이 아니라는 말이잖아?'

후작과 이야기를 나눌 당시에는 제대로 생각할 수 없었다. 상대의 실력에 놀라기도 했고, 당황했기 때문이기도 했다.

그런데 일을 마친 후에 돌이켜보니 후작 역시 아스트 백작만큼이나 노련한 인물이라는 생각이 들었다.

'먼저 실력을 보여 심리적으로 압박한 후, 자신이 원하는 대로 대화를 끌어나간 건가? 이건 뭐, 내가 완전히 농락당한 수준인데?'

너무 깔끔하게 당했기 때문일까?

당했음에도 왠지 화가 나지 않았다. 한편으로는 오히려 즐거운 기분마저 들 정도였다.

'크큭! 그런데 과연 황제가 호락호락하게 당해줄까?'

후작이 이럴 진데, 황제라고 아무 생각이 없을까?

황제는 수천만 제국민의 정점에 오른 인물이었다.

혈통을 잘 타고나 권력을 거저 얻었다는 생각을 할 수도 있었지만, 그건 모르는 사람이나 할 수 있는 소리였다.

황제의 자리는 하나였고, 경쟁자는 많았다. 같은 피를 타고난 형제들을 모두 꺾거나 회유한 다음에야 비로소 오를 수 있는 자리였다.

그 때문에 황제는 그 자리에 올랐다는 사실만으로도 뛰어남이 증명된 셈이었다.

'어쩌면 이미 후작의 계획을 알고, 반란을 일으키기를 기다리고 있을지도 모르지.'

후작이 황제가 되든, 황제가 반란을 막든 제닌에게는 좋은 일이었다. 그만큼 전쟁에 쏠린 관심이 사라질 것이기 때문이다.

'뭐, 아무렴 어때? 나에게 있어 최고는, 자기들끼리 치고받다가 둘 다 망하는 거니까.'

제닌이 기분 좋게 웃을 때였다.

– 띠링!

[음모 '프라덴 영지의 혼란'을 성공적으로 달성했습니다.]

"오호!"

제닌의 웃음이 한층 진해졌다.

[프라덴 영지의 혼란도 : 84%, 사용자의 영향력 : 76%, 혼란의 영향력과 범위를 추산하여 추가 경험치를 정산 중입니다.]

'혼란도? 영향력? 이걸 대체 어떻게 안다는 거지?'

어떤 때는 상식적이다가도 또 어떤 때는 아득히 상식을 넘어선다.

'후! 정말, 알다가도 모르겠다니까.'

제닌이 천천히 고개를 가로저을 때. 다시금 한 줄의 메시지가 떠올랐다.

[경험치 정산이 완료되었습니다. 음모 '프라덴 영지의 혼란'으로 총 3721의 경험치를 획득하였습니다.]

"뭐라고?"

제닌은 저도 모르게 소리쳤다.

그럴 수밖에 없었다. 3721은 그가 지금까지 얻은 모든 경험치의 거의 절반에 달하는 숫자였다.

중요한 점은 그것을 단 한 번의 음모로 획득했다는 것이었다.

게다가 소모된 시간은 일주일. 이곳으로 오는 시간까지 합해도 채 보름이 넘지 않았다.

'흑막⋯⋯. 최곤데?'

그런데 눈앞의 숫자보다도 더 제닌의 가슴을 뛰게 하는 것이 있었다.

'영지 하나에서 이 정도인데, 왕국을 혁명을 완료하면? 제국의 반란을 완료하면?'

어쩌면 만 단위, 혹은 십만 단위의 경험치를 한꺼번에 얻을 수도 있다는 생각이 들었다.

제닌은 두근거리는 가슴을 진정시키며 스테이터스 창을 열어 경험치를 확인했다.

[레벨 : 25(11564/7105 레벨 업 가능)]

'정말 올라갔어!'

트란과의 전투가 끝났을 때에는 7500 정도였고, 프라덴 영지에서 일을 진행하면서 7천 후반 정도에 다다랐던 경험치가 단번에 1만을 넘겼다.

'레벨 업을 하면 어떻게 되지?'

[레벨 : 27(11564/12073)]

'만 이천에 근접했을 때, 레벨 업을 하면 되겠어.'

이런 식으로 레벨 업을 하다 보면 멀게만 느껴졌던 30레벨도 금방 오를 수 있을 듯싶었다.

그리고 30레벨이 되면 20레벨 때처럼 여러 가지 이점이 생길 터였다.

'특히 중요한 건 그놈의 정보공개 레벨이 상승하는 거야.'

지금껏 궁금해하기만 할 뿐, 알지 못했던 많은 것들을 알 수 있을 것이다. 물론 모든 것을 알 수는 없겠지만, 조금이라도 더 알게 되면 더 효과적으로 자신에게 일어난 일을 사용할 수 있었다.

'레벨 업 하는 데 필요한 경험치가 두 배가 되어서 27이니, 원래대로였다면 이미 30레벨이겠지?'

물론 그렇다고 원래대로 되돌리고 싶은 생각은 전혀 없었다. 페널티 이상으로 경험치를 획득할 자신이 있었기 때문이다.

'이제 남은 건, 무사히 돌아가는 것뿐인가?'

그날 밤, 제닌은 새벽을 틈타 성벽을 넘었다. 다행히 프라덴 후작은 그를 잡지 않았다.

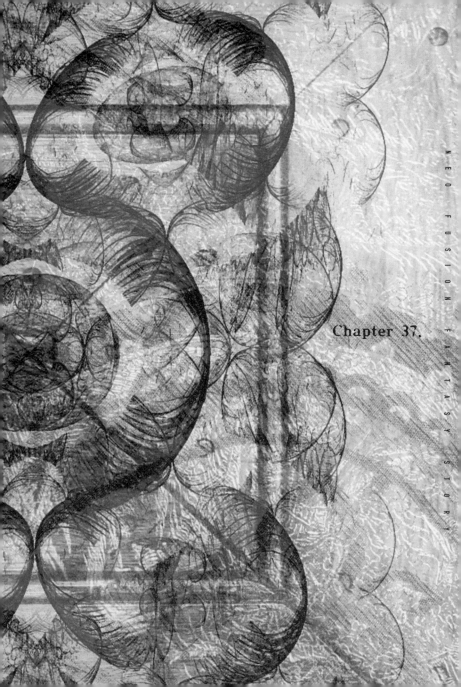

Chapter 37.

Chapter 37.

ROYAL ROADER

I

제닌은 전력을 다해 황무지를 질주했다. 그 덕분에 마차로 닷새 거리를 불과 이틀로 단축하는 진기록을 수립할 수 있었다.

"후우. 그런데……."

제닌은 멀찌감치 보이는 요새를 몇 번이고 다시 살펴보았다.

분명 미니맵은 수많은 푸른 점이 몰린 것을 보여주고 있었지만, 실제로 눈에 보이는 것은 보름 전 그가 나왔던 그 요새가 아니었다.

그러나 자신의 눈은 못 믿어도 미니맵은 믿을 수 있었다. 푸른 점들이 자신의 사람들이 맞는다면, 저기 보이는 웅장한 성도 요새가 맞을 터였다.

'대체 어떻게 된 거야? 훈련소하고 훈련던전을 업그레이드하라고 했는데, 설마 요새 자체를 뜯어고친 건가?'

제닌은 고개를 갸웃거리면서도 다시금 움직이기 시작했다. 그가 그리는 경로를 타고 기다란 흙먼지가 꼬리를 그렸다.

"엇! 영주님이시다!"

"성문을 열어라! 영주님께서 도착하셨다!"

드르르륵.

쇠사슬 끌리는 소리와 함께 성문처럼 서 있던 육중한 두께의 다리가 천천히 기울어지며 내려오기 시작했다.

도개교였다.

성벽은 보름 전보다 한배 반가량 높아져 있었고, 주변에는 깊은 해자가 파여 있었다. 거기에 더해 도개교까지.

'이젠 누가 봐도 성이군.'

그것도 건축 장인이 심혈을 기울여 만든 것처럼 잘 지어진 성이었다.

그뿐만 아니라 방어에 대한 준비 또한 철저해 보였다. 언뜻 보이는 성벽 위에는 갖가지 방어 병기들이 즐비하게 늘어서 있었다.

저벅. 저벅.

도개교 위를 천천히 걷는 제닌에게로 두 사람이 헐레벌

떡 달려왔다.

베스란과 가트였다.

걱정과 우려가 가득 묻어나는 두 사람의 얼굴을 바라보며 제닌은 피식 웃었다.

"이거 왜 그리 급하게 달려나오시나? 꼭 큰 '잘못'이라도 저지른 사람처럼?"

베스란과 가트의 얼굴이 한층 더 굳어졌다. 제닌의 허락도 없이 멋대로 요새 전체를 뜯어고친 것은 명백한 잘못이기 때문이다.

물론 제닌도 어느 정도 이유는 짐작할 수 있었다.

베스란과 가트는 아무런 허락도 구하지 않고 멋대로 건물을 올릴 정도로 개념이 없는 인물이 아니었다. 그럼에도 그랬다는 것은 그럴 수밖에 없는 이유가 있을 터였다.

'아마 필요한 건물을 짓지 않으면 훈련소와 훈련던전을 업그레이드할 수 없었겠지.'

제닌은 2레벨 지휘소를 지었을 때 새로 지을 수 있는 시설이 생긴 것을 기억했다. 그 반대의 경우도 있을 거라는 추측이었다.

'구실이 생긴 김에 확실히 길들이는 편이 좋겠지.'

"저, 영주님 그게……."

제닌은 어렵사리 말을 꺼내는 베스란의 말을 귓등으로 흘려들으며, 휘적휘적 걸어갔다.

요새에 들어서자마자 눈에 띈 것은 높이 솟은 지휘소 건물이었다.

'저게 몇 층이야? 4층? 5층?'

단지 높기만 한 게 아니었다. 규모도 컸으며 멋들어지기까지 했다.

"우와! 높아! 높아! 예뻐!"

'어지간한 영주관보다는 훨씬 좋은 것 같은데?'

옆에서 방방 뛰는 마리만큼이나 제닌 역시 만족스러웠다.

물론 옆에서 안절부절못하는 베스란과 가트 때문에 표정 관리는 해야 했다.

거점 시야를 사용하면 한 눈에 살펴볼 수 있음에도 제닌은 요새를 걸어 다니며 직접 건물들의 변화를 확인했다. 그가 시간을 끌수록 베스란과 가트는 속이 바짝바짝 타들어 갔다.

"영주님. 훈련소를 짓기 위해……."

"훈련던전을 확장하기 위해……."

가트와 베스란이 따라붙으며 치열하게 설명하려 했으나, 제닌은 모두 무시했다. 그렇게 요새 안을 한 바퀴 돌아본 후 제닌은 지휘소 건물에 들어섰다.

"우리. 여기서 사는 거야?"

초롱초롱한 눈망울로 올려다보는 마리의 모습에 제닌은

흐뭇한 표정을 지으며 그녀의 머리를 쓰다듬었다.

"그래. 우리 집이니까 가서 방 하나 고르렴."

"방? 마리 방? 우와!"

마리는 팔을 벌리며 달려가다가 멈칫 걸음을 멈췄다. 그리고 살짝 풀 죽은 표정으로 돌아왔다.

'갑자기 왜 저러지?'

"마리, 방 안 고를래."

"응? 왜?"

마리는 되묻는 제닌의 다리를 붙잡았다.

"떨어지기 싫어."

누구랑 떨어지기 싫다는 것인지는 제닌의 바지를 꼭 붙든 손이 말해 주었다.

'하하! 이러니 내가 예뻐할 수밖에 없지!'

제닌은 만면에 아빠 미소를 지으며 마리를 안아 들었다.

"그래. 떨어지지 말자."

"계속? 계속? 쭉?"

"그래. 쭉!"

제닌의 대답에 마리는 배시시 웃으며 그의 품에 얼굴을 비벼댔다.

'좀 풀리신 것 같은데?'

'그런 것 같습니다. 역시 영주님의 기분을 푸는 데는 마리 아가씨가……'

서로 눈짓을 주고받는 베스란과 가트의 얼굴에 슬쩍 웃음이 서릴 찰나였다.

"그런데 니들은 아까부터 왜 그렇게 졸졸 따라와? 무슨 오리 새끼도 아니고."

"예? 아, 그게… 보고를 드리려고…….."

"내가 언제 보고를 듣겠다고 했나?"

제닌의 반문에 베스란은 말문이 막혔다. 생각해보니 제닌은 그저 돌아다니기만 했을 뿐, 보고의 '보' 자도 꺼낸 적이 없었다. 그저, 자신이 지레 겁먹고 설명을 해야 한다는 압박감에 시달렸을 따름이었다.

"죄송합니다."

동시에 고개를 숙이는 두 사람의 모습에 제닌은 피식 웃으며 입을 열었다.

"뭐, 그렇게 보고를 하고 싶다면야 내가 들어줄 수밖에. 오늘 저녁에 하도록. 단, 각 건물의 재원과 건설하는 데 들어간 자원, 병력의 훈련 상황 및 병종, 무기 및 방어시설의 재원 및 수량, 그리고 그 밖에 내가 알아야 할 사항을 빈틈없이 준비해서 보고하도록. 이상."

제닌은 말을 마친 채 지휘소 안으로 들어가 버렸고, 남은 두 사람은 입을 떡 벌린 채 굳어 있었다.

결과적으로 긁어 부스럼을 만든 셈이었다.

"기술관은 왜 보고를 한다고 해서…….."

"아니, 그건 행정관님께서……."

서로 마주 보는 두 사람의 얼굴에는 서로에 대한 원망이 드러나 있었다.

"허어! 이 사람이 지금, 날 탓하는 건가?"

"그런 건 아니지만……. 애초에 행정관님께서 주도하신 일이잖습니까? 전 분명 반대했습니다. 영주님께 여쭤본 다음에 허락을 받고 건물을 지어야 한다고."

"어허! 그게 아니지. 분명 기술관 자네가 영주님께서 지시하신 일은 반드시 해야 한다고 협박하지 않았나? 만약 돌아오셨을 때, 완성되지 않으면 책임을 져야 한다고 말이야."

"그게 무슨 협박입니까? 단지 조언에 불과했을 뿐. 그렇게 지시하신 것은 행정관님이고, 전 그저 시키시는 대로 움직였을 뿐입니다."

대화가 오갈수록 서로 바라보는 두 사람의 눈빛이 거칠어졌다.

그때였다.

─ 시간 많나 봐? 싸울 시간도 있고. 나 같으면 당장 달려가서 자료 수집부터 할 텐데 말이야. 아! 병력 상황은 테일스한테 보고하라고 전달하도록. 아마 준비 잘하는 게 좋을 거야. 어쩌면, 오늘 보고에 따라 서열이 역전될지도 모르니까.

"헉! 서, 서열!"

머릿속을 울린 제닌의 목소리에 가트는 헛바람을 집어삼켰다. 그로서는 바라마지않던 일이었기 때문이다.

가트는 허겁지겁 공방으로 달려갔고, 베스란 역시 부랴부랴 어딘가로 달려갔다.

Ⅱ

'자원도 바닥났고 남겨둔 자금 역시 바닥이군.'

요새를 떠나기 전 거래소를 통해 각 자원을 가득 채워두었고, 베스란에게 요새의 관리 권한을 이양함과 동시에 십만 골드에 달하는 자금에 대한 사용권한도 주었었다.

십만 골드.

웬만한 성을 축조할 수도 있는 금액이었다. 물론 수만명의 인부와 몇 년의 시간은 덤이었다.

솔직히 수백만 골드의 재산을 보유한 거부에게도 십만 골드면 큰돈이었다.

다만 제닌이 선뜻 사용할 마음먹은 이유는 이것을 너무쉽게 벌었기 때문이었다. 또한, 마음만 먹으면 얼마든지다시 벌 수 있다는 점 때문이기도 했다.

'하긴. 요새가 성이 될 정도로 뜯어고쳤으니 자원과 자

금이 남아 있는 게 더 이상한 노릇이겠지.'

제닌은 요새의 자금 상황을 수긍했다.

오히려 그에게는 좋은 일이었다. 요새를 이루는 각 건물의 업그레이드는 어차피 해야 할 일이었고, 결과적으로 시간을 단축한 셈이었기 때문이다.

'고생이 많았겠어.'

훈련소와 훈련던전을 증축해야 하는 데, 다른 건물을 때문에 손을 댈 수 없는 상황. 지시는 이행해야겠으나 허락이 필요한 상황. 그런데 허락을 할 사람과 연락이 되지 않았으니, 그들이 했을 고심이 눈에 보이는 듯했다.

'그러고 보니 두 사람, 흰머리가 좀 많이 늘었었지.'

그렇게 고생했음에도 칭찬받기는커녕 혼나지 않기 위해 동분서주하고 있을 두 사람을 생각하니 괜스레 미안한 마음이 들었다.

'벌을 받을 줄 알고 있을 때 갑자기 주어진 상은 훨씬 극적인 효과를 발휘하는 법.'

제닌은 미미한 웃음을 지으며 두 사람에 대한 포상을 생각했다.

'아, 테일스까지 하면 세 사람인가?'

훈련대장을 맡긴 테일스를 떠올린 김에 제닌은 요새의 병력 상황도 살펴보았다.

'오오!'

병력 상황은 레벨 순으로 나타났는데, 각 레벨에 해당하는 병종의 숫자가 자세히 기록되어 있었다.

그 중 5레벨 이하는 이천 정도에 불과했다. 그리고 나머지는 팔천 가량이 5레벨에서 10레벨 사이에 분포하고 있었다. 특히 제닌을 기쁘게 한 것은 8레벨 이상이 오천 명에 달하는 점이었다.

'5레벨 이하는 이미 다른 직종을 가진 이들이겠지.'

공방의 장인과 건축에 관련된 직업을 가진 이들이 여기에 해당했다.

'그런데 의외네. 10레벨은 대부분 석궁병이잖아?'

제닌이 의문을 품은 것은 석궁병이 모두 여성과 청소년들로 구성되어 있었기 때문이다.

'훈련소를 마치면 자연스럽게 5레벨이 될 것이고, 그렇다면 훈련던전에서 레벨 차이가 발생한 것일 텐데. 훈련던전이 원거리 병과가 더 클리어하기 쉬운 건가? 이건 테일스에게 물어봐야겠군.'

숫자는 요새의 상태를 객관적으로 파악할 수 있는 기준을 제시했다. 그러나 단지 그뿐이었다. 그런 숫자가 나오기까지의 세부내용이나 이유까지 알려주지는 않았다.

보고가 필요한 것은 바로 이런 이유였다.

제닌은 이어 건설 창을 열었다.

대부분 건물이 5레벨을 가리키고 있었고, 전에 없던 건물도 생겨났다.

대표적인 건물이 치료소였는데 4레벨의 병영과 4레벨의 성벽이 건설되어 있어야 건설 가능하다는 설명이 붙어 있었다.

제닌이 마음에 들어 한 것은 치료소의 기능이었다.

'경상을 입은 사람은 3시간 만에 완치, 중상자는 12시간 만에 완치라니. 거기에 한 번에 받아들일 수 있는 숫자는 100명.'

비록 지금 당장은 크게 쓸모없는 건물이었으나, 앞으로 벌어질 전투를 생각하면 무엇보다 중요한 건물이었다.

'게다가 아직 1레벨이잖아?'

앞으로 레벨을 올리면 효과는 더 발전할 터였다.

'이건 또 뭐야? 방어탑?'

성벽 5레벨과 공방 4레벨에서 건설할 수 있게 된 방어탑 또한 제닌의 흥미를 끌었다.

현재 건설할 수 있는 방어탑은 두 종류였다.

불덩이를 쏘아내는 것과 마법 구체를 발사해 날아오는 마법을 차단하는 것.

'이런 걸 어떻게……. 아니지.

이유를 생각하는 것은 이미 오래전에 포기한 일이었다. 지금 중요한 것은 그런 기능이 있는 방어탑을 건설할 수 있다는 점과 어떻게 활용하느냐 하는 점이었다.

'이것들로 성벽을 빙 둘러버리면, 정말 난공불락이 무언지 보여줄 수 있겠는데?'

지금 제닌이 가장 필요로 하는 것은 어떠한 위협에도 안에 있는 사람들을 안전하게 지킬 수 있는 장소였다.

바로 가족을 위함이었다.

'돈은 얼마가 들어도 좋아. 설사 수십만 대군이 몰려온다고 해도 적어도 방어만큼은 완벽하게 만들 수 있다면.'

제닌의 눈동자에 빛이 감돌았다.

'얼마 남지 않았어.'

요새의 방어만 완비되면 가족들을 이곳으로 불러올 수 있었다. 그러면 늘 마음 한구석을 무겁게 내리누르던 짐을 내려놓을 수 있을 것이다.

'대충 파악은 끝났으니……. 이제 이곳을 살펴볼 차례인가?'

제닌은 앉아있던 푹신한 소파에서 몸을 일으켰다. 사실 그가 가장 궁금했던 것은 5레벨로 업그레이드된 지휘소에 어떤 기능이 추가되었느냐 하는 점이었다.

그럼에도 궁금함을 참고 거점의 정보를 훑어본 것은 기대감을 키우기 위함이었다.

'원래 맛있는 음식일수록 나중에 먹는 법이지.'

제닌은 천천히 1층을 둘러보았다. 하지만 딱히 살펴볼 만한 시설은 없었다. 그저 널찍한 로비와 식당, 주방을 비롯해 작은 방들이 여러 개 있을 따름이었다.

'진짜는 2층부터겠지.'

그런 생각을 할 ■우당탕거리는 소리와 함께 계단을 내려오는 다급한 발소리가 들려왔다.

지휘소에 들어온 것은 단둘뿐, 발소리를 낼 사람은 마리밖에 없었다.

"녀석, 뭐가 그리 급한 거지?"

제닌이 중얼거릴 때, '쿵' 하고 바닥이 울리며 마리의 모습이 나타났다.

제닌이 다가가자 마리는 양팔을 벌린 채 계단 앞을 막아섰다.

"응? 마리야, 왜 그래?"

"4층은 안 돼."

"응? 무슨 말이야?"

뜬금없는 말에 제닌은 어리둥절한 눈빛이었다.

"4층은 안 된단 말이야."

"그러니까 왜 안 되는데?"

"그러니까. 그건……. 그건……."

채 말을 잇지 못하고 머뭇거리던 마리가 서서히 얼굴을 일그러뜨렸다.

"어이쿠! 우리 마리가 왜 4층에 가지 말라고 그랬을까? 4층에 뭐 안 좋은 거라도 있었어?"

품에 안아 들고 머리를 쓰다듬자 마리가 고개를 끄덕였
다.

"안 좋은 거야. 엄청 안 좋은 거야."

"알았어. 같이 가서 확인해 보고, 안 좋은 거면 앞으로 4
층에는 절대로 안 갈 게. 알았지?"

"히잉……. 안 되는데……. 안 되는데……."

마리는 연신 '안 되는데' 를 중얼거렸으나, 성큼성큼 계
단을 오르는 제닌의 걸음을 막지는 못했다.

제닌은 2층과 3층을 건너뛰고 곧바로 4층으로 올라갔
다.

마리가 그토록 말리는 이유를 알기 위함이었다.

4층에는 널따란 홀이 있었는데, 홀을 중심으로 세 구획
으로 나누어져 있었다. 그리고 각 구획의 중심에는.

'사람?'

표정이 없는 사람들이 우두커니 서 있었다.

그 중 한 명은 벡스를 닮은 험악한 인상의 사내였고, 다
른 하나는 왜소한 체구의 사내였다. 그리고 마지막 한 명
을 바라보며 제닌은 피식 웃었다.

'이것 때문이었어? 날 못 올라오게 막은 게?'

여인이었다. 그것도 'S' 자 굴곡을 제대로 갖춘 몸매의
미인이었다. 다만 한가지 얼굴에 표정이 없다는 게 흠이었
지만, 그것을 감안하더라도 미인임을 부정할 수 없었다.

'이 녀석, 지금 질투하는 건가? 혼자만 관심받고 싶어서?'

그게 아니라면 제닌을 4층에 올라오지 못하도록 막을 이유가 없었다.

슬쩍 아래를 내려다보았다. 무표정한 여인을 바라보며 불안한 표정을 짓는 마리의 얼굴이 보였다.

'으이구! 귀여운 것!'

제닌은 마리를 꼭 끌어안으며 귓가에 속삭였다.

"저 사람보다 마리가 더 예쁜데?"

"정말?"

마리는 동그랗게 뜬 눈으로 제닌을 올려다보았다.

"그러엄! 마리는 세상에서 제일 예쁜걸?"

마리가 활짝 웃었다. 만개한 꽃처럼 화사한 웃음이었다.

'그나저나 저들은 원래 이곳에 사는 사람인 건가? 아니면 어딘가에서 만들어지거나 소환된 건가?'

제닌은 궁금증을 담아 4층의 사람들을 살펴보았다. 그러자 사람들의 머리 위에 이름표가 떠오르기 시작했다.

벡스를 닮은 사내의 머리 위에는 [장비 상인]이라는 이름표가, 왜소한 체구의 사내에게는 [자원 상인], 마지막으로 미인의 머리 위에는 [소모품 상인]이라는 이름표가 붙었다.

'하긴. 이유보다는 무엇을 파느냐가 중요하겠지.'

제닌은 생각을 접으며 소모품 상인 쪽으로 다가갔다.

그러자 변화가 일어났다.

제닌이 다가감에 따라 무표정하게 굳어 있던 여인의 얼굴에 표정이 나타나기 시작한 것이다.

"어서 오십시오. 고객님."

여인은 화사한 미소를 지으며 제닌을 향해 고개 숙였다. 그리 노출이 심한 옷차림은 아니었으나, 워낙 풍만한 탓인지 목 아래로 깊은 가슴골이 그대로 드러났다.

어쩔 수 없는 남자인지라, 제닌의 시선은 자연스럽게 그곳으로 향할 수밖에 없었다. 반면 그의 얼굴을 주시하던 마리의 표정이 시무룩하게 변했다.

'히잉……. 마리도 빨리 크고 싶은데.'

시선을 아래로 내려 자신의 가슴을 살펴보았다. 요새 뒤편의 절벽에서 아래를 내려다보는 듯했다. 왠지 모를 패배감이 자라났다.

'가슴 하나는 정말……. 헛!'

저도 모르게 입맛을 다시던 제닌은 퍼뜩 정신을 차렸다. 슬쩍 시선을 아래로 내려다보자 시무룩한 마리의 얼굴이 눈에 들어왔다.

아차 싶은 생각이 들었다.

'조금 전까지 세상에서 제일 예쁘다고 칭찬해놓고, 순식간에 정신이 팔려버려 버리다니.'

제닌은 딱딱하게 굳은 얼굴로 소모품 상인을 바라보았다.

"무엇을 팔지?"

"예. 고객님. 저희 소모품 상점에서는……."

"설명은 됐고, 목록이나 보여 주도록."

제닌은 싸늘한 말투로 소모품 상인의 말을 끊었다. 다소 기분 나쁠 법한데도 상인은 웃음을 잃지 않고 대답했다.

"네. 고객님. 상품 목록은 여기에 있습니다."

순간 제닌의 눈앞에 빛으로 이루어진 창이 떠올랐다.

가장 위에 있는 물품은 물약들이었다. 각각 빨간색과 노란색, 파란색이었는데 빨간색과 파란색은 대충 짐작이 가능했다.

'생명력과 마력인가? 그럼 노란색은?'

시선을 집중해 바라보자 설명이 떠올랐다.

[하급 활력회복 물약]

– 피로도를 회복합니다.

예전에 보았던 것과 비슷했으나, 다른 점이 하나 있었다. 바로 가격이 표시되지 않는다는 점이었다.

'피로도? 아! 지쳤을 때를 말함인가?'

제닌은 피로도의 의미를 금세 파악할 수 있었다.

'하긴 필요하긴 했지. 붉은 물약으로 부상을 치료하고 생명력을 채울 수는 있어도, 전투의 피로감까지 사라지는 것은 아니었으니까.'

체력 회복 물약과 더불어 활력 물약까지 복용하면 그야 말로 무한한 전투가 가능하다는 생각이 들었다.

'좋은데?'

제닌은 히죽 웃으며 입을 열었다.

"각 물약 100개씩."

"네. 고객님. 44,850골드입니다."

"뭐, 뭐라고?"

제닌은 휘둥그레진 눈으로 되물었다. 너무 터무니없는 가격이었기 때문이다.

'전에는 개당 10골드, 100개를 사도 1,495골드였는 데?'

"44,850골드입니다."

소모품 상인은 화사한 웃음을 머금은 채 친절하게 다시 한 번 가격을 말해 주었다.

'3으로 나누면 14,950골드. 그럼 개당 100골드란 소리 겠네. 그 사이에 가격이 10배나 올랐단 말인가?'

제닌은 눈을 가늘게 좁히며 소모품 상인을 바라보았다. 한참을 살펴본 끝에 화사한 웃음을 짓는 눈꼬리가 미세하 게 떨리고 있음을 발견할 수 있었다.

'설마, 이성이 있는 건가? 내 태도에 화가 나서 가격을 올린 거야? 그런 말도 안 되는……'

말이 되고 안 되고는 차차 알아볼 일이었다.

"후우."

제닌은 가볍게 한숨을 내쉬며 아래에 있는 물건들도 살펴보았다.

둘둘 말린 종이의 그림이었다.

'종이? 이건 또 뭐지?'

주시하자 설명이 떠올랐다.

[하급 화염 스크롤]

- 타오르는 화염을 소환해 목표물을 불태웁니다.

- 스크롤을 찢는 즉시 발동합니다.

[하급 결빙 스크롤]

- 차가운 냉기를 소환해 목표물을 얼립니다.

- 스크롤을 찢는 즉시 발동합니다.

두 개의 설명을 읽으며 제닌은 고개를 끄덕였다. 두 가지 모두 전투에 유용하게 사용할 수 있는 것들이었다.

하지만 마지막 세 번째 스크롤에 대한 설명을 읽는 순간, 그의 눈은 급격히 커졌다.

[거점 귀환 스크롤]

- 대상자를 거점으로 이동시킵니다.

- 스크롤을 찢는 즉시 발동합니다.

설명이 사실이라면 무려 공간 이동을 가능하게 해주는 물품이라는 의미였다.

공간 이동.

아공간과 마찬가지로 마법사들이 꿈꾸는 숙원 중 하나였다. 물론 여태껏 성공한 사례가 없었기에 그저 전설이나 이야기 속에서만 등장할 뿐이었으나, 제닌은 이것이 사실이라는 점을 잘 알았다.

그랬기에 그만큼 놀란 것이다.

'마법사들이 알면 아주 놀라 자빠지겠군!'

그랬기에 함부로 사용할 수는 없을 것이다. 하지만 절체절명의 순간 그의 목숨을 구해줄 비장의 수단으로는 더할 나위 없이 좋은 물품이었다.

"이건 얼마지?"

제닌은 거점 귀환 스크롤의 가격을 물었다. 그러자 소모품 상인은 예의 화사한 미소와 함께 대답했다.

"1,000골드입니다. 고객님."

'그럼 정가는 100골드라는 말이겠군.'

마음 같아서는 당장에라도 상인의 기분을 풀어 주고 원래 가격으로 사고 싶었지만, 그러기에는 품 안의 마리가 걸렸다.

적어도 마리에게는 이랬다저랬다 하는 사람처럼 보이기 싫었다. 좋은 점이라면 모를까, 그렇지 않은 것을 보고 배우게 할 수는 없었다.

'아무래도 밤에 몰래 한 번 다녀와야겠군.'

물론 소모품 상인에게 감정이 있는지, 그녀가 화가 나서

멋대로 가격을 올렸는지는 제닌도 확신할 수 없었다. 다만, 그의 감각이 그렇게 말해주었을 따름이었다.

제닌은 망설임 없이 몸을 돌렸다. 그리고 천천히 걸어가며 중얼거리듯 말했다.

"본의는 아니었소."

제닌이 멀어짐에 따라 다시 무표정한 얼굴로 돌아가는 소모품 상인의 입가가 미세하게 올라갔다.

Chapter 38.

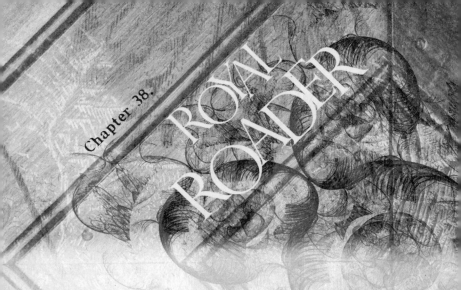

I

베스란과 가트는 열심히 보고를 준비했으나, 정작 보고
를 하지는 못했다. 제닌이 그저 그들이 작성한 보고서를
슬쩍 훑어보았을 따름이었다.

나름대로 피땀 흘려 작성한 보고서를 건성으로 살피는
모습에 두 사람은 불만스러웠으나 보고서를 다 읽은 후 이
어진 제닌의 말에 경악했다.

보고서의 내용을 전부 외우지 않으면 하기 어려운 말이
었기 때문이다. 물론 제닌은 설명을 보며 읽은 것이었지
만, 그걸 모르는 두 사람은 놀랄 수밖에 없었다.

이어 제닌은 두 사람을 치하하며 포상을 지급했다.

베스란에게는 5천 골드, 가트에게는 3천 골드였다. 더

적게 받았지만, 더 좋아한 것은 가트였다. 서열의 회복이라는 보상이 붙어 있었기 때문이다.

두 사람은 이제 동급의 지위를 가지게 되었다.

사실 제닌에게는 두 사람이 상하관계에 있는 것보다는 같은 지위에서 서로 경쟁하는 편이 나았다. 그만큼 효율이 올라가기 때문이다.

그렇게 두 사람의 일을 끝낸 후, 제닌은 테일스를 불러 궁금해했던 점을 물어보았다.

"왜 석궁병의 실력이 더 좋은 거지? 대부분이 여자들과 소년들일 텐데?"

레벨이라는 말을 아는 사람은 제닌뿐이었다. 그래서 그는 실력이라는 표현을 사용했다. 그저 실력이라는 표현을 사용한 것이 조금 애매하기는 했지만, 테일스는 단번에 그 말을 알아듣고 수긍했다.

"역시, 영주님은 눈치채셨군요."

"훈련하는 것 보니까 딱 알겠던데. 비록 전투력은 비등해 보여도, 애초부터 불리한 신체 조건을 가진 이들이 월등한 조건을 가진 사람들과 비등하다는 것은 그만큼 불리한 쪽의 실력이 뛰어나다는 증거니까."

테일스는 몇 번이나 고개를 끄덕이며 제닌의 말에 동의했다.

"그럴 만한 이유가 있나?"

"그게 좀 이상합니다."

"이상해?"

테일스는 잠시 생각하는 표정을 지었다. 베스란처럼 말을 잘하거나 가트처럼 머리가 좋은 이가 아니었기에 생각을 말로 정리하는 데 시간이 필요한 듯싶었다.

"제 생각해도 이건 말이 좀 안 되는 것 같습니다만, 아무래도 훈련던전이 사람을 차별하는 것 같습니다."

"차별이라? 구체적으로 어떤 차별이라는 거지?"

제닌의 눈동자가 반짝였다.

"그게 일반 병사들이 입장하면 엄청나게 강한 놈들이 등장합니다. 저희같이 전문적으로 전투를 교육받지 않은 자들은 상대하기 어려울 정도로 강한 놈들이었습니다. 그런데 그게 여자들이나 소년들이 입장하면 달라집니다. 덩치가 크고 느릿한데다가 별로 힘을 쓰지 못하는 것들이 나타납니다. 거의 움직이는 표적이라 보아도 될 정도입니다."

"그래서 여자들은 쉽게 던전을 통과하고, 남자들은 그렇지 못했다는 말인가?"

"그렇습니다."

"신기하군. 신기해……."

제닌은 턱을 만지작거리며 고민에 빠졌다.

'이성을 가진 것 같단 말이지. 꼭 살아 있는 생명체처럼.'

머릿속 어딘가가 간질거리는 느낌이었다. 무언가를 알 것 같기도 한 데, 딱히 시원한 생각이 떠오르지 않을 때의 기분이었다.

"저…… 영주님?"

테일스의 은근한 목소리에 제닌은 상념에서 벗어났다.

"이만 물러가 봐도 되겠습니까?"

"아, 그래. 참! 그리고."

제닌은 인벤토리에서 주머니 하나를 꺼내 들었다.

"그동안 병력 양성하고 관리하느라 수고 많았어. 적당히 나눠 주고, 음식도 넉넉하게 줄 테니 회식이라도 하라고."

"영주님의 은혜에 감사드립니다."

"뭐, 은혜랄 것까지야."

제닌은 테일스의 어깨를 두드렸다.

말주변은 좀 없지만, 처음부터 지금까지 한결같은 우직한 태도가 마음에 들었다.

'앞으로도 계속 이런 모습을 보여준다면, 적어도 천인장 이상은 올라갈 수 있을 거야. 아니지, 내 목표가 커졌으니 만인장으로 해야 하나?'

제닌은 실없는 생각에 피식 웃은 후, 회의실을 벗어났다.

'마리를 어서 재워야 할 텐데…….'

제닌의 머릿속에는 소모품 상인과의 관계를 개선하고, 물품을 구매해 성능을 확인할 생각으로 가득했다.

'거점 귀환 스크롤. 다른 건 몰라도 이것만큼은 무슨 수를 써서라도 사야 해.'

찬찬히 생각해보니 단순한 위기 탈출용뿐만이 아니라, 전술적인 측면에서도 엄청나게 쓸모 있었다.

적지에 침투하는 임무의 경우, 실제 작전을 수행하는 일보다 탈출하는 일이 더 힘들었다. 특히 암살 같은 경우는 탈출로를 만들기보다는, 처음부터 아예 자살용 독약을 지급하는 경우도 있을 정도였다. 일종의 자살 임무였다.

그러나 거점 귀환 스크롤이 있다면 이야기가 달라졌다.

탈출을 걱정하지 않으니 그만큼 작전의 방법도 다양해지고, 융통성도 생겨났다. 설사 실패하더라도 작전에 투입한 사람의 안전만큼은 보장되는 것이다.

'만약 일부러 가격을 높여 부른 게 아니라면, 천 골드를 줘도 사야 할 물건이야.'

Ⅱ

"이럇! 벡스 투! 달려!"

"받아라! 정의의 주먹으로 용서하지 않겠다!"

오늘따라 유난히 마리가 활발한 것 같았다.

달은 이미 중천에 떠올랐건만, 도무지 잠자리에 들 생각을 하지 않았다.

'오늘은 좀 일찍 자면 안 되나?'

할 일이 있는 제닌으로서는 속이 탈 일이었다.

평소에는 그저 예쁘게만 보이던 마리가 약간은 얄밉게 보이기도 했다.

"히힛! 아빠! 이야기해줘. 이야기!"

하지만 환한 웃음을 머금은 채 품 안으로 파고드는 마리를 제닌은 거부할 수 없었다.

결국, 제닌은 새벽이 다되도록 이야기를 해주고 나서야 겨우 마리를 재울 수 있었다.

쌔근거리는 숨소리를 들으며 제닌은 조용히 몸을 일으켰다.

"우움……. 아빠……. 가지 마……."

팔을 빼려 할 때 들려온 마리의 목소리에 순간 식겁하기도 했으나, 마리는 깨지 않았다.

"휴……."

제닌은 가벼운 한숨을 내쉬며 침실을 벗어났다.

달칵.

문이 닫히는 소리가 들려왔다.

쌔근거리는 숨소리가 사그라지며 작은 그림자가 몸을 일으켰다.

'아빠는 내가 지켜! 마녀한테 넘어가게 둘 수는 없어!'

작은 주먹을 말아쥔 마리가 침대에서 사뿐 뛰어내렸다. 그리고 소리 없이 걸음을 옮기기 시작했다.

Ⅲ

어둠에 묻힌 공간에 더 짙은 어둠이 어리기 시작했다. 사람의 형체를 한 그림자가 소리 없이 공간을 가로질렀다.

팟!

갑자기 빛이 피어올랐다. 천장에 듬성듬성 박혀 있던 하얀 돌이 일제히 빛을 뿜어내기 시작한 것이다. 그림자는 일순 움찔했지만 이내 다시 움직이기 시작했다.

"역시, 인형 같은 게 아니었나?"

중얼거리며 다가가는 제닌의 앞에는 방긋 웃는 소모품 상인이 있었다.

"메이라고 해요. 사용자님."

"다른 상인은 어디로 갔지?"

"글쎄요. 늦은 밤이니, 다들 자러 들어간 게 아닐까요?"

제닌은 뚱한 얼굴로 메이를 바라보았다. '넌 안자고 뭐하는데?' 라고 묻는 듯한 눈빛이었다.

"사용자님께서 찾아오실 것 같아 기다렸죠."

메이는 몸을 배배 꼬며 배시시 웃었다. 비틀림 때문인지 아니면 일부러 내밀었는지, 정말 '터질 듯한'이라는 표현을 그대로 보여주는 모습이었다.

저도 모르게 눈길이 돌아갔지만, 금세 시선을 거두었다. 뒤쪽 모퉁이에서 느껴지는 기척 때문이었다. 굳이 미니맵의 푸른 점을 확인하지 않아도 누군지는 빤했다.

'귀여운 녀석……'

제닌은 자는 척하다가 조용히 일어나 몰래 뒤따르는 마리의 모습을 떠올려 보았다. 입가에 미소가 피어올랐다.

'방법을 바꿔야겠군.'

원래는 적당히 상대의 비위를 맞춰주며 원래의 가격으로 팔아주기를 요구할 생각이었다. 그러나 마리가 지켜보는 것을 알게 된 이상, 비위를 맞출 수는 없었다.

"후훗! 제가 그렇게 마음에 드나요? 흐뭇한 웃음을 지을 만큼?"

메이는 묘한 눈웃음을 치며 물었다.

"착각하지 마라. 그런 천박한 몸매 따위, 아무리 봐도 끌리지 않으니까."

"어머! 천박하다니요! 이런 훌륭한 몸매를 보고 아무것도 느끼지 못하는 건가요? 설마……"

메이의 시선이 제닌의 몸을 타고 내려갔다. 그리고 정확히 중심에서 멈췄다. 의미심장한 눈빛이 뒤따랐다.

"기능에는 아무 문제 없으니, 그런 부적절한 시선은 거둬줬으면 좋겠군."

"쳇!"

메이를 혀를 차며 이번에는 제닌의 등 뒤쪽으로 시선을 두었다. 정확히 마리가 숨어 있는 모퉁이를 향해서였다.

"아하! 취향이 저런 쪽이었구나? 진즉 말씀을 하시지. 그럼 나도 저런……."

쾅!

거친 소리가 메이의 말을 끊었다. 제닌이 주먹으로 카운터를 내리친 탓이었다.

"좀 닥치지그래?"

으르렁거리는 듯한 제닌의 목소리에 메이의 표정 또한 싸늘하게 변했다.

"이런 식으로 나오시면, 앞으로 재미없을 텐데요?"

"재미? 크큭! 고작 인형 주제에, 아주 나를 가지고 놀려고 하는군. 내가 그리 우습게 보이나?"

"인형이라니요!"

목소리는 점차 커졌고, 분위기는 점점 삭막해졌다.

"거점 귀환 스크롤. 한 장에 얼마지?"

"흥! 일만 골드!"

가격이 그새 다시 열 배로 뛰었다.

메이는 당황한 제닌의 표정을 기대했지만, 제닌은 오히려 히죽 웃었다.

– 마리, 이리 와.

모퉁이 쪽에서 흠칫 놀라는 기척이 느껴졌다.

– 어서.

제닌의 재촉에 작은 기척이 점차 가까워졌다.

"헤헤… 들켰네……."

마리가 멋쩍은 웃음을 지으며 제닌의 다리를 붙잡았다.

"마리. 이 아줌마 안 좋아하지?"

"응!"

제닌이 메이를 가리키며 묻자, 마리는 한치 망설임 없이 고개를 끄덕였다.

"아빠도 이 아줌마 별로 안 좋아하거든. 그러니까 마지막으로 하고 싶은 말 있으면 한마디 할래?"

"마지막? 빠이빠이! 이렇게?"

– 더 강한 것 없어? 저 아줌마 보면 딱 떠오르는 거.

마리는 잠시 생각하는 표정을 짓다가 퍼뜩 고개를 들었다.

– 있어!

– 그걸 그대로 말하는 거야. 큰 목소리로.

마리는 고개를 크게 끄덕이며 입을 열었다.

"젓소 아줌마! 빠이빠이!"

마리는 말과 함께 혀도 내밀고 눈가를 손가락으로 움직이며 놀리는 표정을 지었다. 물론 제닌의 지시였다.

"이익! 지금, 뭐하자는 거죠? 그럴수록 당신이 곤란해질 텐데요? 앞으로 물약이나 스크롤, 필요하지 않은 건가요?"

메이는 이를 갈며 쏘아붙였다.

'자, 적당히 흔들었으니…….'

이제 본격적인 공격에 들어갈 때였다.

"처음에는 적당히 비위를 맞춰 주려고 했거든? 그런데 곰곰이 생각해 보니까, 굳이 그럴 필요가 없겠더라고."

"그게 무슨 말이죠?"

"철거!"

제닌은 강하게 말하며 상대를 노려보았다.

순간적으로 메이의 얼굴이 굳어지는 게 보였다. 비록 금세 원래의 표정을 되찾았지만, 이미 제닌의 눈에 띈 다음이었다.

'훗! 이미 걸렸거든?'

혹시나 하는 생각에 찔러본 것이 제대로 먹혔다.

'철거에 반응을 보였다는 것은 지금의 인격이 일회성이라는 것을 뜻하겠지. 즉, 사라졌다가 다시 나타나면 다른 인격이 나타난다는 의미야. 아니면 아예 다른 상인처럼 인형이 되던지.'

제닌은 스켈레톤 킹의 반지에서 힌트를 얻었다.

전에 없던 상인들이 나타났다는 것은 어디선가 소환되었다는 것을 의미했다. 그중 다른 두 상인은 인형과 같았고, 나머지 한 명에게만 인격이 있었다.

'쉐도우마스터처럼 말이지.'

드물게 나타나는 인격을 가진 소환물.

'만약 놈과 같다면, 자신이 사라지는 것을 죽도록 싫어할 거야. 이것을 잘 이용하면.'

제닌의 눈동자가 번뜩였다.

"어디 보자. 건설 메뉴를 열고… 지휘소가… 여기 있다! 어이쿠! 철거 버튼이 바로 옆에 있네?"

제닌은 비아냥거리는 목소리로 말하며 슬쩍 메이의 얼굴을 살폈다. 입술을 움찔거리던 메이가 입을 열었다.

"당신! 지휘소를 철거하면 어떤 일이 벌어지는 줄 알아?"

"무슨 일이 벌어지기는 하겠지."

제닌은 전혀 알 바 아니라는 듯 대꾸했다.

"요새의 기능이 모두 멈춘다고!"

"뭐, 다시 지으면 되지. 즉시 완료를 사용하면 아마 몇 시간이면 될걸?"

대수롭지 않다는 제닌의 대답에, 메이는 입술을 깨물 수밖에 없었다.

"이익! 지금 돈과 자원을 그냥 날리겠다는 거야?"

"내가 내 돈과 내 자원을 가지고 내 마음대로 하겠다는

데, 왜 네가 난리지?"

제닌은 대답을 기다리지 않고 손뼉을 마주쳤다.

"아! 그렇구나! 그렇게 자원을 날려 버리면 바가지를 못 씌우겠구나! 그렇군! 그랬어!"

계속되는 제닌의 비아냥에 메이의 표정은 거의 썩어들 어가기 직전이었다.

"내가 다시 나타날 텐데? 그리고 물건 가격은 더 올려 받을 거야!"

"쿡! 그러시든지."

제닌은 얼굴에 절절한 비웃음을 담았다.

'비록 네 모습이기는 할 테지만, 인격은 지금의 네가 아 닐 거라는 데 내 레벨과 경험치를 걸지!'

"자! 유언은 이제 끝났지? 그럼."

제닌은 검지를 들어 지휘소의 철거 버튼을 눌렀다.

[지휘소를 정말 철거하시겠습니까? 요새의 모든 기능이 멈추게 됩니다.]

제닌은 잠시 기다리며 속으로 숫자를 셌다.

'셋, 둘, 하나.'

"철거를……."

"자, 자, 자, 잠깐!"

황급히 막아서는 메이의 목소리에 제닌의 입꼬리를 하 늘 높이 솟구쳤다.

'걸려들었어!'

인격이 사라진다는 것은 목숨을 잃는 것과 다름없었다. 반면 제닌은 가진 재산중 일부를 잃을 따름이었다.

재산 일부를 건 쪽과 목숨을 건 쪽의 배짱 싸움은 목숨을 건 쪽이 무조건 불리했다. 사실 목숨이 걸렸다는 것이 들통 난 순간부터 결과는 이미 정해진 것이나 다름없었다.

'자, 이제 물건의 최소 가격을 한 번 알아볼까?'

제닌은 비릿하게 웃었고, 메이는 왠지 모를 한기를 느껴야 했다.

Ⅳ

메이와의 협상을 통해 소모품의 가격은 30%까지 깎을 수 있었다. 물론 협상이라기보다는 협박에 가까웠지만, 중요한 것은 10골드였던 체력 회복 물약을 7골드에 살 수 있게 된 점이었다.

그와 더불어 제닌은 물건을 살수록 1%씩 가격이 증가하는 현상 또한 없앨 수 있었다. 하지만 그렇다고 무한대로 물품을 살 수 있는 것은 아니었다. 물품 목록에 한계 수량이라는 항목이 생겨났기 때문이다.

재미있는 점은 이 한계 수량이 소모품뿐만 아니라, 장비와 자원까지 연계된다는 점이었다.

　예를 들면 물약의 한계 수량이 9일 때, 제닌이 물약 3개를 사면 물약의 한계 수량은 6으로 줄어든다. 그런데 이 때문에 한계 수량이 3이었던 갑옷의 한계 수량 또한 2로 줄어든다는 뜻이었다.

　'공유하고 있다. 무엇을? 어떻게?'

　제닌은 고민을 거듭했다. 그의 감각은 이것의 이유가 엄청나게 중요하다고 외쳐대고 있었다.

　'잠깐! 그러고 보니, 여기서 파는 물품들은 어디서 가져오는 거지?'

　한참을 고민한 끝에 떠올린 생각. 그런데 아무리 고민해 봐도 물건을 가져올 곳은 없다는 결론이 나올 뿐이었다.

　'그렇다면 만들어지는 건가? 무엇으로? 재료! 재료였어!'

　한계 수량의 공유는 그 물품이 만들어지는 재료를 공유한다는 의미였다.

　'그럼 그 재료가 뭘까?'

　철이나 나무 같은 일반적인 재료는 아닐 거라는 생각이 들었다.

　'물약과 스크롤, 갑옷과 무기, 그리고 목재와 석재에 이르기까지 모든 물품을 만들어 낼 수 있는 재료. 근원이 되는 무언가!'

제닌의 가슴이 서서히 두근거리기 시작했다. 아직 정확히 무엇인지 알 수는 없었지만, 지극히 중요한 사실에 다가가고 있음이 느껴졌다.

'그게 뭘까?'

머릿속 한구석이 간질거렸다. 뭔가 떠오를 것 같으면서도 떠오르지 않을 때의 느낌이었다.

하지만 이번에는 전처럼 그냥 넘어가지 않았다. 미간이 지끈거릴 때까지 고민을 거듭했다. 그 끝에 한 가지를 찾아낼 수 있었다.

'물건! 낡은 물건을 팔았을 때, 올라갔던 가격이 다시 내려갔었어! 그렇다면 한계 수량 역시 늘어나지 않을까?'

제닌은 황급히 창고로 달려갔다. 그리고 문을 열자 낡은 물품과 고물, 골동품들이 가득 들어차 있었다.

'베스란. 내일 아침에 포상을 한 번 더 해야겠는데?'

프라덴 영지로 떠나기 전 베스란에게 지시를 내렸었다. 드루아 상단을 통해 낡은 물품들을 모아두라는 지시였다.

제닌이 보는 창고 가득 들어찬 물품은 베스란이 그의 지시를 충실히 이행하였음을 잘 나타내 주었다.

'일단은 몇 개만.'

제닌은 창고에 널린 물품을 종류별로 몇 개씩 인벤토리

에 집어넣고는 다시 지휘소로 달려갔다.

날듯이 뛰어 4층에 도착해 물품을 판매했다. 돈이 들어 옴과 동시에 한계 수량 역시 약간 증가했다.

'그래! 이거였어!'

한계 수량이 늘어났다는 것은, 상점에서 파는 물품의 재료가 그만큼 늘어났다는 의미였다. 즉, 그 재료가 되는 것을 낡은 물품이 가지고 있다는 의미였다.

하지만 거기서 끝이 아니었다.

제닌은 인벤토리에 담아온 물품들을 전부 팔면서 차이점을 찾아보았다.

대체로 낡고 허름한 것들이 더 비싸게 팔렸고, 한계 수량의 증가 폭도 컸다. 또한, 골동품보다는 무기나 갑옷 같은 장비가 비쌌고, 특히 형편없이 부서진 장비가 가장 비싼 가격을 보였다.

'왜일까? 왜 내가 알던 상식에서 벗어나는 걸까?'

그가 알던, 그리고 대부분 사람의 상식이라면 그 반대의 결과가 나와야 옳았다.

사실 이것은 지휘소가 2레벨에 올라 거래소에서 물품을 판매했을 때 품었던 질문이기도 했다. 하지만 그때와는 약간 달랐다. 전제가 추가되었기 때문이다.

'낡은 물품이 가진 것 중 물약과 스크롤, 갑옷 등을 만드는 재료가 될 수 있는 것. 그리고 새것에는 없는 것.'

이런 전제를 두자, 자연스럽게 물질적인 면이 제외되었다. 물질적인 뭔가였다면 낡은 것보다는 새것에 더 많이 포함되어 있을 터였다.

'형체가 없는 것. 비록 눈에 보이지는 않지만, 그만한 가치를 지닌 것.'

곰곰이 생각하고, 또 생각했다. 그러던 어느 순간 조건에 맞는 것들이 하나, 둘 떠오르기 시작했다.

'골동품에는 누군가의 추억이 담겨 있겠지. 낡은 장비에는 착용했던 사람의 경험과 감정이 담겨 있을 거야. 그리고 부서진 장비에는…….'

제닌의 눈이 반짝였다.

'착용한 사람의 큰 부상이나, 죽음. 둘의 공통점은?'

심장 박동이 점차 빨라졌다.

'강렬한 감정! 그 강렬한 감정이 장비에 고스란히 남아 있고, 그것을 어떠한 방법을 통해 사용할 수 있다면?'

상식을 벗어난 일이 상식이 될 수도 있었다.

그리고 그것을 떠올린 순간, 경쾌한 알림음이 제닌의 귓가를 강타했다.

– 띠링!

[중요한 사실을 발견하였습니다. 이해도가 증가합니다.]

'정확히 짚었어!'

머릿속을 울린 알림음과 눈앞에 떠오른 메시지는 제닌

에게 짜릿한 쾌감을 주었다.

레벨 업으로 힘을 얻은 것도 좋았고, 그와 더불어 다른 사람에 비해 엄청난 혜택을 본 것도 좋았다.

그러나 그런 일이 벌어진 이유를 알 수 없다는 사실은 손톱 밑의 가시처럼 계속 그를 괴롭혔다. 좋은 일만 계속 일어나라는 법은 없었다. 어쩌면 힘에 대한 반대급부로 어마어마한 대가를 치러야 할지도 몰랐다.

하지만 어쩌면 그 이유를 찾아낼 수도 있을 것 같았다. 그와 더불어 그를 괴롭히던 것에서 벗어날 수도 있었다.

가슴이 두근거렸다.

'흥분하지 말자. 머리는 차갑게!'

제닌은 두근거리는 가슴을 다잡아가며 다시 생각했다.

'일단 확실한 사실 하나는 사용한 사람의 추억이나 경험, 격렬한 감정 같은 것이 물건에 남고, 요새에서는 모종의 방법으로 그것을 추출해 낼 수 있다는 점이야. 방법에 대해서는 잘 모르겠지만, 일단 추출해 낸 것을 [근원]이라고 하자.'

재료라는 말도 있었으나, 제닌은 근원이라는 말을 사용했다. 물론 근거는 있었다.

'장비로부터 추출하는 것은 형체가 있는 물질이 아닐 거야. 마나 혹은 마력처럼 물질은 아니어도 현실에 영향을 미치는 힘. 또는 그와 비슷한 무엇.'

제닌이 생각하는 근원에 대한 정의였다.

방법에 대해서도 궁금했으나, 지금은 방법보다는 그걸로 무엇을 할 수 있느냐에 더 주목할 때였다.

'근원을 이용해 물품을 만들 수가 있어. 물약이나 스크롤 같은 것부터 갑옷이나 자원에 이르기까지.'

여기까지는 이미 확인된 사실이었다.

'그런데 근원이 단지 물품 생산에만 국한된 걸까?'

직감적으로 아니라는 생각이 들었다.

'아무것도 없는 것에서 물건을 만들어내는 것보다, 이미 있는 것을 살짝 고치는 게 더 쉬울 테니까.'

새로운 것의 창조보다는 기존의 것을 개량하거나 육성하는 게 더 쉬운 것은 당연했다.

'그것이 물건이든, 생명체든……'

제닌은 훈련소와 훈련던전을 떠올렸다.

'병사들의 레벨 업!'

이는 곧바로 제닌 자신에 대한 생각으로 이어졌다.

'근원은 나에게 일어난 레벨 업과도 분명 관련된 게 틀림없어!'

제닌은 지금까지 벌어진 일들을 역순으로 되짚어 나갔다.

'레벨 업을 위해 필요한 것은 경험치. 그리고 그 경험치를 얻기 위해서는?'

전투가 필요했다. 또한, 전투는 다시 격렬한 감정과 연결되었다.

비뚤비뚤했던 길이 하나로 이어지는 듯한 느낌이 들었다.

'잠깐! 그렇다면 굳이 장비에 남아 있는 게 아닌, 누군가의 감정을 직접 추출할 수도 있다는 말이잖아?'

레벨 업은 요새를 얻기 전부터 진행된 일이었다. 즉, 요새를 거치지 않고도 이미 근원을 추출할 수 있었다는 의미였다.

제닌은 거기서 조금 더 거슬러 올라가 보았다.

그 끝에는 모든 일의 시작점이 있었다.

'펜던트!'

비록 지금은 사라졌지만, 최초의 레벨 업은 펜던트로 인해 이루어졌다.

제닌은 최초의 레벨 업에서 한 번 더 거슬러 올라갔다.

모든 일을 하나로 관통하는 흐름이 보였다. 제닌은 비로소 자신에게 일어난 모든 일을 이해할 수 있었다.

'그래! 그것 때문이었어!'

깨달은 순간, 다시금 알림음이 그의 머리를 때렸다.

- 띠링!

[중요한 사실을 발견하였습니다. 이해도가 증가합니다.]

또 하나의 사실을 발견한 것은 분명 기뻐해야 할 일이었음에도, 제닌은 기뻐할 수 없었다.

저주.

저주받은 펜던트 때문이었다.

괴로워하고, 고생한 가족들. 그들의 고통과 괴로움이 차곡차곡 쌓여 근원을 만들었고, 그 덕분에 제닌은 절체절명의 순간 레벨 업을 할 수 있었다. 그리고 그것을 토대로 지금과 같은 힘을 얻고, 세력을 구축할 수 있었다.

모든 것의 바탕에는 가족의 희생이 있었다.

'그것… 때문이었어.'

상단이 어려워져 괴로워하던 아버지의 모습.

밖에 나가 뛰어놀기를 좋아했지만, 일어난 날보다 침대에 누운 날이 더 많았던 두 동생의 모습.

몸이 약함에도 상단 일과 집안일, 동생들의 병간호까지 도맡아 가며 고생하셨던 어머니의 모습까지.

그 밖에도 하루가 멀다고 일어나는 사건·사고…….

그것이 자신으로 인한 저주라는 것을 알기에 제닌은 괴로워했지만, 직접적인 고난을 겪는 가족들에 비하면 괴로움이라는 말이 우스울 지경이었다.

그러던 중 전쟁이 발발했고, 제닌은 아버지 대신 징집에 응했다. 나름대로 속죄라고 생각했지만, 사실은 도피에 가까웠다. 전장은 괴로워하는 가족의 고통을 눈앞에서 지켜볼 수 없기에 택한 도피처였다.

'그저 좋아하기 바빴지.'

레벨 업을 하고 힘을 얻었다. 이전에는 결코 상상할 수 없었던 막대한 부를 얻었으며, 요새를 얻으며 막강한 세력을 구성할 토대까지 마련했다.

'아무것도 모르고 그저 내가 잘나서 그런 줄만 알았지.'

가족의 희생이 없었다면 꿈도 꾸지 못할 일이었다.

물론 상황이 여유로워질수록 가족에 대한 생각을 많이 했다. 그립기도 했고, 자신으로 인해 그동안 고생한 것에 대해 보상하고 싶기도 했다.

'하지만 그게 정말 진심이었을까?'

문득 눈가가 뜨거워졌다. 불덩이를 삼킨 것 마냥 가슴 깊은 곳에서 울컥거림이 일어났다.

생각에 대한 답변은 그의 몸이 대신 해주었다.

"아빠… 울어?"

조심스럽게 물어오는 마리의 목소리. 제닌은 그저 품 안 깊숙이 끌어안는 것으로 대답을 대신했다.

주체할 수 없어 들썩이는 어깨. 마리는 눈물이 글썽거리는 얼굴로 제닌의 어깨를 토닥였다.

괴로움 속 한줄기 위안이었다.

Chapter 39.

Chapter 39.

ROYAL
ROADER

I

[이해도 측정중……. 50% 달성. 이해도가 3단계에 도달
하였습니다.]

[정보공개 레벨이 한 단계 상승합니다.]

[인터페이스 자동 숨김 기능이 활성화되었습니다.]

[근원의 방이 개방됩니다.]

어느 정도 감정을 추스른 제닌의 눈앞에 메시지들이 연
달아 떠올랐다.

'큭! 마음을 추스를 때까지 기다려 준 건가? 친절하기도
하군.'

마리 앞에서 부끄러운 모습을 보이긴 했어도, 한바탕 털
어내고 나니 속은 후련했다.

'인터페이스 자동 숨김 기능이 뭐지?'

[평상시에는 보이지 않다가 미니맵의 변화나 이상 상황이 발생했을 때 나타나는 기능입니다.]

마음에 드는 기능이었다.

사실 전투 상황에서의 인터페이스는 큰 도움을 주었지만, 일상생활에서는 눈에 거슬렸다. 그 때문에 기능을 꺼놓을 때가 많았는데, 그러다 보면 정작 중요한 정보를 놓치는 경우가 발생하곤 했다.

'좋군! 근원의 방은 뭐지?'

[사용자가 '근원'이라 명명한 에너지를 생산하고 요새에 공급하는 역할을 하는 장소입니다. 지휘소 3층에 있습니다.]

"3층?"

무심코 흘러나온 중얼거림에 품 안의 마리가 꼼지락거렸다.

"나 알아! 3층. 안 열리는 방 있어!"

'후후. 그러고 보니 우리 마리, 눈치가 제법 빠른데? 난 그저 3층이란 말 한마디 했을 뿐인데.'

사실 지휘소에서 문이 열리지 않는 방은 딱 하나뿐이었다. 그래서 당연히 기억할 수밖에 없었으나, 제닌의 눈에는 마리가 그저 기특해 보일 따름이었다.

원래 부모란 자기 아이의 모든 행동에 의미를 부여하고

뿌듯해하는 존재였다.

Ⅱ

'호오! 근원이라는 게 이런 것이었어?'

3층의 절반 정도를 차지하는 커다란 방이었다. 그리고 그곳에는 푸른 아지랑이가 피어오르는 샘이 있었다.

가운데는 분수대처럼 불룩 솟았는데, 꼭대기에서 푸른 아지랑이가 피어오르는 물줄기가 졸졸 흘러나왔다.

'이게 근원인가?'

다가간 제닌이 물줄기 쪽으로 손을 뻗었다.

파칙!

물줄기에 손이 닿는 순간 푸른 뇌전이 피어났고, 제닌은 따끔함에 반사적으로 손을 뺐다. 다행히 따끔하기만 할 뿐, 상처가 나거나 하지는 않았다.

'겨울철에 모피에서 자다 일어나 쇠를 만졌을 때와 비슷하군.'

비슷한 경험이 있었기에 대수롭지 않게 넘어가려 할 때, 품 안의 마리가 뾰족하게 외쳤다.

"마리도 따가웠어!"

"응? 그래?"

만진 건 자신인데 왜 마리도 따가운 걸까?

제닌은 고개를 갸웃거리다가 마리의 머리를 쓰다듬었다.

타닥! 타다다닥!

콩 볶는 듯한 소리가 일어나며 머리카락이 손에 들러붙었다.

"우와! 신기해!"

마리가 눈을 동그랗게 뜨며 제닌의 손에 들러붙은 머리카락을 바라보았다. 사실 제닌도 신기하기는 했으나, 다 큰 어른이 마리와 같이 호들갑을 떨 수는 없었다.

대수롭지 않게 넘기며 근원의 샘을 자세히 살펴보았다.

특히 바닥에 시선이 머물었는데, 그곳에는 얇고 굵은 관들이 복잡하게 얽혀 있었다.

'이것인가? 요새에 근원 에너지라는 것을 공급한다는 게? 그런데 이게 무슨 역할을 한다는 거지?'

[근원 에너지는 동력이 필요한 모든 곳에 사용됩니다. 작게는 등을 밝히는 것부터, 크게는 방어탑의 가동에 영향을 미칩니다. 훈련소에서 병사의 능력을 상승시키는 작용과 훈련던전의 가동 및 능력 상승에도 사용됩니다.]

'아! 그러고 보니!'

제닌의 눈이 천장으로 향했다. 그곳에는 빛을 발하는 하얀 돌이 듬성듬성 박혀 있었다.

사실 처음 4층에 들어섰을 때 발견했지만, 이후 벌어진 메이와의 언쟁 등으로 잊었던 점이었다.

'그리고 방어탑이라면 화염구와 마법 구체를 쏘는 건데. 그럼 마법과도 연관되는 건가? 하긴, 마법 스크롤도 만드는 데 못할 리 없겠지.'

원인을 모르는 것과 아는 것은 큰 차이가 있었다. 이전에는 허투루 넘겼던 일들이 새롭게 다가왔기 때문이다.

'그러고 보니 공동주택의 화덕과 따뜻한 바람도 모두 이것을 이용한 것이겠군. 그랬어!'

공동주택은 이곳에 거주하는 주민들의 충성심을 끌어올리는 데 지대한 공헌을 했다. 그들이 지금껏 살아온 어떤 집보다 편리하고 안락했기 때문이다.

불을 지피지 않아도 불길이 일어나는 화덕은 연기와 그을음에서 해방된 여인들의 찬사를 받았고, 천장과 벽에 뚫린 구멍에서 불어 나오는 따뜻한 바람은 한겨울의 추위를 잊게 했다. 또한, 뜨끈한 물이 나오는 공용 목욕탕은 아이들의 천국이었다.

물론 공용 목욕탕은 요새 주민들의 위생에도 커다란 공헌을 했다. 그 덕분인지 한겨울임에도 감기에 걸린 환자가 손에 꼽을 정도였다.

제닌은 크게 신경 쓰지 않은 일이었으나, 주민들의 입장에서는 크나큰 은혜였다. 그들이 지금껏 겪어왔던 아니, 세상의 그 어떤 영주도 제닌만큼 주민을 배려하지 않았다.

가난하고 억압받던 그들에게 요새는 말 그대로 천국일 수밖에 없었다.

또한, 그런 엄청난 대우를 해주면서도 제닌은 그들에게 딱히 원하는 것이 없었다. 기껏 해봐야 건설에 조금 동원하고, 군사 훈련을 받게 한 것이 다였다.

아무것도 해준 것 없는 영주도 이보다 몇 배는 고된 노동을 시키고 착취를 일삼는 것을 생각하면 제닌은 그야말로 천사였다.

게다가 일에 대한 대가로 풍족한 식량은 물론 임금까지 제공했으니, 주민들의 얼굴에는 행복한 미소가 끊이지 않았다. 하늘을 찌를 듯한 충성심은 덤이었다.

물론 제닌이 직접 살펴본 것은 아니었다. 그는 거의 요새에 있을 시간이 없었기 때문이다.

다만, 베스란과 가트가 보고한 내용으로는 그러했다.

'난 그저 귀찮아서 신경을 껐을 뿐인데…….'

의도치 않게 칭송받는 상황이 재미있어 제닌은 저도 모르게 피식 웃었다.

"헤헤……."

제닌의 웃음 때문일까? 마리 역시 배시시 웃었다.

그 후로 제닌은 요새 곳곳을 살펴보며 현재 상황의 파악과 원리를 알아내는 시간을 가졌다. 자신을 거의 신처럼 떠받드는 주민들의 칭송을 체험하는 시간이기도 했다.

오죽했으면 제국 출신 병사였다가 노예가 된 이들조차 제발 이곳에 오래 머물게 해달라고 사정할 정도였다.

이유는 하나였다.

비록 지금은 노예의 처지였으나, 제국에서 평민으로 살 때보다 훨씬 살기 편했기 때문이다.

하지만 평온한 시간은 채 일주일을 넘기지 못했다.

라테스에서 급히 당도한 전령이 가져온 서신 때문이었다.

Ⅲ

'오래도 걸렸군. 귀족 놈들이 드디어 뭔가 수작을 부리려는 모양인데?'

손에 쥔 서신을 말아쥐는 제닌의 입가에는 흥미로운 미소가 맺혀 있었다.

발신인은 아스트 백작이었고, 목적은 제닌을 수도로 소환하기 위함이었다.

서신의 내용은 이러했다.

국왕을 지지하는 쪽의 전선은 제국군의 파상 공세로 밀리고 있는 한편, 귀족들 쪽은 서서히 전선을 밀어 올리고 있었다. 이러한 약진을 계기로 귀족회의의 발언권이 강해져 국왕을 강하게 압박하는 중이고 그 압박의 중심에 제닌이 있다는 내용이었다.

일개 십인장이었던 그를 파격적으로 진급시키고 귀족의 작위까지 수여했다.

게다가 '왕국의 영웅'이라는 거창한 칭호까지 붙이며 대대적으로 선전했다. 하지만 그랬던 것에 비해 제닌이 이렇다 할 성과를 보여주지 못한다는 점이 귀족회의의 주장이었다.

비록 서신에 적혀있지는 않았으나, 소환의 이유는 빤해 보였다. 성과를 내지 못한 것에 대한 성토와 더불어 그에게 주어졌던 작위와 칭호의 반납이었다.

또한, 이면에는 제닌에게 털렸던 금화와 보석을 다시 회수하려는 목적도 엿보였다.

'얍삽한 자식들. 자리를 깔아준 게 누군데 날 가지고 지랄이야?'

비록 표면으로 드러나지는 않았으나, 전쟁이 시작된 이래로 제국군에 가장 큰 피해를 준 것은 제닌이라고 해도 과언이 아니었다.

전방 보급부대의 잇따른 약탈과 수송 부대의 습격. 그와 더불어 전선으로 향하는 물류가 모이는 가르타스 영지에 벌어진 물자 증발사태.

보급을 제때 받지 못한 탓에 제국군의 장비는 열악해졌고, 식량 사정 또한 좋지 못했다.

'어? 그러고 보니, 그 소식을 왜 모르고 있지?'

가르타스 영지에는 혼자 간 것이 아니었다. 일행에는 베스란은 물론 국왕에 충성하는 병사들도 포함되어 있었다.

'설마, 보고 하지 않은 건가? 아무도?'

보급 부대를 습격한 것은 말해주지 않았으니 모른다 해도, 가르타스 영지의 물자를 말려 버린 일은 모두가 알았다.

가르타스의 일은 사안이 컸다.

왕국으로 넘어온 제국군 전체에 영향을 미치는 일이었기 때문이다. 만약 이 사실이 알려지면 왕국군의 사기는 치솟을 것이고, 그런 전공을 세운 이들에게는 합당한 포상이 주어질 터였다.

누군가는 당연히 보고를 올렸을 것으로 생각했었는데, 서신의 내용을 보니 아스트 백작 쪽에서는 전혀 모르고 있는 눈치였다.

보급 차단의 내용은 제쳐놓고, 단순히 적지에 속한 요새 하나를 손에 넣은 것만 알려졌어도 서신의 내용은 절대로 이러지 않았을 것이다.

아니, 아예 국왕이 귀족들에게 공격받는 상황 자체가 나오지 않았을 터였다.

'그렇다는 말은……'

제닌이 씩 웃었다.

누구도 상부에 보고하지 않았다. 보고만 올리면 상을 받을 것이 분명함에도 그러지 않았다는 것. 이 사실이 의미하는 바는 하나였다.

'모두가 내 사람이 되었다는 말이지!'

비록 서신의 내용은 마음에 들지 않았으나, 그 덕분에 알게 된 사실은 만족스러웠다.

'이제는 뒤를 걱정하지 않아도 된다는 말이겠지.'

그동안 요새를 떠날 때마다 마음 한구석에 걸리는 점이 있었다. 바로 국왕의 명령이나 다른 이유로 요새를 빼앗기는 일이었다.

차라리 적의 공세를 막지 못해 빼앗긴다면 몰라도, 아군에 의해 뒤통수를 얻어맞는 것만큼은 피하고 싶었다. 무엇보다 기분이 더럽기 때문이다.

'어? 그러고 보니 요새를 점령한 사실 정도는 알고 있어야 하는 것 아닌가?'

생각해보니 요새를 점령한 직후, 베스란에게 상부에 보고를 올리라는 지시를 내린 기억이 있었다.

'설마, 그것도 보고 안 한 건가?'

만약 그렇다면 베스란은 훨씬 전부터 충성의 대상을 바꿨다는 말이 된다.

국왕에서 제닌으로.

제닌은 서신에서 시선을 떼고 베스란을 바라보았다. 그

는 시선을 약간 아래로 내린 채 묵묵히 서 있는 중이었다.

"베스란."

나직한 목소리에 베스란이 고개를 들어 제닌을 바라보았다.

"예, 영주님."

"그대는 내 사람인가?"

평소와는 다른 무거운 말투에 베스란은 섣불리 입을 떼지 않았다. 그는 차의 향을 음미하듯 지그시 눈을 감았다가 열었다. 확신에 찬 눈빛이 나타났다.

베스란은 천천히 무릎을 꿇었다. 그리고 고개를 조아리며 입을 열었다.

"신 베스란, 마음을 다하여 말씀드립니다. 저는 오로지 영주님의 사람입니다."

그 순간 알림음과 함께 메시지가 떠올랐다.

[베스란의 충성도가 MAX에 도달했습니다.]

단 한 줄의 메시지.

벡스 때처럼 부하로 삼겠느냐는 물음도 없었고, 뭔가가 일어날 때마다 터지는 환한 빛무리도 없었다.

그저 한 줄의 메시지뿐이었으나, 제닌은 가슴이 뿌듯했다. 원래 있던 부하들을 제외하고 처음으로 얻은 진정한 자신의 사람이라는 점 때문이었다.

제닌은 만족스러운 웃음을 지으며 되물었다.

"그런데 왜 말을 안 들었어?"

살짝 장난기가 느껴지는 말투에 제닌을 올려다보는 베스란의 얼굴에 당황스러움이 어렸다.

"예? 그게 무슨 말씀이시온지……."

제닌은 대꾸하지 않고 서신을 내밀었다.

서신을 읽어내려간 베스란이 잠시 고민한 끝에 입을 열었다.

"영주님. 이것은 기회입니다. 이를 잘만 이용하면 귀족들에게 큰 타격을 입힐 수도 있습니다."

무슨 생각을 했을까?

베스란의 말투에서는 기대감과 함께 약간의 흥분이 느껴졌다.

"알지. 알아. 대답은 어디 가고 말을 돌리지? 왜 내 말을 안 들었냐니까?"

"그러니까 그게 무슨 말씀이시온지……."

영문을 모르겠다는 베스란의 표정에 제닌은 가벼운 한숨과 함께 입을 열었다.

"요새에 대한 보고. 전에 상부에 올리라고 했었잖아. 그런데 이 서신의 내용은 보고를 받았다고 볼 수 없어. 그 말인즉슨……."

제닌은 눈매를 살짝 좁히며 베스란을 바라보았다.

"보고하지 않았다는 의미겠지. 왜 그랬어?"

"아! 그 말씀이로군요. 죄송합니다. 보고 하지 않는 편이 더 나을 것 같다는 판단으로 누락시켰습니다. 이에 대해 영주님께 말씀드리려고 했는데, 다른 일로 바쁘셔서 그럴 기회를 놓쳤습니다. 다시 한 번 사죄드립니다."

결과적으로는 좋은 일이 됐다. 다만, 자의적인 판단으로 상의도 없이 지시를 따르지 않았다는 점은 좋지 않았다.

'지적하긴 해야겠는데……'

충성 고백을 받은 직후에 닦달하기에는 모양새가 그리 좋지 않았다. 다만 이런 일이 되풀이되지 않도록 제동을 걸어둘 필요는 있었다.

제닌은 약간의 생각 끝에 입을 열었다.

"이 서신의 내용을 어떻게 이용할 것인지에 대한 방안을 세워 오도록. 오늘 밤까지."

"예. 알겠습니다. 영주님."

"참고로 이건 지시를 어긴 벌이야."

"예! 영주님!"

제닌의 사족에 베스란은 빙그레 웃으며 대답했다. 하지만 이어지는 제닌의 중얼거림은 다시금 그의 표정을 굳게 했다.

"결과가 좋아서 망정이지, 안 그랬으면 가트가 좋아할 뻔했는데 말이야……."

97

굳이 콕 집어서 언급하지 않아도 베스란은 그 말뜻을 알 아들을 수 있었다. 만약 결과가 좋지 못했다면 서열이 강 등된다는 의미였다. 그것도 자신을 경쟁자로 여기는 가트 아래에서 설설 기어야 했다.

"맹세컨대 앞으로 다시는! 그런 일이 없을 겁니다!"

베스란의 강한 다짐에 제닌은 피식 웃으며 손을 내저었 다.

"대처방안을 열심히 짜야 할 거야. 획기적인 것 없이 누 구나 생각할 수 있는 정도라면……. 알지?"

"예! 영주님!"

베스란은 강한 기백이 담긴 대답을 남긴 채 황급히 밖 으로 달려나갔다. 곧 죽어도 서열 강등은 싫은 모양이었 다.

'애들도 아니고……. 왜 이리 서열에 목을 매는지.'

제닌은 혀를 차며 고개를 내저었다.

그때 또 하나의 생각이 머릿속에 떠올랐다.

'그런데 이상한 점이 하나가 아니란 말이지……. 왜 귀 족들이 갑자기 진격했을까?'

그들은 이미 제국과 내통하고 있었다.

교전을 벌이기는 했으나, 어디까지나 보여주기 위한 행 동에 불과했다. 대충 가서 칼 몇 번 부딪치고 다시 병력을 물리는 정도가 그들이 보여주는 교전이었다.

그런 그들이 갑자기 진격했다는 점은 충분히 의심을 살
만한 일이었다.

'아무 이유 없이 제국 뒤통수 때릴 놈들이 아닌데. 비록
내가 힘을 좀 빼놓긴 했지만, 제국의 힘은 아직 막강하
고……. 역시 뭔가가 있는 건가?'

제닌은 이유를 찾기 위해 고심했다.

그런데 아무리 궁리해봐도 딱히 떠오르는 것이 없자 다
시 한 번 서신을 훑어 보았다.

'설마!'

제닌이 깜짝 놀란 표정을 지을 때였다.

쿵쾅거리는 발소리가 다가오더니 거칠게 문을 두드리는
소리가 들려왔다.

"영주님! 테일스입니다! 보고 드릴 일이 있습니다!"

발소리와 말투로 보아 어지간히 급한 일인 모양이었다.

"들어오도록."

허락이 떨어지자마자 문이 벌컥 열리며 테일스가 달려 들
어왔다. 그리고 제닌의 시선이 닿기가 무섭게 입을 열었다.

"제국군이 움직이고 있습니다. 대규모 병력 이동이라고
했습니다."

"출처는?"

"이동 중인 병력 행렬을 정찰조가 발견하고 잠입해서
엿들은 내용입니다."

'그러면 그렇지! 그러면 말이 되지!'

제닌의 눈이 반짝였다. 그의 시선은 국왕 쪽이 제국군의 파상 공세로 밀리고 있다는 내용에 꽂히듯 박혀 있었다.

Ⅳ

'결국은 거저먹었다는 말이군.'

제닌은 기가 막힌다는 표정을 지었다.

추론 끝에 그가 도달한 결론은 귀족들이 전공을 거저먹었다는 것이었다.

서신에서 찾아낸 내용은 제국군의 파상 공세로 국왕 측 전선이 밀리고 있다는 점이었다.

이것은 갑자기 병력이 확충되었다는 것을 의미했다.

하지만 보급 사정이 좋지 않은 때에 외부의 충원은 기대하기 어려웠다. 그 말은 즉, 내부에서 이동했다는 의미였다.

여기에는 충분한 근거가 있었다.

'하긴, 계속해서 보급 창고가 털리고 수송 부대가 습격을 받았으니 그럴 만도 할 테지. 게다가 가르타스의 물자가 말랐으니 속이 탔을 거야.'

제닌은 살짝 고개를 끄덕였다.

'상황이 그러니 보급로의 수를 줄이고 대신, 수송 병력

의 양과 질을 높이는 건 당연한 수순이야. 지휘부가 바보가 아닌 이상에는.'

보급로를 줄인다는 의미는 그 보급로와 이어진 병력을 철수한다는 의미와도 같았다.

즉, 병력의 내부 이동의 근거가 되는 것이었다.

당연한 말이지만 병력을 뺀 곳은 이미 내통하고 있는 귀족들 쪽일 확률이 높았고, 반대로 충원한 쪽은 국왕과 대치하고 있는 쪽이 확실해 보였다.

'병력이 우세해 졌으니 파상공세를 펼쳤을 테고, 갑자기 수가 불어났으니 국왕 쪽이 밀리는 것은 당연한 일.'

국왕 측은 고전할 수밖에 없었고, 귀족들은 이미 제국군이 빠져나간 빈 땅을 진격하며 깃발만 꼽으면 됐다. 아마 여기까지 사전에 합의된 일로 보였다.

'놈들이 한 게 뭐 있다고?'

슬며시 울화가 치밀었다.

귀족들이 실제로 한 일은 없었다. 굳이 꼽자면 병사들에게 진격하라는 명령을 내린 것뿐이었다.

'얍삽한 귀족 놈들. 원래도 마음에 안 들었지만, 이건 생각할수록 괘씸한데?'

뿌득!

잇새를 통해 섬뜩한 소리가 새어 나왔다.

모든 일은 그의 행동으로부터 시작되었다.

그가 보급 부대를 털고, 수송 부대를 습격하지 않았다면 제국군의 병력 이동은 일어나지 않았을 터였고, 국왕 쪽의 고전과 귀족 측의 진격도 벌어지지 않을 일이었다.

당연히 귀족이 올릴 전공도 없었을 테고, 귀족회의가 국왕을 압박할 일도 없었을 터였다.

'재주는 개가 부리고, 돈은 광대가 챙긴다더니. 딱, 그 짝이로군.'

애써 웃어넘기려고 해 보았으나, 그럴수록 가슴 속의 화는 더 끓어 올랐다.

발바닥에 불이 나도록 뛰어다니면서 일한 건 자신이건만, 이득은 엉뚱한 귀족들이 챙겼으니 그럴 수밖에 없었다. 게다가 더 참을 수 없는 것은, 돈까지 챙겼으면서도 개를 잡으려 든다는 점이었다.

물론 귀족들은 제닌이 그러한 일을 벌인 사실을 모를 공산이 컸다. 아무리 포섭했다 해도 제국이 자신들의 어려움을 밝힐 이유는 없었기 때문이다.

몰랐으니 자신의 전공을 당당하게 내세우고, 목소리를 높였을 것이다.

하지만 그런 것까지 제닌이 생각해줄 필요는 없었다.

귀족들은 어차피 적이었다.

가뜩이나 원한이 맺혀 있는 상황에서 이번 일 때문에 그 원한은 끝을 알 수 없을 정도로 깊어졌다.

'이걸 어떻게 갚아줘야 속이 시원할까?'

끓어 오르는 화를 달래줄 무언가가 필요했다.

보복의 계획은 지금과 같은 상황에 딱 어울리는 시원한 해결책이었다.

제닌의 두뇌가 민활하게 회전하기 시작했다.

집무실은 고요해졌다. 이따금 들려오는 한숨 소리만이 제닌이 고민하고 있음을 알려줄 따름이었다.

그런 제닌의 고민은 늦은 오후에 이르러서야 끝났다.

다시금 열린 제닌의 눈동자가 번뜩였다.

'크흐흐! 아주 즐거운 일이 벌어질 것 같은데?'

Chapter 40.

ROYAL ROADER

I

따각. 따각. 따각.

규칙적인 말발굽 소리가 들려왔다.

무려 여덟 마리가 걷고 있음에도 소리는 어지럽지 않았다. 소리만 들으면 한 마리가 걷는 것으로 착각할 정도. 여덟 마리 모두가 준마라는 증거였다.

말 뿐만이 아니었다.

여덟 마리의 말이 끌고 있는 것은 웬만한 평민의 집을 방불케 할 정도로 커다란 마차였다. 그것도 황금과 각종 귀금속으로 치장된 호화찬란한 마차.

모르는 사람이 보기에도 눈이 휘둥그레질 테지만, 아는 사람이 보면 더욱 놀랄 것이다. 성까지는 안 돼도 웬만한

107

고급 저택을 끌고 다니는 것과 마찬가지였기 때문이다.

"후후! 역시 돈이 좋긴 하구나!"

제닌은 푹신한 침대에 파묻힌 채 콧노래를 흥얼거렸다.

마차의 가격은 2만 골드.

웬만한 백작가의 일 년 수입에 해당하는 어마어마한 액수였다.

한 괴팍한 마법사가 완벽한 마차를 만들어 보겠다는 일념으로 만든 마차였는데, 최고의 장인들에게 제작을 맡기고 이런저런 마법을 걸어 완성했다고 한다. 거기에 들어간 제작비만 일만 골드, 그리고 최초 판매가는 무려 사만 골드였다고 한다.

너무 비쌌다.

아무리 부유한 귀족이라 해도 고작 마차 한 대에 사만 골드는 그야말로 미친 가격이었다. 병력으로 환산하자면 기사단 한 개를 만들고 운영할 정도였으니 귀족들의 외면은 당연한 일이었다.

팔리지 않아 창고에 틀어박혀 썩고 있던 것이 마차를 구하러 왔던 제닌의 눈에 들었고, 제닌은 두말하지 않고 금화가 든 자루를 내던졌다.

2만 골드.

판매가의 절반으로 후려친 가격이었으나 타협은 없었

다. '싫으면 말고'라며 주머니를 거두려는 모습에 상인은 울면서 그의 손을 잡았다.

벌써 몇 년째 창고에서 썩던 마차였다. 그리고 이번 기회를 놓치면 앞으로 또 몇 년을 기다려야 할지 몰랐다. 어쩌면 영원히 팔지 못할 수도 있었다.

차라리 살 사람이 나타났을 때 팔아버리고 마차 때문에 묶여 있던 돈을 굴리는 게 상인에게도 이득이었다.

'그깟 2만 골드, 어차피 녹색 장비 한두 개잖아? 아니지, 아까운 녹색 장비보다는 장비 상인이 파는 숙련 병사 장비 몇 개면 충분할 거야.'

지휘소의 업그레이드로 장비 상인이 판매하는 물품도 수습병사 시리즈에서 숙련병사 시리즈로 업그레이드되었다.

간단하게 비교하자면, 장인의 손길을 거친 고급 장비인 [정련된 철검]의 공격력이 8-10이고, [수습병사의 철검]의 공격력은 11-13이다. 여기에 [숙련병사의 철검]의 공격력은 16-18.

이는 가르타스 백작에게 선물한 [다크나이트 소드]의 공격력 22-26보다는 못했지만, 시중에서 구할 수 있는 고급 장비의 거의 두 배에 가까운 성능이었다.

베스란과 가트는 숙련 병사의 장비를 경매에 부치면 적어도 수천 골드 이상을 받을 수 있을 거라고 확신했다.

문제는 중고 물품이나 고물, 골동품들을 계속 공급해주면 이런 장비를 얼마든지 만들 수 있다는 점이었다. 한 마디로 재력에 있어서만큼은 누구에게도 뒤지지 않을 수 있다는 의미였다.

　물건을 팔아야 한다는 전제가 있었지만, 지금 같은 시기에서는 아마 없어서 못 팔 걱정을 해야지, 팔지 못할 것을 걱정할 필요는 없었다.

　고가의 장비는 대부분 귀족이나 기사들의 전유물이었고, 그들은 부자였다. 또한, 장비는 그들의 생명과도 직결되는 것이기에 돈을 싸들고 와서라도 살 거라는 판단이었다.

　'하지만 굳이 그럴 필요는 없지.'

　당장 돈이 부족한 것도 아니었고, 지금과 같은 혼란스러운 상황에서는 자신을 제외한 모두를 적으로 가정해야 하기 때문이기도 했다.

　심지어 현재 전폭적인 지지를 보내는 아스트 백작이나 국왕조차도 나중에 어떻게 변할지 몰랐다.

　따라서 지금 장비를 파는 것은 적의 힘을 끌어 올리는 것과 다름없었다.

　'원한다면 수습병사 장비 정도까지는 팔아줄 수 있지만, 그 이상은 절대로 안 되지.'

　물론 철저히 제값을 받아낼 것이다. 그리고 이 또한 제닌의 노림수 중의 하나였다.

다시 말하지만 지금 같은 전시에 좋은 장비는 모두의 눈을 멀게 할만큼의 가치를 지녔다. 내놓기만 한다면 눈에 불을 켜고 달려들 터. 게다가 중요한 것은 현재 왕국이 두 파로 갈라져 있다는 상황이었다.

두 파는 이미 서로 적으로 규정하고 있었다.

만약 두 세력의 영지가 나란히 있다고 했을 때, 그중 한 곳이 월등한 장비로 무장한다면 어떨까?

다른 쪽의 귀족은 불안해서 잠이 오지 않을 게 뻔했다.

당연히 비슷한 수준의 장비로 무장하기 위해 노력할 것이고, 자금이 없으면 빚을 내서라도 그럴 터였다.

'무력만큼이나 중요한 것이 재력이지. 병사들이 아무리 좋은 장비로 무장해도 뒷받침해줄 식량이나 다른 보급이 달리면 제대로 싸울 수 없으니까.'

물론 세상에 절대적인 것은 없었다. 특히 지금과 같은 혼란스러운 시기에는 더욱 그랬다.

'일단 가서 상황을 봐야겠지. 팔 것인지 말 것인지에 대한 결정은 그다음에 내린다.'

그렇게 생각을 정리할 때, 옆에서 풀썩거리는 소리가 들려왔다.

옆에는 침대가 하나 더 놓여 있었는데, 그곳에서는 마리가 벡스 투와 함께 방방 뛰며 놀고 있었다. 물론 뛰는 것은

마리였고, 벡스 투는 마리가 뛰는 반동으로 이리저리 튀어
오르는 것뿐이었다.

마차의 크기 만큼이나 내부도 넓었다. 침대 두 개가 놓
이고도 의자와 테이블을 놓을 수 있을 정도였다.

'그나저나 슬슬 소문이 날 때도 됐을 텐데……'

국경은 조용히 넘었다. 그리고 천인장 테슬라가 있는 나
이트럴 요새에서 하룻밤을 묵었다.

그곳에 식량과 보급품을 제공하면서 한 가지를 부탁했
다. 바로 왕국 곳곳에 널리 소문을 퍼뜨리라는 부탁이었
다.

나이트럴 요새를 나선 지 오늘로 이틀째.

'나한테 물건을 털리고 잔뜩 벼르고 있던 놈들이니 소
문을 들으면 움직일 수밖에 없을 텐데?'

호화로운 마차를 산 것도 누군가의 눈에 잘 띄기 위함이
었다.

– 띠링!

아니나다를까, 알림음과 함께 제닌의 시야에 인터페이
스가 나타났다. 미니맵에는 다가오는 붉은 점의 무리가 표
시되고 있었다.

'오우거도 제 말 하면 나타난다더니……'

제닌은 피식 웃으며 침대 옆의 쪽 창을 열었다.

"테일스."

"예, 영주님."

"손님 오신다. 해 지는 방향이야."

테일스의 얼굴에 진한 미소가 어렸다.

훈련소와 훈련던전을 마치기 전이라면 모를까, 이제는 기사단을 상대해도 밀리지 않을 자신이 있었다.

"성의를 다해 맞이하겠습니다."

제닌은 당부의 말을 하려고 했으나, 자신감에 차 있는 테일스의 표정을 보아하니 그럴 필요가 없을 것 같았다.

힘을 얻게 되면 쓰고 싶어지는 게 당연한 법. 그것도 그 자신조차 제대로 가늠할 수 없는, 이전과는 비교할 수 없을 정도의 힘이었다.

날뛰고 싶은 상황에서 걱정하는 말은 그저 잔소리로 들릴 따름이었다. 제닌 자신이 실제로 경험한 일이었기에 그것을 누구보다 잘 알았다.

괜한 잔소리를 해서 의욕을 꺾을 필요는 없었다.

'죽지만 마라. 다른 건 다 고칠 수 있으니까.'

제닌은 마음속으로 당부하며 쪽 창을 닫았다. 그리고 붉은 점을 향해 움직이기 시작하는 푸른 점들을 바라보았다.

점차 가까워지기 시작한 두 가지 색깔의 점들이 마침내 교차했고 숫자가 빠르게 줄어들기 시작했다. 물론 사라지는 것은 오로지 붉은 점뿐이었다.

"후후."

푸른 점만 남아 다시 돌아오기 시작한 모습을 바라보며 제닌은 옅은 웃음소리를 냈다.

걱정이 무색할 정도로 쉽고 빠른 전투였다.

'기우였군. 레벨의 효과는 병사들에게도 확실해.'

일말의 걱정마저 날려버린 제닌이 다시금 푹신한 침대 위에 드러누웠다.

"아빠!"

밝은 외침과 함께 옷자락 날리는 소리가 들려왔다.

풀썩!

맞은 편 침대에서 날아온 마리가 제닌의 배에 안착했다.

아무리 가벼운 몸이라고 해도 인간의 배는 연약하다. 보통 사람 같았으면 숨이 막힐 정도로 충격을 받았겠으나, 아쉽게도 제닌은 보통 사람의 범주를 넘어선 존재였다.

그래도 다른 사람이 보기에 버릇없는 행동은 지적해줘야 한다는 생각에 제닌은 눈가를 살짝 찌푸리며 눈을 떴다. 활짝 웃고 있는 마리의 얼굴이 보였다.

"행복해?"

이어진 물음에 제닌은 순간 말문이 막혔다.

'웃었던 것 때문인가?'

머릿속으로 이런 생각을 하고 있을 때, 다시금 마리의 목소리가 들려왔다.

"마리는 행복해! 아빠랑 있으면. 너무 행복해!"

어디서 배운 말인지는 몰랐다. 하지만 묘하게 가슴이 찌릿하게 만드는 말임은 분명했다.

제닌의 찡그렸던 얼굴이 확 풀어졌다.

"그럼. 행복하지."

버릇없는 행동에 대한 지적은 잠시 미뤄도 좋을 것 같았다.

Ⅱ

사방이 가로막힌 밀실이었다.

일견하기에는 답답해 보였지만, 생각보다는 훨씬 쾌적했다. 사방에서 뿜어지는 신선한 공기와 은은하게 빛나는 은백색 조명 탓이었다.

밀실의 중앙에는 긴 타원형의 탁자가 놓여 있었고, 열 명가량의 인원이 둘러앉아 있었다.

특이한 것은 모두가 두꺼운 로브와 깊숙이 눌러쓴 후드로 모습을 가렸다는 점과 그들의 앞에 숫자가 적힌 명패가 놓여 있다는 점이었다.

명패의 숫자는 긴 타원형의 끝자리인 상석을 기준으로 멀수록 숫자가 높아졌는데, 아무래도 이곳에 모인 이들의 서열을 나타내는 것으로 보였다.

상석에 앉은 인물은 왜소한 체구를 가지고 있었다. 그러나 이따금 번뜩이는 눈빛은 폐부를 찌를 듯 날카로웠다.

서열을 나타내는 명패마저 없는 인물.

무서열 또는 넘버 제로.

이는 이곳에 모인 이들의 수장을 상징했다.

앉아 있는 모든 이들을 한 차례 훑어본 수장이 입을 열었다. 카랑카랑한 목소리는 깊숙한 울림으로 밀실에 모인 이들의 고막에 틀어 박혔다.

"나인. 정보가 들어왔다고 했나?"

수장의 발언에 모든 이의 시선이 '9'의 명패 앞에 앉은 인물에게로 모여들었다.

호의가 전혀 느껴지지 않는 따가운 시선. 그가 일전에 커다란 실수를 저질렀기 때문이다.

그에 관한 책임으로 서열까지 강등되는 수모를 겪은 나인이었지만, 인원들의 질책 어린 시선은 여전했다.

이곳에 모인 이들은 아군이면서도 적이었다.

커다란 대제나 명분 없이 이득을 위해 뭉친 집단이었기 때문이다. 빈틈을 보인 인물은 철저하게 물어뜯어야 했다. 누군가의 이득이 줄어들수록 자신의 이득이 극대화할 수 있는 구조였다.

"놈이 국경 근처에서 모습을 나타냈습니다. 이것은 소환에 응했다는 의미로 받아들일 수 있습니다."

나인은 평온한 목소리로 대꾸했다. 다만, 마디가 하얗게 변하도록 움켜쥔 주먹이 그의 속마음을 대변해 주었다.

"흥! 판단은 무슨. 그 잘난 판단 덕에 자금을 몽땅 털린 것을 벌써 잊은 것이오?"

날카로운 목소리가 들려왔다. 키가 크고 호리호리한 체구의 인물이었는데 그의 앞에는 '7'의 명패가 놓여 있었다.

뿌득!

나인의 입에서 이갈리는 소리가 들려왔다. 그의 원래 서열은 5. 그리고 그의 강등 탓에 아래 서열이 한 단계씩 올랐으니 7의 원래 서열은 8이었다.

전 같았으면 감히 대꾸도 하지 못하던 자였건만, 이제는 아주 대놓고 면박을 주고 있었다.

"아니! 이 자가 뭘 잘했다고? 감히 나인이 세븐에게 대서겠다는 뜻이오?"

세븐의 말과 함께 밀실 안의 분위기는 싸늘하게 가라앉았다.

이들에게 서열은 일종의 구심점이자 절대 명제였다.

이득을 위해 모인 집단이었기 때문에 더욱 그랬다.

서열이 사라진다면 모임은 흐지부지될 확률이 높았고, 또한 이것은 그들의 몰락을 의미했다.

그들은 이미 반역에 가까운 행위를 했다.

지금이야 뭉쳐진 힘이 있었기에 국왕 쪽에서 섣불리 손을 쓸 수 없었지만, 뿔뿔이 흩어지면 각개격파 당할 수밖에 없었다.

"죄송합니다. 그놈이 한 짓을 생각하니 저도 모르게 그만……."

나인은 말끝을 흐리며 고개 숙였다.

"그놈!"

"씹어 먹어도 시원찮을 놈!"

곳곳에서 이갈리는 소리가 흘러나왔다.

결과적으로 나인의 대처는 탁월했다. 그에게로 모여 있던 적의가 순식간에 다른 타겟으로 돌아갔기 때문이다.

'역시 이 정도로는 흔들리지는 않는 건가?'

세븐은 나인을 바라보며 입술을 지그시 깨물었다.

비록 커다란 실책의 책임을 지고 강등되었으나, 한때는 이곳에 모인 이들의 두뇌 역할을 하던 인물이 나인이었다.

"그만."

상석에 앉은 인물이 나지막한 목소리로 소란을 잠재웠다.

"나인. 그래서 대책은 세웠나? 놈을 어떻게 잡아올 생각인가?"

넘버 제로의 물음에 나인이 살짝 고개 숙인 후 입을 열었다.

"일단 놈의 전력을 떠보기 위해 병력을 보내 두었습니

118　4

다. 비록 돈에 목숨을 파는 하찮은 것들이지만 모두 B급 이상의 용병입니다. 만약 놈의 실력이 소문대로라면 잡지는 못하겠지만, 적어도 놈이 데리고 올 병력에 피해를 줄 수는 있으리라 생각합니다."

나인은 차분히 설명했고, 나머지 이들은 그의 말을 경청했다. 신속하게 정보를 습득하고 이에 대한 적절한 대처까지 내린 것은 그가 여전히 이곳의 두뇌임을 증명하는 일이었다.

다만 한 명, 세븐만큼은 나인의 말에 눈을 빛냈다.

'용병? 그렇다면 모임의 허락도 없이 멋대로 자금을 운용했다는 말!'

공격할 빌미를 잡은 세븐이 막 입을 열려고 할 때였다.

"저번의 실책도 있고 해서 용병의 고용에는 제 사비를 사용했습니다."

나인의 시선은 세븐을 향해 있었다. 두건 아래로 드러난 나인의 입이 빙그레 호선을 그렸고, 세븐을 제외한 나머지 이들은 작게 고개를 끄덕였다.

만족한 듯한 모습이었다.

비록 공동의 자금이라고 하나, 어차피 그들의 주머니에서 나온 것이다. 자금을 아꼈다는 것은 곧 자신들의 부담이 가벼워졌다는 것을 의미했다.

다만 한 명, 세븐만큼은 먹지 못할 것을 먹은 것 마냥 입맛이 썼다.

"흥! 고작 몇천 골드 가지고 생색은. 당신 덕분에 우리가 잃은 것은 수십만 골드요. 수십만 골드."

세븐의 타박이 이어졌고, 나인은 깊숙이 고개를 숙였다.

"다시 한 번 말씀 드리지만, 제 실책에 관해서는 뼈저리게 반성하고 있습니다. 죄송합니다."

"고작 말로만……."

"세븐, 그쯤 하게. 비록 나인이 잘못을 저질렀으나 사죄는 이미 할 만큼 하지 않았나?"

세븐이 다시 쏘아붙일 때, 수장이 손바닥을 내밀어 그의 말을 끊었다.

"또한, 나인은 누구보다도 우리 모임을 생각하고 헌신한 사람이야. 비록 실수 탓에 서열을 강등했지만, 다시 공로를 세운다면 원래 자리로 돌아갈 것이야."

수장의 말에 두건으로 가려진 세븐의 안색이 창백하게 변했다. 나인의 서열이 다시 올라간다면 누구보다 곤란해지는 것은 세븐 자신이었기 때문이다.

세븐의 안색을 알 리 없는 수장이 다시 말했다.

"중요한 것은 그 수십만 골드를 다시 찾아오는 것이네. 그래야만 최악의 상황에도 우리가 비빌 언덕이 있어."

수장의 말에 모두가 고개를 끄덕였다. 수장의 고개가 다시 나인 쪽으로 돌아갔다.

"나인. 이번에는 믿음에 져버리지 말게."

"예, 제로님. 명심하겠습니다. 다만, 여기 모인 분들께 하나 요청할 사항이 있습니다."

"말해보게."

"각자 몇 명씩 기사를 보내 주셨으면 합니다."

"기사를?"

"아니, 기사라니……."

"대부분 전장에 보내 얼마 남지도 않았는데……."

수장은 되물었고, 다른 이들은 술렁거렸다.

하지만 나인은 동요하지 않은 채 말을 이었다.

"실제로 그들을 투입할 일은 거의 없겠지만, 만약의 경우를 대비해 전력을 마련해 둘 필요는 있습니다."

"만약의 경우라면?"

수장이 되물었다.

"물론 그럴 일은 만에 하나겠지만, 놈의 실력이 소문보다 뛰어날 경우를 대비한 일입니다. 중대한 사안이니만큼 저로서는 최대한 신중을 기할 수밖에 없으니 양해해 주셨으면 좋겠습니다."

나인은 말을 마쳤고, 좌중에는 싸늘한 적막이 감돌았다.

모두의 고개는 수장을 향하고 있었는데, 그의 말이 떨어지기만 기다리는 모습이었다.

약간의 기다림 끝에 수장이 입을 열었다.

"사안이 중대한 만큼 만약을 대비하는 것 또한 훌륭한 생각이네. 하이어 한 명과 고위기사 다섯을 포함한 스물을 주겠네."

"감사합니다."

수장의 말에 나인이 깊숙이 고개를 숙였다.

"단, 기억하게. 신뢰에는 그에 마땅한 보답이 뒤따라야 한다는 것을."

이번이 마지막 기회라는 의미였다.

뼈가 담긴 말을 끝으로 수장은 말을 마쳤고, 나머지 이들은 눈치를 보다가 주섬주섬 자신이 제공할 기사의 숫자를 말하기 시작했다.

대부분 평기사였고, 어쩌다 고위 기사가 한둘씩 언급되었다. 게다가 열 명 이상을 언급한 자도 없었다.

기사가 적은 탓도 있었으나, 그보다는 자신의 안위가 훨씬 중요한 탓이었다.

"부탁을 흔쾌히 수락해 주신 점. 감사드립니다."

나인은 모두를 둘러보며 사례한 다음 한 곳을 지그시 바라보았다.

모두의 말이 끝나고 한 명만 남았다. 세븐이었다.

"다섯. 단, 모두 고위 기사로."

수장을 제외하고는 최고의 병력. 세븐의 발언에 좌중이 다시 술렁거리기 시작했다.

"다섯이라니······."

"아직도 그만큼의 고위 기사를 차출할 여력이 남았단 말인가?"

"그만큼 중대한 일인데, 저도 그 정도의 성의는 보여야 하지 않겠습니까? 다른 사람도 아니고, 나인의 일인데 말입니다."

세븐의 말에 곳곳에서 피식거리는 소리가 들려왔다.

지금까지 실컷 공격해 오다가 이제 와 말을 바꾸는 세븐의 태도가 우스웠던 것이다. 수장이 나인의 서열 복귀를 언급한 터라 더욱 그러했다.

"감사합니다. 세븐님의 성의는 반드시 기억하도록 하겠습니다."

나인은 고마움을 표했고, 세븐은 고개를 끄덕였다. 하지만 나인은 세븐의 의도를 순수하게 받아들일 수 없었다.

'무슨 생각이냐? 타이렌?'

세븐과 나인은 이미 아카데미 시절부터 경쟁 관계였다.

비록 복면으로 얼굴을 감췄어도 이곳에 모인 이들은 서로의 신분을 알고 있었다. 다만, 항상 얼굴을 가리는 것은 그것을 '짐작'에 그치게 하기 위함이었다.

신분을 짐작하고는 있으나, 그것을 증명할 확실한 증거는 없었다. 이름을 부르지 않고 숫자로 호칭하는 것도 그것과 같은 맥락이었다.

혹여 나중에 일이 잘못되더라도 발뺌할 수단을 만들어 둔 것이다.

상식적으로는 말이 안 되는 일이지만, 정치는 달랐다. 때로는 말이 안 되는 것을 말이 되도록 할 수 있는 게 정치였고, 정치적 수완이었다.

의심스러운 눈으로 바라보는 나인과 달리 세븐은 주먹을 꽉 움켜쥐고 있었다.

'절대로 그렇게 둘 수는 없지. 크로제 따위에게 다시 고개를 수그릴 수는 없어!'

Ⅲ

스르륵.

마차의 쪽 창이 소리 없이 밀려났다.

묵묵히 말을 몰고 있는 테일스가 제닌의 눈에 들어왔다. 해쓱해 보이는 얼굴이었다.

"설마 또… 입니까?"

눈을 마주친 테일스가 반사적으로 물어왔다.

테일스는 피곤한 기색이 역력했다. 지난 닷새간 이루어진 습격 횟수가 10번에 달했기 때문이다.

하루에 두 번꼴이었다.

처음 한두 번은 얻은 힘을 발산하고 싶은 욕망과 자신감 때문에 눈을 반짝이며 달려나갔으나, 습격이 5번을 넘어가면서부터는 그것도 약간 시들해졌다.

전투는 체력과 심력의 소모가 막대한 노동이었다. 또한, 크게 다치거나 목숨을 잃을 위험이 함께했다.

전투에 미친 광전사가 아니고서야 꺼려지는 것이 당연했다.

제닌은 전투가 있기 전, 항상 먼저 발견하고 테일스에게 귀띔했다. 그래서인지 제닌이 쪽 창을 여는 것은 곧 습격을 떠올리게 했고, 이것은 테일스의 표정을 굳어지게 했다.

일종의 조건반사였다.

"왜? 힘들어?"

되묻는 제닌의 목소리에 테일스는 화들짝 놀란 표정을 지었다.

"아, 아닙니다!"

강한 부정은 긍정이나 다름없었다. 테일스의 얼굴을 바라보던 제닌은 피식 웃었다.

'실제 이루어진 습격이 두 배라는 걸 알면 어쩌려나?'

습격은 낮에만 이루어진 게 아니었다.

상식적으로 낮보다는 밤이 습격자에게 더 유리했기 때문이다. 어둠은 방어자의 시야를 가리고 졸음은 경계심을 흐트러뜨리기 마련이었다.

테일스를 비롯한 병사들에게 경험을 쌓게 하는 것은 좋

았다. 그러나 너무 과하면 탈이 날 수도 있기에 밤의 습격은 제닌이 직접 해결했다.

물론 몸을 직접 움직였다는 것은 아니었다. 그저 쉐도우마스터를 소환해 명령을 내렸을 따름이었다. 어둠 속의 쉐도우마스터는 그야말로 무적이란 말이 어울릴 정도로 완벽하게 적을 처리했다.

지금도 얼굴이 해쓱할 정도인데, 만약 야간의 습격까지 맡아서 처리했다면 테일스를 비롯한 병사들은 진즉 쓰러졌을 터였다.

"진짜 손님이다. 그러니 정중하게 맞이하도록."

"진짜… 손님입니까?"

말투는 조심스러웠으나, 테일스의 표정은 이미 확연히 밝아져 있었다.

"크라티아에 거의 도착했으니까."

크라인 왕국의 수도 크라티아. 그들의 목적지였다.

스르륵. 탁.

제닌의 은은한 미소와 함께 쪽 창이 닫혔다.

테일스는 안도의 한숨을 내쉬며 병사 몇 명에서 전방을 정찰할 것을 지시했다. 빠르게 말을 몰아 사라졌던 병사들은 얼마 지나지 않아 다시 돌아왔다.

'그런데 표정이……'

테일스의 미간에 살짝 주름이 잡혔다. 다가오는 병사의

표정이 너무 좋지 않은 탓이었다.

"무슨 일인가?"

"대장님. 그게……."

테일스의 물음에 병사는 대답을 망설였다.

"누구던가? 뭐라 하던가?"

테일스가 급하게 되물을 때 마차 옆쪽 창이 다시 소리 없이 열리며 제닌이 얼굴을 드러냈다.

"쯧쯧! 보나 마나 빤한 것 아니겠어?

"빤하다니요?"

"어디서 듣도 보도 못한 놈이 굴러와 박힌 돌을 흔들었으니, 박힌 돌은 기분이 나쁠 수밖에 없지."

"……"

테일스는 말이 없었다. 표정을 보아하니 전혀 알아듣지 못한 얼굴이었다.

"후……. 모르면 됐고, 거기."

제닌은 가볍게 한숨을 내쉰 후 소식을 가지고 온 병사를 바라보았다.

"예. 영주님."

"네가 들은 그대로 말하도록. 가감 없이."

병사는 땀을 삐질삐질 흘리며 머뭇거리다가 제닌의 눈빛이 날카로워지자 어렵사리 입을 열었다.

"제닌 드 라테스 남작. 하찮은 출신이 어디 가지를 않는

구나! 온 나라가 전쟁으로 시름 하고 있는 터에 그런 호화로운 마차를 끌고 나타나다니. 생각이 있는 건가? 없는 건가? 당장 마차에 내려 무릎걸음으로 국왕 폐하께 나아가라!"

'이게 가감 없이 말하라고 했더니, 정말 그대로 읊네.'

아무리 그래도 어느 정도는 순화시키는 융통성을 기대했건만, 테일스도 그렇고 병사들도 그렇고 머리를 굴리는 쪽은 기대하기 어려울 듯싶었다.

"그 말을 한 사람은?"

"국왕 폐하를 수호하는 근위기사이며 칼루아 자작의 아들이라고 했습니다."

"칼루아 자작?"

들어본 적 없는 이름이었다. 이는 칼루아 자작이 검술이 특출한 것도, 권력이나 부가 대단한 것도 아니라는 의미였다.

"자작 본인도 아니고 아들. 게다가 소영주란 말이 없다는 것은 장자가 아니라는 뜻인데 그러면, 그냥 기사 나부랭이라는 말 아닌가?"

제닌의 이마에 주름이 잡혔다.

물론 국왕을 가까이서 수호하는 근위 기사를 일반 기사와 비교하는 것은 어폐가 있었다. 비록 신분 자체는 기사에 불과했으나, 국왕의 총애에 따라 웬만한 귀족도 함부로 하지 못할 정도의 권력을 거머쥘 수 있는 자리였기 때문이다.

"영주님 하오나……."

어느 정도 아는 것이 있는지 테일스가 설명하려 했으나, 제닌은 손을 들어 그의 말을 막았다.

"천천히 전진하도록. 이제부터 마차가 선두에 서고, 나머지는 뒤를 따른다. 내가 멈추라는 말을 할 때까지는 계속 전진하도록."

테일스는 할 말이 있는 듯 입술을 움찔거렸지만, 끝내 입술을 떼지는 않았다.

'무언가 생각이 있으시겠지.'

테일스에게 제닌은 이미 신앙에 가까웠다.

"명 받들겠습니다."

테일스는 대답과 함께 병사들에게 지시를 내렸다. 그리고 잠시 멈췄던 마차가 다시 움직이기 시작했다.

'굴러온 돌에 대한 시험인가? 아니면 국왕의 총애에 대한 질투인가?

칼루아 자작의 아들이란 인물에게 국왕이 모종의 지시를 내렸는지, 아니면 국왕을 지지하는 세력이 언질을 주었는지는 확실치 않았다.

'어찌 됐든, 슬쩍 건드려 보면 답이 나오겠지.'

제닌은 눈을 반짝이며 미니맵을 바라보았다.

선두에 선 주황색의 점을 비롯해 대체로 푸른 색이 감도는 점들이 그를 기다리고 있었다.

얼마 지나지 않아 주황색 점이 미니맵의 중앙에 가까워졌다.

"멈춰라!"

분기가 느껴지는 목소리에 마차가 멈칫거렸다. 하지만 다시 움직이기 시작했다. 제닌이 멈추라는 지시를 내리지 않았기 때문이다.

"이놈들이! 당장 멈추지 못할까!"

스르릉!

서늘한 소리가 들려왔다.

뽑힌 검은 마부석의 마부를 향해 겨눠졌다.

예리한 검 끝이 자신을 겨눴음에도 마부는 눈썹 하나 깜짝하지 않았다. 그저 묵묵히 고삐를 내리치며 마차를 몰 따름이었다.

"이런 건방진!"

쉬이익!

검은 공기를 찢으며 마부를 향해 날아갔다. 목숨이 경각에 달린 상황임에도 마부는 동요하지 않았다. 그저 앞을 바라보며 마차를 몰 따름이었다.

검은 마부의 목덜미에 닿기 직전 멈췄다.

애초부터 마차를 멈추기 위한 위협이었지, 인명을 상하

게 할 생각은 없었다.

마부는 목덜미에 닿은 검날을 손가락으로 잡아 슬쩍 치운 다음 다시금 고삐를 내리쳤다.

미동조차 없는 표정은 마치 생각을 할 줄 모르는 인형을 방불케 했다.

마차는 그대로 근위기사를 지나쳐 나아갔다.

"이, 이런!"

근위기사의 얼굴이 시뻘겋게 달아올랐다.

고작 남작이 자신의 말을 무시한 것도 화가 날 일인데, 한낱 마부 나부랭이까지 자신을 무시하다니. 근위기사로서는 기가 막힐 노릇이었다.

"오냐! 네 오만함이 기어이 한목숨을 거두게 하는구나!"

근위기사는 마차 안을 향해 이를 갈며 말 머리를 돌렸다. 그리고 말을 몰아 마부를 따라잡았을 때, 다시금 검을 치켜들었다.

"날 원망하지 마라. 네 주인의 오만함 때문이니."

쉬이익!

살의를 담은 일격이 마부를 향해 쏘아졌다.

근위기사는 자신의 검이 마부의 목을 떨어뜨릴 것을 믿어 의심치 않았다.

그런데 살아가다 보면 때때로 믿음이 깨어지거나 신념

이 흔들리는 일이 일어나기 마련이었다.

바로 지금처럼.

Chapter 41.

I

탁!

둔탁한 소리가 울려 퍼졌다.

근위기사의 두 눈은 찢어질 듯 커졌고, 마부는 머쓱한 표정으로 머리를 긁적였다.

검이 막혔다.

물론 단지 그뿐이라면 아주 지독한 우연으로 치부할 수도 있을 것이다.

그런데 가로막은 도구가 문제였다. 머리를 긁적이는 마부의 반대편 손에 들린 채찍. 조금 더 정확히 말하자면 채찍의 손잡이였다.

재질이 단단하냐면 그것도 아니었다. 채찍 손잡이는 금

방이라도 부서질 듯 낡아 빠진 목재로 이루어져 있었다.

근위기사는 허투루 검을 휘두르지 않았다.

살의를 담았다.

위에서 시키는 대로 움직인 죄밖에 없는 마부의 고통을 덜어줄 생각에 마나까지 담은 그야말로 필살의 일격이었다. 고작 마부에 불과한 자가, 그것도 낡아 빠진 목재 막대기로 막을 만한 공격은 절대로 아니었다.

그동안의 수련이 헛됐을까?

자신의 실력을 알아보고 근위기사단으로 뽑아준 존경하는 기사단장의 눈이 잘못된 걸까?

설마 마부의 실력이 자신보다 뛰어난 걸까?

아니면 채찍 손잡이의 재질이 사실 전설 속에 등장하는 철목으로 이루어진 걸까?

근위기사의 머릿속에는 순간적으로 오만가지 생각이 스쳐 갔다. 그렇지만 정작 입 밖으로 새어 나온 단어는 하나였다.

"어떻게?"

"크큭! 크크큭!"

마차 안에서 웃음소리가 들려왔다.

"뭐가 어떻게야. 네 실력이 그 정도 수준이라는 거지."

근위기사는 반사적으로 소리가 난 쪽을 바라보았다.

활짝 열린 마차 문이 보였다. 비릿한 웃음을 머금은 잘

생긴 청년의 모습이 보였다.

"네놈이……."

제닌과 눈을 마주치는 순간, 당황함으로 일그러졌던 근위기사의 얼굴이 원래대로 돌아왔다. 거기에 더해 분노에 찬 표정이 만들어졌다.

뿌득!

"감히 내 말을……."

제닌은 개소리라고 생각하는 말을 굳이 끝까지 들어줄 필요가 없었다.

"야. 너 누구한테 밉보였지?"

감히 자신의 말을 끊은 것에 대한 분노가 치솟았으나, 제닌의 뜬금없는 질문은 근위기사의 궁금증을 유발했다.

"그건… 무슨 의미지?"

"나에 대해 아무것도 제대로 알려주지도 않고 그냥 보냈다는 것은……."

우웅.

미묘한 진동음이 들려왔다. 그와 함께 제닌의 손가락 끝에 빛무리가 일어났다.

푸름을 머금은 가느다란 빛줄기가 솟아올라 바람결에 일렁이는 풀잎처럼 살랑거렸다. 보기에는 예쁜 광경이었지만, 그것이 내포한 힘을 생각하면 결코 예쁘게 볼 수 없었다.

오러, 아군에게는 용기를 북돋는 희망이었으나, 적에게는 죽음을 부르는 공포였다.

특히, 가느다랗게 뽑힌 오러가 눈앞을 살랑거리고 있는 근위기사로서는 얼굴이 하얗게 질릴 상황이었다. 언제든 상대가 마음만 먹으면 자신의 몸을 난도질할 수 있었다는 의미였기 때문이다.

그냥 오러가 아니었다. 오러를 자유자재로 변형하여 다루는 기예는 검술의 정점에 이른 이들의 전유물이었다.

'에, 엑셀시어!'

꿀꺽.

근위기사가 마른침을 삼킬 때, 제닌의 목소리가 이어졌다.

"그냥 가서 죽으라는 말이니까. 게다가……."

근위기사의 얼굴이 더욱 굳어졌다. 그 모습을 바라본 제닌은 싱긋 웃으며 말을 이었다.

"넌 내 마부보다도 못한 실력이잖아?"

"그, 그럴 리가 없다!"

근위기사가 펄쩍 뛰었다. 그리고 제닌이 다른 말을 하기 전에 다급하게 말을 이었다.

"이 자의 실력은 최소한 기사급! 세를 과시하려고 일부러 기사를 마부석에 앉힌 것을 내가 모를 것 같은가!"

"아닌데? 얘가 여기서 제일 실력이 떨어지는데?"

근위기사는 번쩍 고개를 돌려 마부를 바라보았다. 입맛을 쩝쩝 다시기는 했지만, 부정하는 모습은 아니었다.

"흥! 개소리!"

"개소리?"

제닌의 얼굴이 살짝 일그러졌다.

"그런데 말이야."

제닌의 목소리가 낮게 가라앉았다.

"넌 대체 뭘 믿고 그렇게 나대는 거냐? 머리 없어? 상황 파악이 아직 안 돼? 아니면 삶에 미련이 없는 건가?"

근위기사의 눈앞을 살랑거리던 오러의 움직임이 살짝 거칠어졌다. 피부를 거의 스칠 듯 지나가기 시작하자 근위기사는 저도 모르게 소름이 돋아났다.

마부보다 못한 실력이라는 말에 분노가 솟구쳐 잠시 잊고 있었던 사실.

죽음이 눈앞에 다가 와 있었다.

철썩.

뭔가가 근위기사의 뺨을 때리고 떨어졌다. 화끈거리는 느낌이 일었으나, 그보다는 그게 무언지 확인하고 싶은 마음이 더 컸다.

시선을 내려보니 가죽장갑 한 짝이 바닥을 뒹굴고 있었다.

던져진 장갑의 의미.

그것을 떠올린 근위기사의 얼굴은 하얗다 못해 푸른 빛을 띠었다.

"결투를 신청한다. 이거 이렇게 하는 거 맞지?"

"어, 어버버버……."

"그러고 보면 귀족이라는 것도 참 불편하단 말이지. 예전 같았으면 절차고 뭐고 일단……."

제닌은 손목을 푸는 듯 가볍게 손을 털었다.

다만 검지가 세워져 있었고, 검지의 연장선을 따라 올라가면 목덜미를 스쳐 지나가는 것을 확인할 수 있었다.

"해놓고 볼 텐데 말이야."

제닌은 스산하게 웃었고.

"어버버버……."

근위기사는 벙어리가 되었다.

Ⅱ

덜컹. 덜커덩.

마차가 요동쳤다.

푹신한 소파에 앉아 팔짱을 끼고 있던 제닌의 눈썹이 꿈틀거리기 시작했다.

"야! 너, 지금 반항하는 거지? 맞지? 그렇지?"

어딘가를 향해 쏘아진 말에 마차가 심하게 요동쳤다.

"아, 아닙니다!"

커다란 목소리가 밖에서 들려왔다.

"그럼 왜 그러는데?"

"죄, 죄송합니다."

"야! 똑바로 대답 안 해? 왜 그러냐고?"

"그, 그게……. 마차를 처음 몰아보는 거라서……."

제닌의 입꼬리가 슬며시 올라갔다.

"알스!"

쪽 창을 열며 누군가를 부르자 누군가가 헐레벌떡 달려 왔다. 원래 마부석에 앉아 있던 인물이었다.

"얘 교육 똑바로 못 해? 그 정도밖에 안 되나?"

"죄송합니다. 영주님. 제가 확실히 교육하겠습니다!"

마차가 멈췄다. 그리고 삼십 분이 지났다.

가죽 주머니를 때리는 듯한 소리가 부산스럽게 들려온 것은 아주 사소한 일이었다.

그륵. 그르륵.

다시 마차가 움직이기 시작했다.

알스가 몰던 때보다는 조금 못했지만, 처음보다는 한결 나아진 승차감이었다.

마부석에는 원래의 얼굴을 알아보기 힘들 정도로 망가 진 근위기사가 앉아 있었다.

'그런데 영주님께서는 대체 무슨 생각이신지…….'

마차 옆에서 말을 모는 테일스의 얼굴에는 약간의 걱정이 담겨 있었다.

다름 아닌 근위기사였다. 국왕 가까이서 그의 생명을 지키기에 국왕의 총애가 남다를 수밖에 없는 인물. 그런 그를 이렇게 망가뜨렸다는 것은 국왕을 배알하러 가는 제닌에게 손해면 손해지 이득이 될 리가 없었다.

'하긴. 내가 걱정할 일은 아니지. 난 그저 영주님의 명에 따라 움직이는 검일 뿐.'

테일스는 고개를 휘휘 내저었다. 걱정을 날려 버리는 듯한 행동이었다.

한 시간쯤 달리자 성벽이 눈에 들어왔다. 그들이 떠나온 프라덴 요새만큼이나 높았고 또한, 거대했다.

'크라티아.'

어쩌면 이곳이 새로운 전장이 될지도 모른다는 사실에 테일스는 무언가가 가슴을 누르는 듯한 느낌을 받았다. 그것은 압박감보다 기대감에 가까웠다.

'과연 무슨 생각을 하고 계실지. 또, 우리에게 무엇을 보여주실지.'

테일스는 마차 쪽을 바라보았다. 그리고 슬쩍 입꼬리를 들어 올렸다. 어쩐지 제닌의 것과 닮아 보이는 미소였다.

Ⅲ

"우와! 크다! 무슨 마차가 우리 집보다 커?"

"와! 예쁘다! 보석 같아!"

소년의 느낌과 소녀의 느낌은 달랐다. 그러나 한 가지, 눈앞을 느릿하게 지나가는 마차에서 눈을 뗄 수 없다는 점만큼은 같았다.

제닌이 탄 마차는 매우 느릿한 속도로 수도의 거리를 지나갔다.

"길을 비켜라! 이 마차는 왕국의 영웅 제닌 드 라테스 남작님의 마차다!"

마차는 외관으로도 사람들의 시선을 끌었지만, 얼굴이 형편없이 망가진 마부의 외침으로 한 번 더 사람들의 주목을 받았다.

"와아! 왕국의 영웅! 나 들어본 적 있어!"

"나도! 나도! 엄청 잘생긴 분이라고 했어!"

소년은 흥분된 목소리로 외쳤지만, 소녀는 꿈을 꾸는 듯 몽롱한 표정을 지었다. 그런 소녀의 모습은 소년의 눈에 쌍심지를 켜게 했다.

"흥! 꿈 깨셔! 너 같은 여자애를 그분이 거들떠보기라도 할 것 같아?"

"내, 내가 뭐가 어때서!"

"훗! 키도 작지, 얼굴도 못생겼지. 게다가……."

소년은 의미심장한 표정으로 소녀의 신체 한 부위를 바라보았고, 이는 소녀의 눈매를 날카롭게 만들기에 충분했다.

"이게!"

소녀의 손가락이 소년의 옆구리를 쥐어뜯었다. 당연히 펄쩍 뛰며 아파하는 표정을 지어야 했건만, 이상하게도 소년은 반응하지 않았다.

'왜 저러지?'

소녀가 소년의 얼굴을 바라보았다. 소년은 어딘가를 바라보고 있었는데, 넋이라도 나간 듯한 표정이었다.

'뭘 보고 저래?'

소녀 역시 소년의 눈이 바라보는 곳을 바라보았다. 그리고 소년과 마찬가지의 표정이 되었다.

'우와…….'

요정처럼 생긴 여자아이가 보였다. 인간 같지도 않은 외모는 질투조차 나지 않을 정도였다. 물론 다만 그뿐이었다면 소녀는 넋을 잃지 않았을 것이다.

요정처럼 생긴 아이의 등 뒤에서 모습을 드러낸 청년.

푸른빛이 감도는 은발은 신비로움을 주었고, 흠잡을 곳 없는 이목구비는 탄성을 자아냈다. 그리고 입가에 지어진 은은한 미소는 소녀의 정신을 아득한 세계로 날려 버렸다.

'저분이 왕국의 영웅…….'

소녀가 넋을 놓고 있을 때, 마부석 사내는 손에 들린 종이를 바라보며 잔뜩 얼굴을 찌푸리고 있었다.

'이걸 정말 읽어야 한단 말인가?'

얼굴이야 이미 팔릴 만큼 팔렸다. 아마 소문이 돌면 아버지 칼루아 자작이 노발대발 할 터였다.

하지만 종이에 적힌 내용은 지금까지의 일을 합친 것보다 몇 배나 더 강력한 내용을 담고 있었다.

'이건… 후우……. 라테스 남작은 무슨 생각인가? 수도의 국민들에게 사기라도 치려는 건가?'

근위기사가 망설이고 있을 무렵, 그의 귓가에 누군가의 목소리가 들려왔다.

– 너, 뭐 하느냐? 빨리 안 읽어? 흐음……. 아무래도 아직 교육이 덜된 것 같은데…….

'헉! 교, 교육!'

목소리가 어떻게 들려온 것인지는 그리 중요한 게 아니었다. 그러나 '교육'이라는 단어는 문제였다. 여기에는 필연적으로 폭력과 폭언이 동반되었기 때문이다.

"후우!"

숨을 크게 내쉰 근위기사가 두 눈을 질끈 감고 소리를 토해내기 시작했다.

"라테스 남작님은 셀 수 없이 많은 제국의 부대들을 홀로 격파하시고, 제국군의 보급을 어렵게 만드셨다. 또한, 제국 남부와 동부의 경제를 어렵게 만들어 제국의 전쟁 수행 능력을 떨어뜨리셨다. 또한, 제국이 점령한 지역의 요새 하나를 홀로 탈환하셨으니, 이는 제국 진영 깊숙이 박힌 가시가 되어 제국군 전체를 어려움으로 몰아넣으셨다. 이 모든 것이 왕국의 영웅이신 제닌 드 라테스 남작님의 업적이다!"

"우와!"

아이들은 입을 벌리고 있었다. 무슨 말인지는 모르겠지만, 하여간 어른이 대단하다고 하니, '그런가 보다' 하고 받아들이는 것이다.

"허허! 대단한 분이군! 정말 왕국의 영웅이야!"

평민들 역시 고개를 끄덕이며 감탄에 찬 목소리를 토했다.

대다수는 수긍하는 분위기였으나, 그중 몇몇 사람의 눈빛만큼은 싸늘했다.

'어디서 사기를!'

'말도 안 되는 소리를!'

얼굴을 찌푸리며 고개를 가로젓는 이들은 제법 고급스러운 옷차림을 한 이들이었다.

그들은 귀족은 아니었으나, 부유한 상인이나 지주의 자녀로 어느 정도 교육을 받은 이들이었다.

아이들이나 무지렁이들은 모르겠지만, 그들은 알았다.

마부석에 앉은 인물이 외친 내용이 얼마나 허무맹랑한 말인지를.

또한, 그런 말도 안 되는 소리를 다름 아닌 수도에서 자랑스럽게 떠들어 대는 인물에 대한 평가가 수직으로 떨어졌다.

'왕국의 영웅? 설마, 그런 말도 안 되는 소리로 권력자를 현혹한 건가?'

'이 나라도 더는 갈 데가 없군. 저런 자가 왕국의 영웅이라면 차라리 전쟁을 포기하는 게 나아.'

한때는 이 지긋지긋한 전쟁을 끝낼 중요한 변수로 기대한 적이 있었기에 그들의 실망은 더욱 컸다.

"와아아! 라테스 남작님 만세!"

"전쟁을 끝내주십시오!"

"당신만 믿겠습니다!"

대중은 환호했다. 하지만 그 속에 포함된 소수의 식자는 비관적인 현실에 한숨이 깊어졌다.

IV

"그래, 어디쯤 오고 있다고 하던가?"

크라인 왕국의 국왕은 반백의 머리카락에 주름진 얼굴을 가지고 있었다.

예순이 훌쩍 넘은 나이였지만, 눈빛만큼은 깊고 맑았다. 또한, 특출할 것 없는 외모임에도 바라보고 있노라면 은은하게 느껴지는 위엄이 있는 인물이었다.

"예, 폐하. 수도에는 이미 입성했으며, 중앙의 대로를 지나는 중이라 하옵니다."

"그렇군……."

노신의 대답에 국왕은 천천히 고개를 끄덕였다. 그 모습에 노신이 빙그레 미소를 지었다.

노신은 거의 전 생애에 걸쳐 국왕을 모신 인물이었다. 그 세월은 드러내지 않은 미묘한 표정의 변화나 분위기만으로도 국왕의 마음을 알아채기 충분했다.

"그리 기대가 되시옵니까?"

"크흠! 기대는 무슨."

국왕은 헛기침을 터뜨리며 부정했다. 그러나 노신은 은근한 미소가 담긴 얼굴로 국왕을 바라볼 따름이었다.

"오 분에 한 번꼴로 물으셨습니다."

무엇을 물었는지는 국왕 자신이 더 잘 알았다.

"그리 태가 났는가?"

국왕은 은근한 말투로 물었다.

"태는 나지 않았습니다. 티가 났을 뿐이지요."

"커흠!"

국왕이 헛기침을 터뜨렸다.

"티나 태나……."

태는 겉에 나타난 모양새나 일부러 꾸미는 태도를 나타낼 때 사용하는 말이었고, 티는 어떤 태도나 기색을 나타낼 때 사용하는 말이었다.

여기서는 티가 옳았다.

대충 뜻이 통하면 알아들을 만도 하건만, 이 늙은 신하는 사소한 것도 그냥 넘어가는 일이 없었다.

"폐하께서도 아시지 않습니까? 무릇 군주의 언사는 수만 명의 백성의 삶에 영향을 끼칠 수 있으니, 작은 토씨 하나라도……."

"알았네. 알았어."

그냥 두면 일장 연설을 할 노신의 기세에 국왕이 손을 내저으며 항복했다. 말 한마디 틀렸다고 수만 명을 죽이는 폭군으로 몰리게 생겼다.

"자네는 쓸데없이 정확하단 말이야."

"그저, 신이 폐하를 너무 오래 모신 탓이지요."

비록 따끔한 지적을 받았으나, 노신을 바라보는 국왕의 눈빛은 따뜻했다. 비록 고하는 나뉘었으나, 이 세상에 자신을 알아주는 유일한 벗이 있다면 노신뿐이었다.

국왕의 눈빛에 담긴 깊은 신뢰와 정은 이를 의미했다.

"와아아아!"

두 노인이 마주 보며 미소 짓고 있을 무렵, 아련한 함성이 들려오기 시작했다.

울림이 거의 느껴지지 않는 것으로 보아 멀리서 시작된 소리임을 알 수 있었다. 그럼에도 또렷하게 들린다는 것은 그 함성의 크기가 대단하다는 것을 뜻했다.

"갑자기 이 무슨 함성인가?"

"폐하. 아무래도 그의 소행인 듯싶습니다."

"그가 왜?"

국왕은 소행이라는 말에 의문을 품었다.

보통 부정적인 일에 많이 쓰이는 단어였기 때문이다. 그 탓인지 노신의 표정에는 약간의 우려가 담겨 있었다.

"신 역시 이유를 알지는 못하겠사옵니다. 하오나……."

"하오나?"

"아무래도 마냥 반갑게 기다릴 수만은 없는 상대라는 생각이 드옵니다."

"반갑지 않다는 말인가?"

국왕은 다시 한 번 의문을 담아 되물었다.

"그가 어떤 마음을 품고 있느냐에 따라 달라지겠지요. 아무래도 그는, 저희가 생각했던 것보다 더 뛰어난 인물일지도 모릅니다."

"그렇다면 좋은 일이 아닌가?"

"튼튼한 날개와 강한 부리를 가진 새를 가두기에는 새장이 너무 좁고, 창살 또한 너무 약할 수도 있다는 말씀이옵니다."

"허어……."

국왕의 침음성을 끝으로 그의 집무실에는 한동안 침묵이 감돌았다.

똑똑똑.

한참 후에 들려온 노크 소리가 두 사람의 정신을 일깨웠다.

"폐하. 제닌 드 라테스 남작이 입궁했다 하옵니다."

문밖에서 들려온 말에 국왕은 퍼뜩 정신을 차렸다. 그리고 여전히 생각에 잠겨 있는 노신을 바라보았다.

"어떻게 하는 게 좋겠나?"

노신은 빙그레 웃으며 대답했다.

"언제나 신의 역할 아니었습니까? 매가 얼마나 아픈지 확인해 보는 것은."

옛 기억을 떠올린 국왕의 얼굴에 씁쓸한 미소가 감돌았다.

어릴 적 놀이 동무로 뽑혀 왕위에 오르기 전까지 함께 교육을 받았다. 때로는 왕세자였던 국왕의 잘못까지 자청하여 벌을 받기도 했던 인물이 노신이었다.

두 사람의 유대는 튼튼했고, 신뢰는 굳건했다.

"부탁하네. 그리고……."

국왕은 떠나가는 노신의 등 뒤에 조용히 중얼거렸다.

"언제나 고맙네."

국왕에게 노신은 누구보다 믿음직스럽고, 언제나 고마운 존재였다.

V

"어마어마한 전공을 세웠더군."

자신을 별 볼 일 없는 조신(courtier)이라 소개한 노신의 첫 물음이었다.

'어째 이 노인네도 만만치 않을 것 같은데?'

노신은 온화한 눈빛과 부드러운 분위기를 가지고 있었다. 말투 또한 비슷했으나, 제닌은 노신의 말 속에 담긴 꼬장꼬장함을 느낄 수 있었다.

'말귀는 잘 알아들을 것 같아 다행이라고 해야 하나?'

제닌은 입가에 미소를 담아 대답했다.

"왕국의 영웅이라는 거창한 칭호를 생각하면 그 정도는 약과겠지요."

노신의 눈매가 가늘어졌다.

"정녕 모든 것이 사실이란 말인가?"

제닌을 만나러 나오기 전, 시종들을 통해 미리 소식을 접한 터였다. 노신은 아무리 생각해봐도 터무니없는 일을 저리도 당당하게 밝히는 이유가 궁금했다.

"이런! 왕국의 영웅이라는 칭호의 무게가 이리도 깃털 같은 줄은 몰랐습니다."

제닌은 과장된 표정으로 고개를 내저었다. 증거도 제시하기 전에 일단 의심부터 하고 보는 노신의 태도를 꼬집는 행동이었다.

"미안하네. 하지만 누구나 그럴 걸세. 무턱대고 믿기엔 자네가 말한 전공은 너무……."

"터무니없다는 말씀이십니까?"

노신은 제닌의 얼굴에 어린 진한 미소를 바라보았다. 진한 미소는 자신감을 드러내고 있었다.

'정녕 사실이란 뜻인가? 아니면 믿어달라는 뜻인가?'

곰곰이 생각하던 노신이 뭔가를 떠올린 듯한 표정을 지었다.

"설마, 증명할 방법이 있다는 뜻인가?"

노신의 물음에 제닌은 피식 웃었다.

'이제야 말이 좀 통하네.'

"없는 건 아니죠."

"확인할 수 있겠나?"

당연한 물음. 그러나 제닌은 고개를 가로저었다.

"지금은 좀 곤란할 것 같은데요?"

"지금은 안 된다니……."

노신은 눈앞의 청년이 자신을 상대로 장난을 치는 것 같

153

은 기분이 들었다. 하지만 이어지는 나직한 목소리에 퍼뜩 정신이 들었다.

"천장과 벽을 갉아대는 소리가 너무 크지 않습니까?"

쥐가 많다. 듣는 사람이 많다는 의미였다.

이곳은 왕궁이었다.

게다가 밀실도 아니었기에 주변을 지나치는 이들이 살짝 귀만 기울이면 안에서 이루어지는 대화를 모두 엿들을 수 있었다.

그중에는 국왕의 충실한 눈과 귀도 있었지만, 귀족들이 심어 놓은 자도 있었다.

'하긴. 만약 증명할 방법이 있다는 게 사실이라면, 귀족들의 귀에 들어가서 좋을 것은 없겠지.'

연륜이 무색하지 않게 노신은 말을 아끼는 제닌의 의도를 파악했다.

"혹시 바라는 것이 있는가?"

제닌은 망설임 없이 답했다.

"회의를 열어 주십시오. 그저 질문하고 답하는 청문회 방식도 좋습니다. 단, 규모는 커야 합니다."

"이것을 위함이었나?"

노신은 제닌이 대대적으로 소문을 퍼뜨린 이유를 어느 정도 이해하는 눈치였다.

"커다란 놈을 낚으려면 미끼를 제대로 던져 놓아야 하

는 것 아니겠습니까?"

노신은 천천히 고개를 끄덕였다.

미끼라면 아주 제대로 던져두었다.

지금 수도에서 가장 큰 이슈는 왕국의 영웅, 제닌 드 라테스였다. 이미 소식은 귀족들의 귀에도 들어갔을 것이고, 눈을 빛내며 벼르고 있을 터였다.

회의가 열리면 귀족들은 너나 할 것 없이 달려들어 물어뜯으려 할 것이다.

제닌이 낸 소문은 그 정도로 터무니없었다. 상식적으로 생각해도 도저히 증명할 방법이 없을 정도였다.

중요한 것은 그것이 정말 '미끼'인가 하는 점이었다.

만약 증거가 부실하다면 미끼를 문 고기가 오히려 낚시꾼을 끌고 물속으로 들어갈 수도 있었다.

양날의 검이라는 의미였다.

대규모 회의까지 열어놓은 상태에서 그런 상황이 발생하면 설사 국왕이라 해도 수습해줄 수 없었다.

왕국의 영웅이라는 칭호는 물론 남작의 작위, 만인장의 직위가 날아간다. 심하면 국왕과 귀족들을 기만한 죄를 물어 목숨까지 위험해 질 수도 있었다.

'배짱이 두둑한 건가? 아니면 증명할 방법이라는 것이 그 정도로 확실한 건가?'

"그리 자신 있는가?"

노신은 신중한 목소리로 되물었다.

제닌은 빙그레 웃을 따름이었다.

"참! 그리고 선물이 하나 있습니다."

"선물? 굳이 그럴 필요는 없네만……."

노신의 얼굴이 살짝 굳어지는 것으로 보아 뇌물을 예상한 듯싶었다. 제닌은 그런 반응이 마음에 들었다.

적어도 대놓고 뇌물을 밝히는 썩어빠진 귀족들과 다르다는 의미였기 때문이다.

"생각하신 그런 '선물'이 아니라 아쉬우시겠습니다만……."

슬쩍 말끝을 흐린 제닌은 눈을 반짝이며 말을 이었다.

"폐하께서는 확실히 마음에 들어 하실 겁니다."

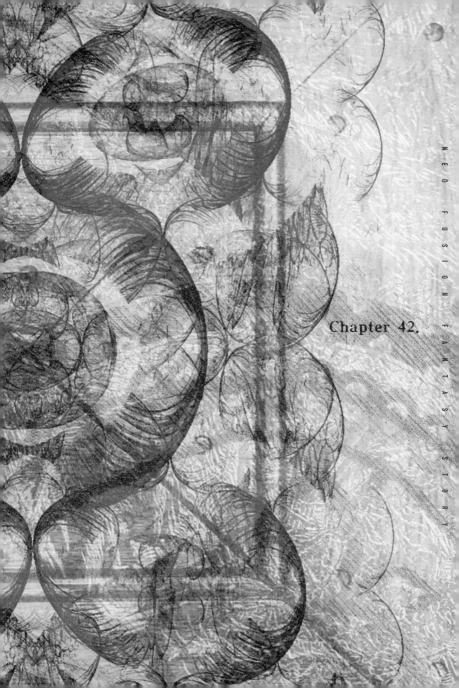

Chapter 42.

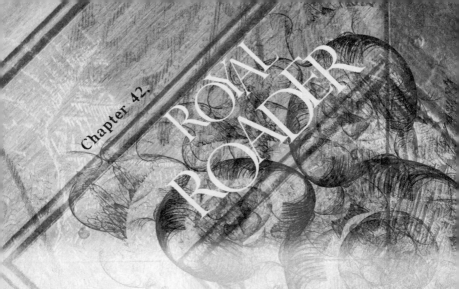

I

콰앙!

크로제 백작은 주먹으로 책상을 내리쳤다.

"빌어먹을 자식!"

머릿속에는 한 인물의 형상이 그려지고 있었다. 푸른빛이 도는 은발을 가진, 아주 잘생긴 청년의 모습이었다.

문제는 그 청년과 연관된 일 중에서 제대로 풀린 일이 하나도 없다는 점이었다.

제닌 드 라테스.

처음에는 보잘것없는 일개 십인장에 불과했다. 망나니 조카와의 악연 때문에 버리는 패로 선택된 운 없는 인물 정도로 생각했을 따름이었다.

제국에 대한 상납금. 보급 물품 속에 아무도 모르게 동봉된 그것은 금화만 이십만 골드였고, 보석까지 합하면 오십만 골드가 넘어가는 막대한 자금이었다.

그를 포함한 귀족회의의 인물들이 최악의 상황을 대비해 끌어모은 최후의 대비책이었다.

하지만 자금을 받으러 왔던 제국의 부대는 사라졌고, 자금의 전달을 확인하기 위해 보냈던 하이에나도 증발했다.

처음에는 제국에서 수작을 부리는 것으로 생각했다. 돈을 받았음에도 더 많은 것을 요구하기 위함인 줄로 알았다.

그런데 그게 아니었다. 포로로 잡힌 아인스 드 카시어스의 입을 통해 확인할 수 있었다. 자금을 누군가가 가로챘고, 그 인물이 바로 아인스 드 카시어스를 사로잡은 자라는 사실이었다.

뒤늦게라도 손을 쓰려 했으나 행방이 묘연했다.

크로제 백작과 귀족회의의 입김이 닿는 어느 곳에서도 제닌이 머무는 곳에 대한 단서를 찾을 수 없었다.

행방을 찾기 위해 국왕 쪽을 압박했다.

그리고 결국 수도로 송환된다는 소식을 들을 수 있었다. 제닌 드 라테스는 눈에 확 들어오는 화려한 마차와 함께 등장했다.

이것은 도발이었다.

내가 여기에 있으니 수작을 부려볼 테면 한 번 부려보라는 도발. 크로제 백작은 상대가 원하는 대로 해 주었다. 그결과 그는 만 골드가 넘는 손해를 떠안아야 했다. 십여 차례에 걸쳐 파견한 용병들의 몸값이었다.

그나마 임무 실패로 원래 몸값의 절반 정도로 해결할 수있었지만, 문제는 돈이 아니었다. 그보다 수십 배는 더 중요한 문제가 발생했다.

그가 귀족회의에 요청해서 얻어낸 기사들. 어디론가 증발해 버린 그들이 문제였다.

그것만으로도 머리가 아플 지경인데 상대는 수도에 입성하자마자 터무니없는 소문을 퍼뜨렸다.

'대체 의도가 뭐냔 말이다!'

예전 같았으면 기고만장한 상대가 패착을 두었다고 생각했을 터였다. 그러나 백작이 그동안 그가 겪은 실패의경험은 이마저도 꿍꿍이가 있는 것으로 보였다.

그뿐만이 아니었다.

방금 전해 들은 소식에 따르면 조만간 회의가 열릴 것이라고 한다. 수도의 모든 귀족에게 회의에 참석하라는 지시가 내려왔다.

왕국의 영웅에 대한 검증의 이유였다.

이로써 크로제 백작은 제닌 드 라테스에게 노림수가 있

다는 것을 확신할 수 있었다. 노림수가 없으면 스스로 무덤을 파고 들어가는 행위밖에 안 되었기 때문이다.

'사라진 기사. 그리고 터무니없는 소문.'

크로제 백작의 눈동자가 불안한 듯 흔들렸다.

'이유… 이유. 이유! 대체 이유가 뭐냐!'

밤이 깊어 가도록 크로제 백작의 집무실은 불이 꺼지지 않았다.

Ⅱ

왕궁의 대회의장은 때아닌 인파로 어수선한 분위기였다.

백여 석이 넘어가는 좌석이 가득 들어찬 것은 전쟁이 벌어진 이후 거의 처음 있는 일이었다.

큰 소리가 일어나지는 않았으나 군데군데 모여 있는 사람들의 수군거림이 끊이지 않았다.

좌석은 중앙의 연단을 기점으로 크게 두 부류로 나뉘어 있었는데, 한쪽은 국왕을 지지하는 인물들이었고 다른 한쪽은 귀족회의에 속한 이들이었다.

"국왕 전하가 무슨 생각으로 이런 짓을 벌이는지는 모르겠으나, 이것은 명백한 자충수입니다."

"그런 허무맹랑한 소문이라니! 아무래도 전하께서 노안

이 오신 모양입니다. 그런 자를 왕국의 영웅으로 추켜세우다니요."

"옳습니다. 전하의 패착입니다. 그리고 이번 기회를 통해 향후 정국의 주도권을 가져와야 합니다."

이것은 회의장에 모인 인물 중 표정이 환한 이들이 나누는 대화였다.

그런데 그중에서도 유독 표정이 굳어 있는 인물이 있었으니, 바로 크로제 백작이었다.

'이런 생각 없는 인사들 같으니라고! 지금 그렇게 희희낙락할 때가 아니거늘! 무리수를 두는 데에는 그것을 타개할 계책이 마련되어 있다는 것을 왜 모를까! 국왕이 아직 자리를 유지하는 데에는 날카로운 정치적 판단과 능수능란한 술수가 있기 때문이라는 것을 정녕 모른단 말인가!'

크로제 백작은 눈 밑이 거무죽죽하게 죽어 있었다. 며칠 동안 밤새 한숨도 못 자고 고민한 까닭이었다. 그리고 아직도 그는 이유를 찾지 못했다.

크로제 백작은 연신 손톱을 물어 뜯어가며 초조한 심경을 드러냈다.

'이유! 대체 이유가 뭐냔 말이다!'

그는 속으로 절규에 가까운 외침을 토하며 반대편을 바라보았다. 국왕을 지지하는 귀족들은 혼란스러운 표정이었다.

"폐하께서 어쩌자고 이런 판단을 내리셨는지 원……."

"이건 누가 봐도 무리수입니다. 차라리 지금이라도 폐하를 설득해서 회의를 무산시키는 편이……."

이렇게 수군거리는 이들 외에 입술을 굳게 다문 채 침묵을 지키는 이들도 있었다. 국왕에 대한 신뢰 때문에 입을 열지는 않았지만, 그들 역시 표정이 그리 좋아 보이지는 않았다.

'아군마저 속인 건가? 아니면 그저 내 기우일 뿐인가? 단순히 기우라면 좋겠지만…….'

마음 한구석에 피어오르는 불안감은 왠지 그 반대라고 외쳐대고 있었다.

크로제 백작의 불안감이 점차 고조될 때였다.

"세 바다와 다섯 대산의 지배자시며, 일곱 평야와 아홉 호수의 주인, 삼천만 국민의 어버이시며 오롯한 왕좌의 주인이신 카이오르 데렌 드 크라인 국왕 폐하께서 입장하십니다!"

커다란 문을 사이에 둔 시종장의 외침이 장내의 수군거림을 잠재웠다.

귀족들은 일제히 자리에서 일어나 자신의 좌석으로 향한 후, 매무새를 정돈했다.

스르륵.

중앙의 커다란 문이 소리 없이 밀려났다. 그리고 평범해 보이지만 기품이 느껴지는 노년의 사내가 회의장에 발을 내디뎠다.

저벅. 저벅. 저벅.

사위가 고요로 물든 가운데 오로지 울려 퍼지는 발걸음소리. 다급하지도, 그렇다고 보는 이로 하여금 답답함을 느낄 정도로 느리지도 않았다.

그의 걸음걸음에는 절망적인 상황에도 굴하지 않고 꿋꿋이 버텨온 군주의 위엄이 서려 있었다.

국왕이 중앙에 자리한 연단에 서자 자세를 바로 한 귀족들이 일제히 고개를 조아렸다.

"크라인의 태양이신 국왕 폐하를 배알하나이다."

"크라인의 태양을 배알하나이다."

연단을 사이에 둔 양편의 말은 달랐다.

'폐하'라는 호칭이 빠진 것이다.

귀족회의는 왕국의 안위를 위해 제국의 보호를 받아야 한다고 주장했다. 그들은 제국을 사대했고, 제후국의 군주를 부르는 '전하'라는 칭호를 사용했다.

반면, 국왕을 지지하는 이들은 비록 영토는 작아도 자주국의 군주로서 스스로 낮출 이유가 없다는 이유로 '폐하'라는 칭호를 사용했다.

국왕 측은 제국에 사대하는 귀족회의 측을 배알도 없는 자들이라며 무시했고, 귀족회의 측은 괜히 제국의 심기를 거슬려 화를 자초하지 말라는 말로 되받아쳤다.

제국과의 전쟁이 일어나기 전부터 두 세력 사이에는 깊은 골이 있었고, 전쟁이 발발함으로 인해 서로에 대한 적대감은 들불처럼 치솟았다.

귀족회의 측은 왕국의 존속을 위해 제국에 싹싹 빌며 화의를 청해야 한다는 주장을 했고, 국왕 측은 목숨을 내던져서라도 빼앗긴 영토를 되찾아야 한다고 주장했다.

두 세력은 서로 다른 주장으로 서로 헐뜯었고, 두 세력 사이의 골은 시간이 지날수록 깊어졌다.

"고개를 들라."

국왕의 나직한 목소리에 양편의 귀족들이 허리를 폈다. 그들은 고개를 들면서 자연스럽게 눈을 마주친 상대편을 향해 눈을 부라리는 것을 잊지 않았다. 코흘리개 아이들이나 할 법한 유치한 신경전이었다.

비록 소리는 없었지만, 싸움을 앞둔 맹수와 비슷한 분위기가 회의장 가득 들어찼다.

"바쁜 와중에도 짐의 뜻에 따라 회의에 참석해 준 그대들의 노고를 위로하노라. 또한, 오늘 이렇게 회의를 개최한 것은 그동안 그대들이 품었던 의문을 풀어내고자 함이니, 기탄없이 발언할 것을 명하노라."

말을 마친 국왕이 자신이 들어왔던 커다란 문을 바라보았다.

스르륵.

소리 없이 문이 열리며 제닌이 모습을 드러냈다.

제닌은 자신을 바라보는 따가운 시선에 씩 웃더니 경쾌한 걸음걸이로 회의장 안으로 들어섰다.

연단 아래에서 국왕을 향해 한쪽 무릎을 꿇어 예를 올린 후, 국왕이 허락하자 다시 몸을 일으켰다.

따가운 시선이 느껴졌다. 위치는 국왕의 왼편, 귀족회의의 귀족들이 모인 곳이었다. 제닌은 고개를 돌려 오른편 귀족들을 마저 바라본 후 다시 국왕을 올려다보았다.

제닌은 고개를 미미하게 끄덕였다.

"그럼 제닌 드 라테스 남작에 대한 청문회를 시작하겠노라. 질문을 통해 왕국의 영웅에 대한 궁금증을 풀고 불신을 타파할 것을 허하노라."

'무슨 말투가 저따위야? 왕 노릇 하려면 말투도 이렇게 고쳐야 하나? 엄청 피곤할 것 같은데?'

제닌은 굳이 저런 억지스러운 말투를 사용해야 하나 하는 생각이 들었으나, 이어지는 목소리에 잠시 생각을 접었다.

"신 무란 자작 메가인 발언을 청하옵니다."

"허하노라."

국왕의 허락에 호리호리한 체구에 신경질적인 인상을 가진 귀족이 몸을 일으켰다.

"신은 라테스 남작이 왕국의 영웅으로 추대된 이후 종적을 감춘 것에 대해 의문을 가지고 있습니다. 공식적인 보고가 전혀 없었던바, 신의 궁금함을 풀어주시길 청하옵니다."

무란 자작의 질문에 국왕은 고개를 끄덕였다.

"적법한 질문이로다. 라테스 남작의 답변을 허하노라."

국왕의 발언에 다시금 좌중의 시선이 제닌에게 모여들었다.

'후! 손발이 조금 오글거리는 것 같긴 하지만.'

제닌은 시종을 통해 전달받은 예법을 떠올리며 입을 열었다.

"신 라테스 남작 제닌 답변을 허하여주신 국왕 폐하의 은혜에 감읍하며 답변 하나이다."

제닌은 국왕을 향해 한 차례 머리를 조아린 후 다시 입을 열었다.

"신은 그동안 제국군의 후방을 교란하라는 국왕 폐하의 비밀 지령을 받아 맡은 바 임무에 충실하였으며, 이를 통해 소소한 성과를 올렸나이다."

제닌이 말을 마치자마자 귀족회의 쪽에서 웅성거림이 일었으나 국왕은 손을 내밀어 소란을 잠재웠다.

"아무래도 그대가 말하는 소소한 성과에 대해 궁금해하

는 모양이니, 더 자세히 설명할 것을 청하노라."

"먼저 신은 전선을 넘어 제국 점령지 안에 있는 보급부대들을 기습했습니다. 대략 스무 곳을 습격해 그 안에 비축된 물자들을 빼앗았고, 이후 협곡을 넘어가 제국 남부 물류의 요충지인 가르타스 영지에 도착했습니다."

제닌은 그동안 자신이 해온 일들을 요약해 설명했고, 귀족들은 입에 거품을 물며 반문했다. 반문의 주된 골자는 제닌이 전공을 증명할 수 있느냐 하는 점이었다.

제닌은 빙긋 웃었다.

'저것들은 생각이 없나? 한 번 더 꼬아서 생각할 줄도 몰라? 어쩌면 그렇게 한 치도 다르지 않을까?'

그동안 어떤 반응이 나올지를 예상하며, 여러 가지 답변을 준비했던 시간이 허무할 지경이었다.

"물론 증명할 수 있습니다. 하지만 장소가 너무 협소하여 증거를 보여 드릴 수 없는 점이 안타까울 따름입니다. 하여 폐하께 넓은 장소를 요청하오니 모쪼록 허락해 주시기를 청하옵니다. 또한, 그 전에."

제닌은 인벤토리에서 수습 병사의 문구가 붙은 장비 한 세트를 꺼내 들었다.

"저, 저건!"

"마, 마법인가?"

아무것도 없는 허공에서 갑자기 나타난 장비. 이에 귀족들의 눈이 휘둥그레질 무렵 제닌은 국왕의 앞에 한쪽 무릎을 꿇고 그것을 양손으로 받쳐 올렸다.

"부족하오나 이번에 신이 얻은 '요새'에서 직접 생산한 장비이옵니다. 마침 실력 좋은 장인을 함께 얻은 탓에 품질은 어느 곳에서 생산한 장비보다 뛰어나다고 자부하오니 받아 주시옵소서."

"기쁘게 받아들이노라. 그러나 나는 기사가 아니라 무구의 품질에 대해서는 잘 모르는바."

국왕이 말끝을 흐리며 주변을 살펴보았다. 그러자 귀족들이 반짝이는 눈으로 국왕을 주시했다.

목적은 빤했다.

귀족회의 측에서는 어떻게든 흠을 잡으려 들 터였고, 국왕 측에서는 국왕의 발언에 힘을 실어 주기 위해 성능을 부풀려 말할 것이 빤했다.

"신 로토스 백작 파이론, 무구의 품질을 살펴볼 것을 청하옵나이다."

그 뒤로 많은 귀족이 살펴볼 것을 청하였지만, 국왕은 처음 발언한 로토스 백작에게 살펴볼 것을 허락했다. 그는 귀족회의에 속한 인물이었다.

로토스 백작은 다시금 국왕에게 청해 회의장 안으로 무구를 들일 것을 허락받은 후, 수행원에게 귓속말을 전했다.

'가장 좋은 것으로 준비해 주게.'

얼마 지나지 않아 로토스 백작의 수행원은 밖에서 장비를 가져왔고, 수습 병사의 장비도 그에게 전해졌다.

로토스 백작은 비릿한 웃음을 머금은 채 제닌을 바라보았다.

'네놈의 말도 안 되는 허풍을 증명해 주마!'

물론 이것은 제닌이 요새를 점령했다는 증거일 따름이었다. 그러나 이 장비의 성능이 형편없다는 것을 증명하면 그가 지금까지 발언한 모든 말이 부풀려졌다는 것을 입증할 수 있었다.

스릉.

로토스 백작은 수습 병사의 철검을 뽑아 수행원이 전해 준 검을 내리쳤다.

카각!

로토스 백작의 눈이 휘둥그레졌다. 이는 근처에 있던 귀족들도 마찬가지였다.

'이럴 수가!'

놀라움으로 가득한 얼굴들.

제닌이 건넨 수습 병사의 철검은 로토스 백작의 수행원이 건넨 검날을 파고들었다.

그리 큰 힘을 준 것이 아님에도 그랬다. 만약 조금 더 힘을 주어 내리쳤다면 검날은 완전히 잘렸을 터였다.

더군다나 잘린 쪽은 로토스 백작이 제국과의 연줄을 통해 구한 수백 골드짜리 명검이었다.

'훗! 고작 공격력 7짜리를 가지고……'

제닌은 코웃음을 쳤다.

그의 시야에는 로토스 백작의 검에 대한 정보가 떠올라 있었다.

시험을 위해 나름대로 좋은 장비를 구해온 것 같았으나, 수습 병사의 철검은커녕 제국 기사들이 들고 다니던 정련된 철검보다도 못한 성능이었다.

'표정을 보아하니 나름대로 비싸게 구한 것 같은데, 자기가 바가지 썼다는 것을 알면 어떨까?'

짓궂은 웃음이 제닌의 입가를 스쳤다.

"이, 이럴 수가!"

로토스 백작은 놀란 눈을 감추지 못한 채, 수습 병사의 철검을 다른 장비를 향해 휘둘렀다. 수습 병사의 철검은 방어구에 대해서도 아낌없는 성능을 발휘했다. 칼날은 갑옷의 철판을 뚫고 들어갔고, 투구를 반으로 쪼갰다.

만약 사람이 장비하고 있었다면 어김없이 목숨을 빼앗았을 일격이었다.

"저런! 시험하신다면서 그런 싸구려 장비를 들여오시다니. 로토스 백작님이라고 하셨나요? 여기, 제국의 기사를 죽이고 얻은 장비인데 시중에서 백 골드면 구할 수 있는 장비라고 합니다."

제닌은 인벤토리에서 정련된 철검과 프라덴 후작의 기사에게서 얻은 장비를 꺼냈다. 물론 문양은 깨끗이 지워진 상태였다.

그 장비는 당황한 표정을 짓고 있는 로토스 백작에게 전해졌고, 수습 병사의 무구와 그의 수행원이 가지고 온 장비의 중간에 해당하는 성능을 보여 주었다.

어리둥절해 있던 귀족들의 눈빛이 서서히 변하기 시작했다. 그들의 눈에 떠오른 감정은 탐욕이었다.

그것은 특히 귀족회의 쪽이 심했는데 그들에게도 로토스 백작의 무구와 비슷한 성능을 가진 무구가 있었기 때문이다.

무려 수백 골드짜리 무구를 단칼에 못쓰게 하는 위력도 어마어마했고, 제국에 속아 그런 장비를 비싼 구입한 것에 대한 억울함도 있었다. 그러나 더 큰 문제는 그런 무기를 다른 적대적인 세력이 휘둘렀을 때였다.

상대는 치명타를 날릴 수 있지만, 자신은 그럴 수 없다는 점은 그들의 안전에 대한 커다란 위협으로 다가올 수밖에 없었다.

'어떻게든 손에 넣어야 한다! 되도록 많이!'

모두의 머릿속에 한 가지 생각이 떠오를 무렵, 다크서클이 짙게 드리워진 귀족 하나가 손을 들었다.

"신 크로제 백작 가베일 발언을 청하옵니다."

"허하노라."

국왕의 허락에 크로제 백작은 입술을 깨물며 몸을 일으켰다.

"비록 라테스 남작은 생산했다고 말하였으나, 그가 요새를 어떻게 점령했는지, 또 어디에 있는지는 밝혀진 바가 없습니다. 그것이 생산된 것이라는 것을 명확하게 증명할 증거가 없다는 의미입니다."

크로제 백작이 하고자 하는 말은 제닌이 어딘가에서 고가의 장비를 사와 생산했다고 거짓말할 수도 있다는 의미였다.

제닌은 빙긋 웃으며 대답했다.

"같은 걸로 백 개 정도 보여 드리면 믿으시겠습니까?"

제닌의 대답에 크로제 백작은 말문이 막혔다. 같은 장비 백 개는 직접 생산했다는 증거로 충분했기 때문이다.

병사들이 사용하는 양산형 장비들은 공방에서 만들었다. 소품종 대량 생산이었다.

그러나 품질이 뛰어난 고가의 장비는 모두 이름난 장인의 손을 거쳐 탄생한 물품이었다. 주문 제작 방식이기에 시간도 오래 걸릴뿐더러 공을 들인 이상 갖가지 장식이나 세공을 더 했다.

모양을 떠나 단순히 시간상으로도 뛰어난 성능의 장비

백 개는 장인이 주문 제작한 물품이 아니라는 의미였고, 이는 고가의 장비를 사왔다는 의심을 털어버릴 증거였다.

크로제 백작은 제닌이 말을 꺼낸 의도를 정확하게 알아들었다.

'맙소사! 그게 사실이라면!'

크로제 백작의 표정이 급격히 굳어갔다.

그의 머릿속에는 기사의 검을 무 자르듯 잘라버리는 검과 기사의 검을 튕겨내는 방어구로 무장한 병력이 그려지고 있었다.

'기백 명만 되어도 문제지만, 천 명이 되고 만 명이 되면! 게다가 놈의 요새는 아직 어디에도 정보가 알려지지 않았어. 그곳에서 비밀리에 그런 장비로 무장한 병력을 육성해 일시에 들이닥친다면!'

크로제 백작의 얼굴이 하얗게 질려가는 것과는 달리 귀족들의 얼굴에는 탐욕의 빛이 점차 짙어지고 있었다.

숲을 보지 못하고 그저 손가락이 가리키는 나무만 보는 수준. 이곳에 모인 귀족 대부분이 그러했다.

그들에게 중요한 것은 이유가 아니었다. 제닌의 전공에 대한 검증 또한 그들의 뇌리에서 잊힌 지 오래였다.

뛰어난 성능의 장비가 무려 백여 개. 방어구까지 포함하면 백여 세트였다.

서로 바라보는 눈초리에 경계심이 깃들었다. 경쟁자를 바라보는 눈빛이었다.

소속된 세력도 상관없었다. 국왕 측은 조금 달랐지만, 귀족회의 측은 애초부터 믿음이나 이념이 아닌, 이익을 위해 뭉친 이들이었다. 언제든 수가 틀리면 뒤통수를 때릴 수 있는 자들이라는 의미였다.

그런 상황을 막기 위해서는 먼저 자신이 강해져야 했다. 뛰어난 성능의 장비는 이를 위한 초석이었다.

'그것참, 빵 줄 사람은 생각도 안 하는데. 수프를 냄비째로 들이키고 있으니 원.'

귀족들의 눈빛을 살피는 제닌의 얼굴에는 한심함이 가득했다.

'멍청한 것들이 욕심까지 많으니 제대로 될 턱이 있나.'

속으로 한숨을 내쉬고 있을 때, 국왕이 입을 열었다.

"라테스 남작의 청을 받아들여 근위기사단의 연병장을 사용토록 허하겠노라. 앞으로 세 시간 후, 그곳에 모여 라테스 남작이 제시하는 증거를 확인토록 하겠노라."

국왕을 말을 마친 후 몸을 돌려 연단에서 내려왔고, 회의장을 빠져나갔다. 제닌 역시 국왕의 뒤를 따라 회의장을 나섰다.

떠들썩한 소란이 등 뒤에서 느껴졌다.

"장비의 분배는 전공에 따라야 하오! 따라서 제국군을 몰아내고 영토를 되찾은 전공을 세운 귀족들이 더 많은 장비를 배정받아야 하는 게 당연할 것이오!"

한 귀족이 불씨를 당겼다.

귀족회의 측이었다.

"말도 안 되오! 왕국을 위해 얼마나 헌신했는지를 따져 공평하게 분배해야 할 것이오! 전쟁으로 희생된 병사들의 숫자가 많은 쪽에 더 좋은 장비를 제공해 전력을 끌어올려야 하오."

국왕 측 귀족의 반론이 뒤따랐다.

"무슨 소리! 가격을 치를 능력에 따라 분배하여야 하오!"

"전선에 파견한 병사들의 숫자로!"

"제국군의 목을 벤 숫자로!"

처음에는 두 파로 갈라져 논쟁하던 것이, 시간이 지나자 각파에서도 또 의견이 갈렸다. 그리고 결국에는 이해타산이 맞는 소수 무리로 다시 갈라졌다.

저마다 목에 핏대를 세워가며 열변을 토하는 귀족들의 모습에 크로제 백작은 나직한 한숨을 내쉬었다.

'분열을 노린 건가?'

슬쩍 의문을 떠올리던 그가 고개를 내저었다.

'아니야. 아무리 봐도 이건 경고였어. 요새를 얻었다는 것은 곧 그만한 병력 또한 양성했다는 의미이고, 이곳에서 장비를 판다는 것은 그 병력이 이미 최소한 그와 비슷한 수준으로 무장했다는 뜻이야. 즉, 자신에게 무시 못 할 힘이 있으니 경거망동하지 말라는 경고. 그런데 그것조차 알아차리지 못하고 분열하는 꼴이라니…….'

크로제 백작의 얼굴에 암담함이 깃들었다.

지난 며칠간의 고민으로 크로제 백작의 머릿속에 자리 잡은 제닌은 엄청난 무력과 지력을 겸비한 특출한 인물이었다. 비록 적이지만 능력만큼은 인정할 수밖에 없었던 것이다.

오늘만 해도 그랬다.

잠깐 사이에 귀족들의 탐욕을 자극했고, 분열을 조장했다.

'이 다음은 또 무엇이란 말인가?

중요한 것은 상대가 아직 제대로 된 패를 꺼내보지도 않았다는 점이었다.

'단순한 변수가 아니었나? 어쩌면 오크를 몰아내려 오우거를 부른 꼴일 수도 있겠군. 우리뿐만 아니라…….'

크로제 백작은 슬쩍 고개를 들어 국왕 측 귀족들을 바라보았다. 그들 역시 조금이라도 장비를 확보하고자 발악하는 중이었다.

Ⅲ

"그런 장비를 내놓다니, 아깝지도 않은 건가?"

집무실에 들어서자마자 국왕이 물었다.

"다 생각이 있겠지요. 그래도 효과는 확실했지 않습니까?"

뒤따라 들어온 노신이 집무실의 문을 닫으며 대꾸했다.

집무실에 들어선 것은 두 사람뿐. 제닌은 그들과 갈라져 다른 방으로 안내되었다.

혹시나 따라붙을 수도 있는 눈을 피하기 위함이었고, 이는 귀족회의 측에 최대한 빌미를 제공하지 않기 위함이었다.

"허헛! 효과는 정말 확실했지. 장비의 성능을 확인하고 나니 아주 얼굴에 탐욕이 그득그득 들어찼으니 말일세."

"폐하께서도 탐이 나십니까?"

노신이 조심스럽게 물었다. 그러자 국왕은 절레절레 고개를 흔들었다.

"욕심을 버리라더군. 욕심은 신기루와 같아서 언제든 허무하게 스러져 버릴 수도 있다고 말이야."

"신에게도 같은 말을 했습니다."

"내, 욕심은 버렸지만, 궁금증만큼은 좀처럼 버릴 수가 없더군. 대체 무슨 생각일까? 혹시 짐작되는 바가 있는가?"

국왕의 물음에 이번에는 노신이 고개를 내저었다.

"신 역시 방법은 모르겠습니다. 하오나……."

"하오나? 자네는 다 좋은데 말이야, 쓸데없이 말을 늘이는 경향이 있어."

국왕의 핀잔에 노신은 빙그레 웃었다.

"폐하께서 궁금해하실수록 신의 말이 가진 가치는 올라가는 법 아니겠습니까? 그러니 그럴 수밖에요."

노신의 대답에 국왕은 입맛을 쩍 다실 따름이었다.

"한 가지만큼은 확신할 수 있습니다. 욕심을 드러낸 자들이 그 욕심 때문에 철퇴를 맞을 거라는 점입니다."

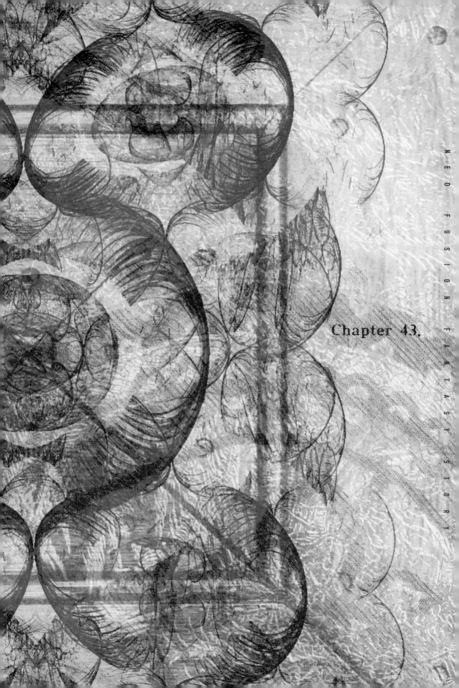

Chapter 43.

ROYAL
ROADER

I

국왕의 지시로 근위기사단의 연병장은 깨끗하게 비워졌다. 그리고 그 안에는 국왕을 비롯한 귀족들이 모여 한 사람을 바라보는 중이었다.

"대체 뭘 보여준다는 건가?"

"얼마나 많기에 저러는 거지?"

수군거리는 귀족들 속에서 크로제 백작 역시 긴장한 얼굴로 제닌을 향해 시선을 고정했다.

'설마 보급부대를 습격해서 얻은 것들을 전부 가지고 있고, 아까와 같은 방법으로 꺼낸다면?'

어쩌면 연병장이 모자랄 수도 있다는 생각이 들었다.

"폐하. 시작해도 되겠습니까?"

"허하노라."

제닌이 조심스럽게 묻고 국왕이 허락했다. 그러자 제닌은 휘적휘적 걸어 연병장 한쪽 구석에 다다랐다.

'출고. 밀 999자루.'

그렇게 생각한 순간 연병장 한쪽에 작은 동산이 생겼다.

40킬로그램짜리 자루 999개. 무게로 따지자면 40톤에 달하는 양이었다.

'출고. 출고. 출고.'

문제는 그런 산이 계속해서 생겨난다는 점이었다.

밀, 보리, 콩, 귀리 등…….

수를 셀 수 없을 정도로 늘어나는 곡물 자루의 산에 국왕을 비롯한 모든 귀족의 눈이 찢어질 듯 커진 것은 당연지사였다.

곡물 자루의 산은 널따란 연병장 둘레를 한 바퀴 빙 두른 다음에야 끝이 났다.

"폐하. 신이 얻은 식량의 절반이옵니다. 증거로 충분치 못하시다면 더 꺼낼 수도 있사온데, 이 정도로 괜찮겠습니까?"

말은 국왕을 향했지만, 시선은 귀족들을 훑고 있었다. 다들 입을 떡 벌린 채로 제자리에 못 박힌 듯 서 있을 따름이었다.

크로제 백작은 혹시나 하는 생각에 식량 자루로 다가가

살펴보았으나, 식량 자루에 선명하게 찍힌 제국의 인장은 일말의 의심조차 허용치 않았다.

비록 제국은 밝히지 않았지만, 최소한 보급 부대들이 습격당한 것만큼은 사실인 듯싶었다.

'그러고 보니 갑작스러운 병력의 대규모 이동 또한 의아한 일이기는 했지.'

보급 사정이 어려워지면 보급로를 줄이고, 수송 병력을 확충하는 것이 당연했다. 또한, 줄어든 보급로만큼 부대를 병합하는 것도 순서였다.

'이 자의 능력은 대체 어디까지란 말인가!'

제닌의 주장과 눈앞의 증거에 따르면, 홀로 수십만 제국군을 곤란한 지경으로 몰아넣은 셈이었다.

그와 더불어 이만한 식량을 가지고 온 것도 대단했지만, 아무것도 없는 곳에서 그것을 꺼낸 것은 더욱 대단했다.

'설마, 전설에 나오는 대마법사의 후계자라도 되는 건가? 아니면 대마법사의 물품을 얻은 건가?'

이런저런 의심이 샘솟았으나 그것을 직접 물어볼 수는 없었다.

'그럼 이전에 보였던 모습은 또 무어란 말인가? 아르스의 말에 따르면 그저 별 볼 일 없던 십인장에 불과했다는데. 그런 자가 어떻게 해서 이런 대단한 능력을 얻었단 말인가?'

순간적으로 여러 가지 생각이 밀려왔지만, 그것이 모여 이루어낸 결론은 하나였다.

'잘못이었어. 이런 자를 함정에 몰아넣어 적으로 만들었다는 것이!'

뒤늦은 한탄을 하며 크로제 백작은 고개를 숙였다.

"그, 그만하면 됐네."

근엄한 얼굴의 국왕조차도 저도 모르게 말을 더듬을 정도로 곡물 자루의 산이 보인 위엄은 대단했다. 당황한 탓인지 공적인 자리에서 사용해야 할 말투마저 순간 잊혔다.

어느 정도 마음의 준비를 한 국왕이 이 정도였으니, 다른 귀족들의 심경은 보나 마나 뻔했다.

"식량은 이쯤 했으니, 다른 전리품을 꺼낼 차례로군요."

"설마, 더 있단 말인가?"

국왕이 되물었다.

어마어마한 양의 식량만으로도 전공의 증거로 내세우기에는 충분했다. 그런데 아직 꺼낼 전리품이 더 있다고 한다.

'정말 제대로 보여줄 작정이로군. 지닌 바 능력이 끝이 보이지 않는 자야.'

당황스러워하는 귀족들의 면면을 살피는 것은 적잖이 기분 좋은 일이었으나, 마음 한구석에는 경계심이 밀려왔다.

제닝을 만나기 전 노신이 했던 말투가 떠오른 탓이었다.

- 튼튼한 날개와 강한 부리를 가진 새를 가두기에는 새장이 너무 좁고, 창살 또한 너무 약할 수도 있다는 말씀이옵니다.

　'어쩌면 새가 아닐지도 모르겠네. 와이번 아니, 어쩌면 전설에 나오는 드래곤일지도 모르겠군.'

　새장이 문제가 아니라는 생각이 들었다.

　'차라리 가두려 들지 않는 게 나을지도 모르겠군. 반감이 생겨 적이 되면 현재 창칼을 맞대고 있는 제국보다 오히려 더 무서울 수도 있는 인물이야.'

　다른 것을 떠나 물품을 보관할 수 있는 능력만으로도 그렇게 판단했다.

　전쟁에서 가장 어려운 일 중 하나가 바로 보급이었다. 그것을 신경 쓰지 않고 전쟁을 치를 수 있다는 점은 그가 이끄는 병력의 전투력과 기동력을 엄청나게 상승시키는 요인이었다.

　'정말, 공주가 없는 것이 한이로군.'

　뛰어난 인물을 얻은 것은 좋았으나, 막상 능력을 확인해 보니 그가 품을 수 있는 한도를 훌쩍 뛰어넘었다. 공주라도 있었으면 혼인으로 엮어 볼 수 있을 텐데, 슬하에 공주가 없다는 사실이 국왕을 안타깝게 했다.

　이러한 이유로 제닌을 바라보는 국왕의 눈길에는 착잡한 감정이 담겨 있었다.

"식량보다는 분량이 적으니 이 안쪽 공간으로 충분할 듯합니다. 꺼내도 되겠습니까?"

"그리하라."

국왕은 한숨이 섞인 듯한 말투로 허락했다.

'출고. 출고. 출고.'

다시금 작은 동산이 생겨나기 시작했다.

제국의 인장이 선명하게 박힌 무기와 방어구, 그 밖의 소모품들이 차곡차곡 쌓여갔다.

제닌은 모든 물품을 꺼내 놓은 후, 국왕의 앞으로 돌아왔다.

"폐하, 모든 것이 폐하의 은덕으로 얻은 것이오니, 폐하께서 처우를 결정해 주시옵소서."

고개를 조아리며 하는 제닌의 말에 입이 턱까지 벌어져 있던 귀족들의 눈빛이 변화했다.

특히 국왕 측 귀족들은 눈을 반짝이며 국왕을 바라보고 있었다. 결정권자가 국왕이라면 당연히 자신들에게 유리한 쪽으로 분배될 것이 자명했기 때문이다.

"폐하! 폐하께, 그리고 왕국에 충성을 바친 저희에게 할당하심이 지당하옵니다!"

"지금 전선의 병사들은 보급이 절실하옵나이다. 간악한 자들의 수작으로 병사들은 끼니조차 제대로 해결하지 못한 채 전투에 몰리고 있는 형편이옵니다. 부디 현명하신 판단을 내리시길 간청하옵나이다!"

언성을 높여 간청하는 국왕 측 귀족들. 그렇지만 귀족회의 측에게도 할 말은 있었다.

"폐하! 형평성을 생각하셔야 하옵니다."

"그렇사옵니다. 지지부진한 저들과 달리 전선을 밀어올리고 영토를 수복한 것은 저희라는 것을 잊지 마셔야 하옵니다."

"누가 진정한 충신인지는 전공을 보면 알 수 있나이다!"

목에 핏대를 세워가며 열변을 토하는 귀족들의 모습에 국왕은 한숨이 나올 지경이었다.

'제국과 내통할 때도 그런 심정이었나? 아니면 짐을 그저 허수아비로 볼 따름인가?'

국왕은 살짝 찌푸린 얼굴로 귀족들을 훑어보다가 손을 내밀었다.

"그만. 그만하라!"

국왕의 엄중한 목소리에 소란이 잦아들었다. 그와 더불어 연병장에 모인 모든 이들의 시선은 국왕의 입술로 모여들었다.

시선에서는 무시무시한 압박감이 느껴졌다.

'허어! 이건 대관식 때보다 더한 압박감이로군.'

국왕의 입가에 쓴웃음이 맺혔다.

자신을 지지하는 자들이나 귀족회의의 이들이나 다 똑,

같다는 생각이 문득 들었기 때문이었다.

이득과 관계가 없는 일에는 나 몰라라 하다가, 이처럼 이득과 직결된 일이 닥치니 그 어느 때보다 열정적으로 나서는 저들의 행태. 국왕은 그것이 심히 불쾌했다.

'마음 같아서는 짐이 직접 나서 병사들에게 보급하고 싶지만……'

며칠 전 제닌이 남겼던 말이 마음에 걸렸다.

— 욕심은 신기루와 같아서 언제든 허무하게 스러질 수 있는 법이지요.

이 정도의 일을 벌일 이가 아무 생각 없이 그런 말을 했을 리 없었다.

한숨을 길게 내쉰 국왕이 마침내 입을 열었다.

"라테스 남작의 충심과 마음은 짐이 잘 받았노라. 하지만 돌이켜 생각해보건대 짐은 심히 부끄러운 마음뿐이로다. 짐이 한 일이라고는 실체 없는 작위와 실권 없는 직위를 떠넘기듯 건네고 위험천만한 임무를 맡겼을 뿐. 이것들은 결코 짐의 은덕이 아닌, 오로지 라테스 남작 본인의 능력으로 행한 일이로다. 따라서 이것들에 대한 처우는."

Ⅱ

꿀꺽.

국왕이 잠시 말을 멈춘 순간, 마른침 삼키는 소리가 사방에서 울려 퍼졌다. 그와 동시에 귀족들의 시선이 국왕의 입에서 제닌에게로 옮겨갔다.

지금까지의 말로 뒤에 이어질 말을 충분히 유추할 수 있었기 때문이다.

"라테스 남작의 뜻에 맡기는 도다."

쿠웅!

실제 소리는 없었지만, 국왕의 말은 커다란 모루가 되어 모두의 가슴 속에 떨어졌다.

연병장에 쌓인 물품의 양은 그야말로 어마어마했다.

현재 전선에 나가 있는 모든 병사가 최소한 몇 달을 버틸 수 있는 양. 금화로 환산하면 시세에 따라 최소 수십 만에서 최대 백만 골드에 달하는 가치였다.

"신 라테스 남작 제닌, 국왕 폐하의 너그러우신 처결에 감읍하나이다. 또한, 폐하의 명을 받들어 전리품에 대한 처우를 결정하겠나이다."

국왕을 향해 머리를 조아리는 제닌의 입가에는 진득한 미소가 담겨 있었다.

'이제 줄을 세울 일만 남은 건가?'

국왕은 말을 마친 채 퇴장했고, 남겨진 이들의 시선은 오로지 제닌에게 모여들었다.

제닌은 그들의 시선을 받으면서 천천히 움직였다.

그가 한 일은 연병장에 쌓여 있던 물품들을 다시 인벤토리에 담는 일이었다.

"아니, 저걸 왜?"

"왜 다시 없애는 건가? 분배해야 할 것 아닌가?"

'큭! 누구 좋으라고?'

제닌은 대꾸 없이 묵묵히 일을 진행했다. 연병장의 물품이 절반쯤 사라지자 보다 못한 귀족 하나가 그의 앞을 막아섰다. 수습 병사의 검을 시험했던 로토스 백작이었다.

"지금 무엇하는 짓인가?"

"일단 거둬들인 다음에 고민하려고 하는데요?"

천연덕스러운 제닌의 대꾸에 로토스 백작은 일순 말문이 막혔다.

"우, 운반은 우리가 사람을 부릴 것이다. 그러니 그대는 분배의 비율만 정하면 될 것 아닌가!"

"분배? 내가 왜 그래야 하죠? 폐하께서 그런 말씀을 하셨나요? 아니면 내가 그랬나요?"

로토스 백작은 다시 말문이 막혔다.

생각해보니 국왕과 제닌의 대화 어디에서도 '분배'라는 말은 없었다. 그저 처우를 결정하라는 말이 오갔을 따름이었다.

'분배가 아니라면?'

'대체 어떻게 할 생각이지?'

귀족들의 머릿속에 공통적인 의문이 떠오를 찰나, 로토스 백작이 노성을 터뜨렸다.

"감히 지금 본 작을 우롱할 셈인가!"

제닌이 동작을 멈추고 로토스 백작을 바라보았다.

"감히? 우롱? 내 어느 말에 그런 게 담겨 있지?"

제닌의 눈빛은 싸늘했다.

말투 또한 공격적이었다.

자신보다 상위의 작위를 가진 인물에게 반말한 것 자체가 결투의 사유가 될 만큼 모욕적인 언사였다.

"이런 건방진!"

스릉!

로토스 백작이 검을 뽑아들었다.

로토스 백작가는 대대로 검술로 이름을 떨친 가문이었다. 그리고 로토스 백작 역시 소드 하이어의 실력을 갖춘 걸출한 인물이었다.

"호오! 말로 안 되니 무력을 동원하시겠다, 이건가?"

제닌은 그렇게 반문하면서도 의문이 들었다.

'이거, 소문에 어두운 거야? 아니면 그 근위기사가 쓸데없이 입이 무거운 거야?'

제닌은 이미 마중하러 나온 근위기사에게 엑셀시어의 실력을 보인 바가 있었다. 그가 이끌고 온 병력도 있었기에 이미 수도 전역에 소문이 퍼져 있을 것으로 예상했었건만, 그게 아니었다.

'뭐, 어쨌든.'

뭐가 되었든 상관없었다. 도발한 상대에게는 응해주는 것이 도리였다. 게다가 그럴 필요성 또한 충분했다.

제닌은 검지를 세웠다.

'웨폰 아우라, 아우라 컨트롤.'

우웅!

검지의 끝에서 솟아오른 푸른 빛줄기. 그것은 살랑거리며 로토스 백작의 주변을 오갔다.

스릉. 쨍강.

혹시라도 그것이 오러 임을 의심할 사람이 있을지도 몰라 제닌은 로토스 백작의 검을 잘라내는 위력을 보였다. 그뿐만 아니라 로토스 백작의 몸을 스치듯 오가며 그가 착용한 갑옷마저 해체했다. 로토스 백작은 치솟는 분노와 수치심에 몸을 부르르 떨었다.

그런데 감히 움직이지는 못했다. 자칫 움직였다가 몸이라도 걸리면 그대로 잘려나갈 것임을 잘 알았기 때문이다.

'에, 엑셀시어!'

'대마법사의 능력에 무력마저 출중하다니!'

지켜보던 귀족들의 눈에 부러움과 시기심이 교차했다.

그런 이들을 훑어보던 제닌이 빙긋 웃었다.

"어떻게? 장갑 던질까?"

로토스 백작은 감히 대답하지 못했다.

상대는 엑셀시어였다.

또한, 그중에서도 완숙한 경지로 여겨졌다. 소드 하이어의 경지에 오른 자신이 채 반응하기 전에 오러를 운용한 것은 물론 검을 자르고 퇴로를 차단했다. 그와 더불어 몸에 상처를 내지 않은 채 방어구를 해체하기까지 했다.

단순히 오러의 운용법만 해도 상상하기 어려울 정도인데, 검술이야 오죽하랴!

답은 이미 정해져 있었다. 대답만 하면 됐다.

여기서 결투를 수락함은 단두대에 머리를 들이미는 것과 다름없었다.

로토스 백작은 힘없이 양팔을 떨어뜨렸다.

그 모습을 보며 피식 웃은 제닌은 오러를 그대로 둔 채로 눈에 힘을 주며 귀족들과 눈을 마주쳤다. 그중에는 분한 듯한 눈빛도 있었고, 부러움과 신뢰가 담긴 눈빛도 있었다.

그렇게 일일이 눈을 마주친 후, 여인의 그것을 연상케 하는 제닌의 붉은 입술이 천천히 열렸다.

"분배는 내일 정오, 태양의 광장에서 하겠습니다. 방식은 경매. 단, 전방으로 보급할 때에는 낙찰 가의 30% 이상의 이득을 붙이지 않겠다는 것과 정해진 시일 안에 보급품을 운송해야 한다는 문서에 인장을 찍어야 합니다."

"겨, 경매라니! 지금 전리품을 팔겠다는 말인가!"

"당장 그만두게! 그건 목숨 걸고 싸우는 병사들을 우롱하는 짓이네!"

귀족들은 들불처럼 제닌을 성토했다.

"싫으면 참여 안 하시면 그만입니다."

제닌은 말을 마친 채, 연병장에 남아 있는 물품들을 마저 인벤토리에 집어넣었다.

'장담컨대, 여기 있는 놈 중에 빠질 놈은 없을걸?'

제닌은 히죽 웃으며 연병장을 벗어났다. 그리고 왕궁에 들러 국왕과 잠깐의 대화를 나눈 후 숙소로 돌아갔다.

남은 인원들은 불같이 노하며 날뛰었으나, 제풀에 지쳤는지 끼리끼리 모여 왕궁을 빠져나가기 시작했다.

고래고래 소리치며 쓸데없이 힘을 써본들 정작 봐줘야 할 사람이 없었다. 그보다는 내일 있을 경매의 전략을 세우는 편이 훨씬 낫다는 판단이었다.

귀족들이 다 빠져나가 을씨년스러운 기운이 감도는 연병장에 홀로 남은 인물이 있었다.

'식량이나 보급품도 중요하지만, 성능 좋은 장비보다 더 중요할 수는 없어. 그런데 대체 왜 경매를 한다는 거지? 그것으로 자기 병사들을 무장시키는 편이 훨씬 나을 텐데?'

골똘히 생각에 잠긴 인물은 다크서클이 볼까지 내려온

크로제 백작이었다.

'대체 속셈이 무언가! 적에게 그런 좋은 장비를 파는 데에는 그 이유가 있을 것 아니야!'

태어나서 지금껏 이토록 자신이 무력하게 느껴진 적은 처음이었다. 크로제 백작은 필사적으로 머리를 굴린 끝에 몇 가지 이유를 생각해낼 수 있었다.

'더 좋은 장비가 있거나, 아니면 그것을 무력화할 모종의 방법이 있거나……. 만약 그렇게 되면?'

문득 싸늘한 한기가 등줄기를 타고 흘렀다.

'만약 귀족들이 아주 비싼 값에 사들인 다음, 그보다 더 뛰어난 성능의 장비를 국왕 쪽 귀족들에게 값싸게 제공하거나, 장비를 무력화할 방법을 사용한다면?'

두 가지 모두 귀족회의의 귀족에게는 치명타로 작용할 터였다.

'게다가 경매라는 방식을 채택한 것도 최대한 가격을 높이기 위한 수단일 터! 이건 자금을 말리기 위한 수작이야!'

번쩍 정신을 차린 크로제 백작은 바쁘게 뛰어다녔다.

크로제 백작은 귀족들의 회동 장소를 찾아가 자신의 추론을 설명하며 장비 구매를 만류했다. 그러나 돌아오는 것은 싸늘한 냉대뿐이었다.

이미 귀족회의의 정점이었던 비밀 모임에서 퇴출당한

크로제 백작이었다. 그 모임의 인물들은 저마다 한 무리의 귀족들을 이끄는 자리에 있었고, 그 때문에 커다란 손해를 본 이들은 결코 그의 말을 믿어주지 않았다.

Ⅲ

"오만 골드!"
"오만 이천 골드!"
"오만 오천!"
경매가는 끊임없이 올라갔다.

귀족회의 귀족들은 어느 정도 가격을 맞추고 나온 모양새였으나, 국왕 측 귀족들이 가세하면서 경매가는 천정부지로 치솟았다. 여기에는 또한, 제닌이 열 세트씩 묶어서 경매에 부친 것도 한몫했다.

한 세트씩이면 귀족들의 숫자를 넘어서게 된다. 당연히 경매 의욕은 수그러들 것이고 낙찰가는 떨어지게 된다.

하지만 열 세트씩 묶으면 귀족들은 경쟁할 수밖에 없었다.

단순히 같은 세력이라 해도 잠재적인 적이요 경쟁자다. 낙찰받은 장비를 너그럽게 나눠준다는 보장이 없었다.

눈치 빠른 몇몇 하위 귀족들이 뭉쳐 카르텔을 형성했다. 자금이 달리는 그들이 한 세트씩이라도 장비를 건지기 위해서는 그 수밖에 없었다.

최고 낙찰가는 칠만 오천 골드에 달했고, 최저 낙찰가는 육만 칠천 골드였다. 그리고 장비를 낙찰받은 것은 대부분 귀족회의 쪽이었다.

국왕을 통해 살짝 언질을 준 바도 있었고, 국왕 측 귀족들은 장비보다 보급품 쪽에 더 마음이 있었기 때문이다.

오랜 전쟁의 여파로 왕국 내의 물자는 거의 말라붙은 상태였다. 돈이 있어도 식량이나 보급품을 구하기 어렵다는 의미였다.

물론 외국 상인을 통해 근근이 물자를 사들이기는 했으나, 가격은 평상시의 몇 배. 물자는 늘 부족할 수밖에 없었고, 덕분에 죽어나는 것은 애꿎은 병사들뿐이었다.

국왕 측 귀족들은 병사들을 위해 장비도 포기한 채 달려들었으나 이어지는 보급품의 경매도 대부분 귀족회의 측 귀족에게로 돌아갈 수밖에 없었다.

기본적으로 보유한 자금이 월등한 탓이었다.

게다가 전쟁을 지속할수록 자금 사정이 어려워져가는 국왕 측 귀족들과 달리 귀족회의 측은 오히려 돈이 불어났다. 제국과의 밀거래를 통해 싸게 사고 비싸게 되파는 일을 반복한 결과였다.

보급품은 평상시의 두 배 가격으로 귀족회의에 속한 귀족들에게 낙찰되었다.

어차피 그들에게 가격은 상관없었다.

그보다 중요한 것은 국왕 측 귀족들에게 물자가 흘러들어 가지 말아야 한다는 점이었다. 한꺼번에 어마어마한 물자가 풀리면 그들이 병사들에게 하던 장사 자체가 불가능해진다. 이를 막기 위해서는 전장의 물자는 항상 부족해야 했다.

장비 낙찰액 칠십만 골드.

보급품 낙찰액 백이십만 골드.

이번 경매를 통해 제닌이 얻은 수익이었다.

'이런 돈을 곧바로 금화로 지급하다니. 저번에 나한테 털린 게 언젠데, 벌써 그 이상을 벌어들였다는 건가? 아니면 그때의 자금이 그저 몇 명이 모은 자금일 뿐이라는 건가?'

이런 의문이 고개를 들었으나 제닌은 고개를 가로저었다. 굳이 신경 쓸 필요가 없었던 탓이다.

제닌은 돈을 받고 해당 장비와 보급품을 꺼내 지급했다.

귀족회의 귀족들은 희희낙락한 얼굴로 국왕 측 귀족들을 비웃으며 몸을 돌렸으나, 제닌의 한 마디가 그들의 몸을 붙잡았다.

"나머지 절반은 내일 같은 방법으로 경매하겠습니다."

순간 국왕 측 귀족들의 얼굴에 화색이 돌았고, 귀족회의 귀족들의 얼굴은 일그러졌다.

오늘의 소비가 있으니 내일은 아무래도 가격이 내려갈

테고, 그러면 국왕 측 귀족에게도 기회가 올 수 있었다.

'대체 얼마나 더 있단 말인가!'

'설마, 모레도 경매에 부칠 물품이 있는 건 아니겠지?'

한 방 크게 얻어맞은 얼굴들.

그러나 제닌은 시원하게 몸을 돌리며 광장을 벗어날 따름이었다.

그날 밤, 귀족회의 귀족들은 다시 모여 대책을 궁리해야했다. 그들로서는 어떻게든 자금을 끌어모아 나머지 장비와 보급품을 사야 했다.

장비는 그렇다 쳐도 보급품이 문제였다. 만약 국왕 측귀족에게 보급품이 넘어간다면 지금까지 그들의 배를 불려주던 장사도 어려워지고, 억지로 떠안게 된 보급품의 의미도 퇴색되게 된다.

Ⅳ

귀족들이 머리를 싸매고 대책을 궁리하는 시각, 검은 그림자 하나가 수도의 중심에 나타났다. 짙은 색깔의 망토로 온몸을 감싼 그림자는 높은 건물의 옥상에 올라 아래를 내려다보았다.

시야 오른쪽 위에 군데군데 뭉쳐 있는 붉은 점이 그림자의 입가에 흡족한 미소를 떠오르게 했다.

"그런데 말이야. 정말 재미있는 건, 이제부터 시작이거든?"

흥미로움이 가득 느껴지는 목소리. 이어 그의 입에서 다시 짧은 중얼거림이 흘러나왔다.

"회수."

– 띠링!

[반경 20km 내에 있는 대여 물품을 거둬들이겠습니까?]

알림음과 함께 눈앞에 떠오른 메시지.

검은 그림자는 음침한 미소를 흘리며 대답했다.

"당연하지."

V

신뢰, 믿음.

언제나 가슴 한편을 불편하게 만드는 단어였다.

처음 입대해 전장에 투입되기까지만 해도 그나마 다른 사람에 대한 신뢰와 믿음이 있었다. 그러나 3년 가까이 전장을 구르면서 누군가를 믿는다는 것은 그만큼 죽음과 가까워지는 일이라는 것을 깨닫게 되었다.

십인장 시절 부하들은 그나마 믿을 수 있었다. 함께 생사의 고비를 수십 번이나 넘었던 까닭이다. 하지만 그 후에 얻은 이들을 완전히 믿기에는 아직 시간과 경험이 모자랐다.

이 때문에 수도의 소환에 응하기 전 제닌이 중점적으로 고민한 것은 배신을 막을 방법과 배신했을 때의 대처법이었다.

정보공개 레벨의 상승으로 배신을 방지하기 위한 몇 가지 기능을 발견할 수 있었는데, 대여는 그중 하나였다.

장비나 물품을 수여하면서 대여라는 조건을 걸어두면 언제든 회수할 수 있었다. 한꺼번에 다수의 물품을 회수할 수도 있었는데, 다만 회수하려는 물품이 일정한 범위 안에 있어야 한다는 조건이 붙었다.

제닌이 굳이 수도의 중심까지 나와 회수를 실행한 것도 그런 이유에서였다.

제닌은 다시금 인벤토리를 그득 채운 물품들을 확인한 후 곧바로 왕궁으로 향했다. 그리고 숙소로 정해진 방에 도착하자마자 국왕의 호출을 받았다.

'타이밍 좋고!'

내일 아침 물품이 사라진 것을 안 귀족들이 어떤 반응을 보일까?

아마 처음에는 길길이 날뛰다가 곧 물품이 사라진 원인을 찾으려 할 터였다. 그리고 유력한 용의자로는 제닌을 꼽을 확률이 높았다. 아무것도 없는 공간에서 물품을 꺼내고, 다시 사라지게 하는 신기한 일을 행했기 때문이다.

하지만 사건이 발생한 시각에 국왕과 함께 있었다면 어떨까?

단순히 국왕만 증언할 수 있는 게 아니었다. 왕궁에는 사람이 많았고, 그중에는 귀족이 심어 놓은 세작도 있었다. 이런 이유로, 국왕의 호출은 제닌에게 기막힌 알리바이를 제공해 주는 것이었다.

시종의 안내에 따라가 보니 국왕과 몇몇 귀족들이 자리하고 있었다.

명목은 전공에 대한 치하였으나, 제닌의 눈에는 귀족들의 눈동자에 서린 욕구가 빤히 보였다.

'내일 있을 경매에 대한 정보가 목적인가?'

제닌은 속으로 피식 웃었다.

'뭐, 그 정도는 귀엽게 봐주지.'

이미 이백만 골드에 가까운 자금을 손에 넣었다. 물품의 소비 또한 없었으니 그야말로 거저 얻은 것과 다름없었다.

어차피 귀족회의 측의 기세를 꺾고, 국왕 측을 지원할 마음이 있었다.

'적당히 균형을 맞춰야 하니까.'

1대 1.

전쟁을 끝내기 위해 제닌이 생각한 조건이었다.

왕국을 침략한 제국군과 귀족회의의 힘을 하나로 놓고, 국왕 측과 제닌 자신의 힘을 합한 것이 그것과 거의 비등

해야 한다는 의미였다.

'물론 전황이 기울면 국왕 측에서 딴마음을 먹을 확률도 있겠지만, 그것은 오히려 왕국의 몰락을 가져올 터.'

전투를 거듭할수록 병력이 소모되는 것은 당연한 일이었다. 그러나 제닌에게는 소모된 병력을 짧은 시간에 채우는 방법이 있었다.

바로 훈련소와 훈련던전이었다.

'사람만 구할 수 있다면 병력을 만드는 것은 일도 아니지.'

제닌은 귀족들의 질문에 적당히 답하며 '사람'을 지원해 줄 것을 약속받았다.

물론 당장은 받아봤자 옮길 방법이 없었다. 아무 능력도 없는 많은 사람을 이끌고 전선을 넘는 것도 문제였고 또한, 설사 데려간다 해도 요새 내부에 그들을 수용할 만한 공간이 없는 것도 문제였다.

그 때문에 제닌은 나중에 그가 라테스 성을 완전히 점령한 후로 기한을 두었고, 귀족들은 흔쾌히 승낙했다.

외상으로는 소도 잡아먹는다고, 그들에게는 당장 눈앞에 있는 장비와 보급품을 확보하는 것이 우선이었기 때문이다.

이어, 국왕이 친히 그것을 공증함으로써 제닌은 무려 십만에 달하는 미래의 주민을 확보했다.

'크흐흐! 이런 게 진정 남는 장사지.'

솔직히 제닌이 넘겨주는 정보는 쓸데없는 것이었다. 경매에서 얻은 물품을 모두 잃어버린 귀족회의 측이 또다시 경매에 참여할 가능성이 거의 없었기 때문이다.

'증거가 없으니 혐의를 입증할 수 없겠지. 따라서 놈들은 관찰만 할 확률이 높아.'

물론 그중 몇몇은 나서겠지만, 자금이 달려 오늘 경매에서 낙찰받지 못한 쭉정이들이 대부분일 것이다. 비록 국왕측의 자금이 말랐다지만, 그런 쭉정이들보다는 많은 장비와 보급품을 획득할 것이다.

그렇게 화기애애한 밤이 지나갔고, 다음 날이 밝았다.

Chapter 44.

ROYAL ROADER

I

　'훗! 꼭 벌집을 쑤신 것 같군.'

　미니맵을 살펴보는 제닌의 얼굴에는 비릿한 미소가 감돌고 있었다. 최대로 축소한 미니맵에는 수많은 붉은 점들이 종횡무진으로 움직이고 있었다.

　벌집을 쑤셨을 때 벌들이 보이는 광경과 비슷했다.

　장비와 보급품이 없어진 사실을 깨달은 귀족들은 길길이 날뛰었다. 도둑을 찾으려 곳곳을 쑤신 탓에 애꿎은 도둑 길드가 화를 입었으나 제닌이 알 바는 아니었다.

　'그나저나 의외야. 적어도 한 번쯤은 날 찾아와 따질 줄 알았는데.'

　최소한 몇 명쯤은 득달같이 달려올 줄 알았건만, 단 한 명도 제닌을 찾지 않았다.

'아주 유능한 첩자들을 투입한 모양이야.'

아무도 찾지 않았다는 것은, 왕궁에 잠입해 있던 첩자들이 어젯밤의 소식을 귀족들에게 전했다는 것을 의미했다.

'그새 자기들끼리 회의라도 했나? 아마, 일단 눈치를 보자는 쪽이 우세했던 모양이야.'

그저 왕궁의 숙소에 있을 따름이었으나, 제닌은 미니맵에 보이는 붉은 점의 움직임과 여러 가지 정황들로 상황을 추측했다. 그리고 그것은 마치 들여다보는 것처럼 정확하게 들어맞았다.

'그나저나 이 녀석은 아침부터 어디로 간 거야?'

슬쩍 미니맵을 확대해보자 마리의 푸른 점은 멀지 않은 곳에 있었다. 연두색 점과 딱 붙어 있었는데, 그것을 바라보는 제닌의 미간은 살짝 일그러져 있었다.

'또, 거긴가?'

바쁘기도 하고 신경 쓸 일도 많은 탓에 요즘 좀 마리에게 신경을 쓰지 못했다. 그 사이 마리의 마음을 차지한 것은 왕세자였다.

삼십 대 중반의 인상 좋은 사내는 제닌이 소홀한 틈을 타 마리에게 온갖 정성을 쏟았고, 그 결과 마리는 아침에 일어나자마자 왕세자를 찾아 애교를 부렸다.

'공주가 없으니 마리라도 노려보겠다는 건가?'

제닌의 능력을 본 이상, 국왕 측은 보다 확실한 끈을 맺길 원할 터였다. 이를 위한 가장 좋은 것은 혼인동맹이었는데, 아쉽게도 국왕에게는 공주가 없었다.

다만, 왕세자에게는 마리와 비슷한 또래의 아들이 있을 뿐이었다. 두 아이를 이어준다면 이 또한 혼인동맹과 비슷한 효과를 나타낼 터였다.

'뭐, 그럴 리야 없겠지만⋯⋯.'

제닌이 허락지 않으면 마리 또한 결코 마음이 넘어갈 리 없었다.

그런 생각에 상념을 털어 버리려던 제닌의 머릿속에 문득 한 영상이 그려졌다.

마리와 한 남자아이가 다정하게 손잡고 뛰어논다. 그러다 한 아이가 돌부리에 채여 넘어지고, 손을 잡은 탓에 함께 넘어진다. 넘어졌음에도 뭐가 그리 좋은지 깔깔대던 두 아이가 사이 좋게 껴안고 바닥을 뒹구는 모습이었다.

제닌의 눈썹이 미세하게 경련했다.

물론 실제 벌어진 일은 아니었으나, 그저 생각만으로도 불쾌하기 짝이 없었다.

– 마리. 울어!

"우, 우아아앙!"

곧바로 멀리서 아련한 울음소리가 들려왔다. 당황한 듯한 왕세자와 남자아이의 목소리도 함께였다.

'그런 꼴은 절대 못 보지.'

제닌의 얼굴에는 그제야 만족한 듯한 미소가 떠올랐다.

II

정오가 되자 태양의 광장에는 수많은 인파가 모여들었다.

대부분은 귀족이었지만, 구경하기 위해 모여든 사람들도 다수였다.

경매가 벌어졌고, 어제보다 절반가량 내려간 가격에 물품이 낙찰되기 시작했다. 낙찰받은 이들은 대부분 국왕 측 귀족들이었다.

귀족회의 측은 어딘가를 뚫어지게 노려볼 뿐, 경매에 입찰하지는 않았다.

그랬기에 국왕 측 귀족들은 거의 최저가로 낙찰받을 수 있음에도, 그러지 않았다. 제닌에 대한 일종의 호의를 보이기 위함이었다.

그렇게 오십 세트가량의 장비가 낙찰되었을 때, 귀족회의 측 귀족 하나가 앞으로 나섰다.

"무슨 일입니까?"

"크흠! 라테스 남작에게 한 가지 요청할 사항이 있소."

귀족은 헛기침을 터뜨리며 말문을 열었으나, 그를 바라

보는 제닌의 눈빛은 싸늘했다.

"예법을 아주 스프에 말아 드셨나 봅니다?"

"그게 무슨……."

귀족이 당황해 하는 찰나, 제닌이 딱딱한 목소리로 그의 말을 잘랐다.

"누구인지도 밝히지 않는 사람과는 더 말을 나누고 싶지 않습니다. 자리로 돌아가시길."

제닌은 불쾌한 표정으로 손목을 내저었다. 파리를 쫓는 듯한 손짓이었다.

"이익! 이 자가 감히!"

귀족은 얼굴을 붉히며 반박하려 했으나 팔을 잡아채는 다른 귀족들에 의해 끌려나갔다. 그를 대신해 다른 귀족 하나가 앞으로 나섰다.

"미안하오. 사안이 워낙 급한지라 저도 모르게 실수를 범했나 보오. 아! 본인은 쿠란 드 타이렌 자작이라 하오."

콧수염을 멋들어지게 기른 중년의 사내였다.

"사과를 받아들이지요. 저 또한 다소 거친 말투를 사용한 것을 사과드립니다. 예법에 어긋나는 말을 들으면 응당 그에 맞는 대답을 해야 속이 풀리는지라."

제닌은 대답과 함께 귀족들을 향해 살짝 고개를 숙였다.

사실 그냥 넘어가도 될 일이었다. 그럼에도 제닌이 굳이 트집을 잡은 것은 귀족들이 앞으로 할 말을 대충 예상하고 있었기 때문이다.

'할 말이야 뻔한 것 아니겠어?'

일종의 기선 제압이었다.

"이미 들었는지는 모르겠지만, 오늘 아침 아주 엄청난 일이 벌어졌소. 바로 라테스 남작에게 산 장비와 물품들이 하룻밤 사이에 사라져 버린 일이라오."

역시 예상대로였다.

"그래서, 범인이 저라는 말씀입니까?"

제닌은 미간을 살짝 찌푸리며 되물었다. 불쾌함이 역력하게 느껴지는 목소리에 타이렌 자작은 양손을 내저었다.

"아니오. 그 시각 라테스 남작이 국왕전하와 함께 있었다는 것을 알기에 그대를 범인으로 생각할 수는 없소. 그럼에도 이렇게 나선 것은, 다만 한 가지 요청할 것이 있기 때문이오."

"요청할 것이 무엇입니까?"

"그저, 라테스 남작에게 남아 있는 장비를 한번 살펴보고 싶을 따름이라오."

'살펴보고 싶다?'

제닌은 살짝 고개를 갸웃거렸으나, 곧 그 이유를 찾아낼 수 있었다.

'하여간 남의 것은 잘도 뺏는 놈들이, 자기 것 뺏기기는 엄청 싫어한다니까!'

정황으로 볼 때, 장비에 모종의 표식을 남긴 모양이었다.

"내가 거부한다면 어떻게 됩니까?"

"우리도 싫지만, 어쩔 수 없이 그대에게 의심을 품기 시작할 수밖에 없지 않겠소?"

지금까지는 의심하지 않았지만, 앞으로는 의심할 것이라는 의미였다. 교묘한 말투를 사용했지만, 내용만 살펴보자면 협박이나 다름없었다.

'쯧쯧! 생각해 내는 게 고작 이 정도인가? 이러면 너무 실망인데? 어떻게 제대로 생각할 줄 아는 놈이 하나도 없어?'

솔직히 왕국 귀족들의 수준은 제국 귀족에 비할 바가 아니었다. 비록 적국이지만 실력이나 생각하는 능력만큼은 인정할 수밖에 없는 노릇이었다.

"왜 그러시오? 설마, 보여주지 못할 무슨 이유라도 있는 것이오?"

제닌이 곧바로 답하지 않고 생각하는 모습을 보이자 타이렌 자작은 기세등등하게 되물었다.

"어려울 것 없지요. 마음껏 살펴보시죠."

제닌은 대답과 함께 인벤토리의 장비 중 오십 세트를 꺼내 바닥에 늘어놓았다. 그러자 귀족회의 귀족들이 우르르 몰려나와 장비를 살펴보기 시작했다.

"있는가?"

"없습니다. 이럴 리가 없는데……."

곳곳에서 일어나는 귀족들의 속삭임에 제닌의 입꼬리가 길게 늘어졌다.

'있을 리가 없지!'

인벤토리의 효능 중 하나.

착용할 사람에게 맞게 사이즈가 변화하는 것과 손상된 외관을 복원하는 기능이었다. 물론 내구도가 하락하기는 하지만 단지 그뿐, 모양은 처음 만들어진 그대로 돌아왔다.

"다 살펴보셨습니까?"

미소 띤 얼굴로 묻는 제닌을 향해 타이렌 자작은 그저 떨떠름한 얼굴로 고개를 끄덕일 수밖에 없었다.

"이젠 어떻게 하오?"

"어떻게 하긴! 어떻게든 구해야지! 이대로 두면 우리 안전을 장담할 수 없소!"

웅성거리는 귀족들을 슬쩍 바라본 제닌은 얼굴을 굳히며 입을 열었다.

"남은 물품이 있지만, 오늘 경매는 여기서 마치도록 하겠습니다."

"아, 아니 왜?"

"왜 그러시오?"

"기분이 아주 더러워서 말이죠."

제닌은 타이렌 자작을 직시하며 대답했다.

"기, 기분이 왜……."

다소 당황한 얼굴로 되묻는 타이렌 자작의 모습에 제닌은 한심함을 느낄 정도였다.

'멍청이로군. 그렇게 얼굴에 표를 내면 안 된다는 건, 정치를 모르는 나도 아는 사실이야.'

제닌은 속으로 혀를 차며 말을 이었다.

"제가 정말 아무것도 모를 것으로 생각했다면 그 사람은 누군가를 다스릴 자격이 없다고 말씀드리고 싶군요."

한 마디로 너희 생각과 의도는 모두 파악했다는 말이었다.

"조금 전의 행위는 저에게 엄청나게 수치스러운 일이었으며, 또한 분기가 치미는 일이었습니다."

싸늘한 눈동자로 귀족회의 측을 바라보는 제닌의 얼굴은 마치 북대륙 극지의 빙하처럼 차가웠다.

"내일 정오, 이 시간에서 다시 경매를 시작하겠습니다. 단, 귀족회의 측은 경매 참가를 불허 합니다."

쿵!

귀족회의 측 귀족들의 가슴에 커다란 바위가 떨어졌다.

국왕 측 귀족들은 아직 상황 파악이 안 됐는지, 얼떨떨한 얼굴이었다.

"아, 아니! 그, 그런 게 어디 있소!"

"왜 우리가 참가할 자격이 없단 말이오!"

귀족회의 측 귀족들이 거세게 반발했으나 제닌은 대꾸 없이 바닥의 장비들을 거둬들인 후 몸을 돌렸다.

"이거 우리한테 좋은 일 아닌가?"

"당연하지! 귀족회의 쪽이 참가할 수 없다면 결국 우리에게 모든 장비를 팔겠다는 의미 아니겠나!"

한발 늦게 국왕 측 귀족들이 환호했다.

그러거나 말거나, 제닌은 그대로 왕궁으로 복귀했고, 귀족회의의 귀족들이 아우성치며 뒤를 따랐다. 하지만 어느 순간 제닌의 걸음이 빨라지기 시작했고, 눈 깜빡할 사이에 귀족들의 시야에서 사라져 버렸다.

뒤쫓던 귀족들은 허망한 얼굴로 왕궁을 바라볼 따름이었다. 그러나 얼마 지나지 않아 차츰 변하기 시작했다.

따가운 시선이 한곳으로 모였다. 그곳에는 이번 일을 주도한 원흉 쿠란 드 타이렌 자작이 서 있었다.

"왜, 왜, 그런 눈으로 저를……."

타이렌 자작은 주춤거리며 뒤로 물러섰다.

오늘 아침까지만 해도 기막힌 생각이라며 추켜세우기

바빴던 귀족들이었다. 그러나 지금 그를 향해 쏟아지는 시선에는 원망과 분노가 그득했다.

귀족들에게는 그들의 화를 받아낼 희생양이 필요했다.

Ⅲ

– 띠링!

[음모 '함정'의 파쇄에 성공하였습니다. 보상으로 경험치 350을 획득합니다.]

'음모? 함정? 파쇄? 이런 것도 있었어?'

정보공개 레벨이 오른 후, 웬만해서는 놀라지 않던 제닌이 깜짝 놀란 표정을 지었다. 그러나 얼마 지나지 않아 천천히 고개를 끄덕일 수 있었다.

'함정? 아하!'

아무래도 정오에 있던 일을 뜻하는 듯했다.

'그런데 그게 무슨 음모야? 한눈에 빤히 보이는 것도 음모라고 할 수 있나?'

제닌이 생각하는 음모보다는 상당히 수준 낮아 보였으나, 어쨌든 제닌에게는 좋은 일이었다.

'뭐, 경험치는 고맙게 받아주지. 일종의 애피타이저인 셈이니.'

비록 '프라덴 영지의 혼란'의 10% 정도의 경험치였으나, 적은 양은 아니었다. 경험치 350이면 0레벨에서 10레벨로 레벨 업 할 수 있었기 때문이다.

게다가 들인 노력이 얼마 안 됐다. 노력이라고 해봤자 머리를 약간 굴려 행동한 것뿐이었다.

'중요한 건, 아직 더 큰 게 남아 있다는 거겠지.'

음모 설정 창을 바라보는 제닌의 눈에는 광채가 흘렀다.

쿵쿵쿵!

쾅쾅쾅쾅!

"이보게 라테스 남작! 이야기 좀 하세!"

"제발 문 좀 열어주게! 자네가 원하는 대로 해줄 테니!"

'원하는 대로라…….'

제닌은 씩 웃었다.

'별것도 아닌 장비 가지고 왜 이리 난리를 치는지 모르겠지만…….'

정말 몰라서 그럴까?

아니다. 장비의 중요성은 누구보다 더 잘 알고 있는 제닌이었다. 그저 자신이 쳐 놓은 그물 안에 그득히 잡힌 물고기를 보는 어부의 심정일 따름이었다.

'애는 태울 만큼 태웠으니.'

제닌은 피식거리며 문으로 향했다.

스르륵.

부드럽게 열린 문과 함께 제닌이 모습을 드러냈다.

"이보게 라테스 남작!"

할 말이 많은 듯 앞다투어 입을 여는 귀족들을 향해 제닌은 손바닥을 들었다.

"2배. 낙찰금액의 두 배를 낸다면 경매참여를 한 번 생각해 보지요."

"그, 그럴… 수가……."

"이것은 폭압이요! 가진 자의 폭거요!"

"옳소! 경매는 공정해야지, 멋대로 가격을 올릴 수는 없는 일이오!"

얼토당토않다는 표정을 짓던 귀족들의 얼굴을 훑어본 제닌이 씩 웃었다.

"싫으시면 그냥 없던 일로."

동시에 스르르 닫히는 문.

'쯧쯧! 칼자루를 쥔 건 나라고, 이 한심한 작자들아. 협상도 어느 정도 힘의 균형이 맞아야 할 수 있는 거지, 지금처럼 너희가 완벽히 불리한 상황에서는 그냥 남작 엎드려 비는 게 최선이라고. 그런데 뭐 폭압? 폭거?'

문틈으로 점차 사라져가는 제닌의 모습에 귀족들은 마음이 급해졌다.

"자, 자, 잠깐!"

한 귀족이 문틈 사이로 손을 집어넣었다. 그리고 힘을

주어 다시 문을 열었다.

"시, 실수였소. 남작의 말을 받아들여 낙찰금액의 2배를 내겠소."

'훗! 그건 조금 전 가격이고.'

제닌은 굳은 얼굴로 선언했다.

"3배."

귀족들의 얼굴은 다시 한 번 굳어졌고, 제닌은 문고리를 잡은 손에 힘을 주었다.

'머리가 멍청하면, 눈치라도 있어야지. 쯧!'

선택의 여지는 애초부터 없었다. 괜히 반발했다가 가격만 더 올라간 셈이었다.

"바, 받아들이겠소."

풀죽은 귀족의 표정을 확인하고 나서야 비로소 제닌의 얼굴에 웃음이 돌았다.

"그럼, 내일 뵙겠습니다. 아! 물론 경매에서는 금화나 보석 같은 현물만 취급하는 것을 기억하시길."

제닌의 입가에 맺힌 친절한 미소. 그러나 문 앞에선 귀족의 눈에는 악마의 그것보다 더 사악해 보였다.

Ⅳ

"구만 골드!"

"구만 오천!"

"구만 팔천 골드!"

경매는 처음보다 훨씬 더 치열했다. 원하는 사람은 많았지만, 물품은 절반으로 줄었으니 당연한 결과였다.

'그런데 지급할 능력은 되나 몰라?'

과열되어 가는 경매의 열기에 국왕 측 귀족들은 적당한 선에서 손을 뺐다. 하지만 서로 믿지 못하는 귀족회의 측 귀족들은 입에 거품을 물어가며 숫자를 불러댔다.

'절박함이 이성을 잡아먹은 건가? 아니면, 이미 오우거의 등에 탄 상태라 내릴 수 없는 건가?'

좋은 장비의 필요성은 그도 인정하는 바였으나, 제닌은 이렇게 과열된 경매의 분위기를 도무지 이해할 수 없었다.

만약 낙찰가가 십만 골드라면, 제닌에게 지급해야 할 금액은 무려 삼십만 골드였다. 그리고 이것은 웬만한 중대형 영지 하나를 통째로 사들일 수도 있는 금액이었다.

고작 장비 열 세트의 가격으로는 차다 못해 넘쳤다.

냉정하게 따져보면 수습 병사의 장비보다 성능이 약간 떨어지는 제국 장인의 장비 한 세트는 오백 골드 남짓이면 살 수 있었다.

물론 제국 내에서의 가격이었고, 제국의 상인이 수작을 부렸다 해도 넉넉잡아 3천 골드면 살 터였다.

열 세트면 3만 골드.

그런데 성능이 조금 더 뛰어나다고 그 열 배의 가격을 주고 굳이 살 필요가 있을까?

'나라면 절대 안 사지. 하지만 당신들은 다르잖아. 당장 안전을 위협받을 수 있는 상황이니.'

현재 수도에 있는 힘의 구도는 국왕 측과 귀족회의 측이 거의 비슷했다. 최근 전선을 밀어 올리느라 국왕 측 귀족들을 견제할 최소한의 여력만 남겨둔 채 모조리 전선에 투입했기 때문이다.

사실 전투랄 것도 벌어지지 않았으나, 커다란 전공을 세웠다고 내세우기 위해서는 그만한 근거. 즉, 병력의 투입이 있어야 했다.

어찌 되었든, 중요한 것은 현재 수도 내의 세력 구도가 비슷하다는 점이었다.

여기에서 바로 어제, 국왕 측 귀족들이 장비를 얻었다. 즉, 전력이 상승했다는 의미였다.

사실 귀족회의의 반역에 가까운 행위에도 그동안 국왕 측이 손을 쓸 수 없었던 것은, 어디까지나 귀족회의의 힘이 더 컸기 때문이다.

그런데 여기에서 힘의 구도가 역전되는 현상이 벌어진다면 어떨까? 그동안 기회만 엿보던 국왕이 계속 망설일 만한 이유가 있을까?

물론 성능 좋은 장비 50세트가 전체적인 세력의 힘에 커다란 영향을 줄 수는 없었다. 다만, 그럴 가능성만으로도 귀족회의 귀족들에게는 충분히 위협적이었다.

또한, 어떻게든 장비를 얻는 것까지는 좋았다.

그렇지만 어마어마한 돈을 들여 좋은 장비를 얻은 들, 세력의 힘 전체가 달리는 상황이면 개인의 힘 따위는 크게 힘을 쓸 수 없었다.

귀족회의 측에 조금이라도 머리가 돌아가는 사람이 있었다면 국왕 측 귀족들이 떨어져 나간 시점에서 적당히 가격을 맞출 수도 있었다. 그렇지만 안타깝게도 이곳에는 그 정도로 머리가 돌아가는 사람조차 없었다.

아니, 딱 한 명 있기는 했다. 문제는 그가 이미 귀족회의 측에서 완전히 배척한 인물이라는 점이었다.

'아니야. 이건 아니야. 싸움은 이미 졌어.'

태양의 광장 한 편, 인파에 섞인 채 경매를 바라보는 크로제 백작의 눈빛은 암울했다. 제닌의 의도와 앞으로 벌어질 일의 결과를 그나마 이해한 인물이었다.

'남은 건 파멸뿐……. 내 그리도 말렸건만…….'

우려와 걱정이 담긴 눈으로 귀족회의의 귀족들, 옛 동료를 바라보던 크로제 백작은 이내 몸을 돌렸다.

'이 나라를 떠야 해. 한시라도 빨리!'

탕탕탕!

나무망치 두드리는 소리와 함께 제닌의 목소리가 들려왔다.

"첫 장비 열 세트는 십만 골드의 가격으로 도르문드 백작님께 낙찰되었습니다."

결국, 낙찰가는 십만 골드로 결정되었다.

"으하하하! 나다! 이것들은 이제 내 것이야!"

광소를 터뜨리며 장비를 향해 손을 뻗는 도르문드 백작. 그러나 제닌의 손이 그의 팔을 가로막았다.

"아! 그렇지. 돈을 줘야지! 돈을! 이보게!"

도르문드 백작이 뒤를 돌아보며 신호하자 건장한 기사 둘이 커다란 궤짝을 들고 나타났다.

"확인해 보게, 십만 골드. 이제 이 장비는……."

다시금 손을 뻗는 도르문드 백작의 팔을 제닌이 잡았다.

"이십만 골드가 모자랍니다만."

제닌의 목소리는 딱딱했다.

그리고 그의 말은 귀족회의 측 귀족들의 얼굴을 하얗게 질리게 했다. 어떻게든 장비를 확보해야 한다는 생각과 경매의 열기 때문에 잠시 잊고 있었던 일을 떠올렸기 때문이다.

'3배!'

'뭐야? 정말 모르고 있었어? 그새 잊어버린 거야?'

아무리 적이지만 지나치게 한심한 모습은 제닌으로 하여금 도와줄 생각이 들게 할 정도였다.

"설마 물건을 살 돈이 없으십니까? 그러면……."

"자, 잠깐!"

도르문드 백작은 몸을 돌려 귀족회의 측 귀족들에게 다가갔다.

"돈을 좀 융통해 주시오. 내 반드시 갚을 터이니."

빌려줄 리 없었다.

이들은 잠재적인 경쟁자. 그와 더불어 조금 전까지만 해도 그와 장비를 두고 치열하게 싸운 이들이었다.

"지불할 능력이 없으시군요. 그럼 처음 경매는……."

제닌이 경매의 무효를 선언하려 할 때였다.

"잠시만 기다려 주십시오."

화려한 차림을 한 중년의 사내가 도르문드 백작을 향해 다가왔다.

"이십만 골드, 제가 빌려 드려도 되겠습니까?"

절망으로 치닫던 도르문드 백작에게는 그야말로 생명줄과 같은 제안이었다.

"빌려 주시오! 내 무슨 수를 써서라도 갚을 터이니!"

중년 사내는 말없이 손을 들어 손뼉을 마주쳤다. 이에 인파가 갈라지며 커다란 궤짝을 든 건장한 사내들이 줄지어 들어왔다.

사내는 그 중 궤짝 두 개를 도르문드 백작 앞에 내려놓았다.

모두가 어리둥절한 상황.

"이제 이 장비를 가져가도 되겠소?"

"잠깐!"

도르문드 백작이 침을 꼴깍꼴깍 삼키며 장비로 손을 뻗으려 할 때, 제닌이 다시 한 번 그를 막아섰다.

"그대는 누구지?"

물음이 향한 것은 중년 사내 쪽이었다.

"아! 왕국의 영웅이신 라테스 남작님이시군요. 저는 그저 천하디천한 상인일 따름입니다."

"상인? 고작, 일개 상인이 이십만 골드라는 자금을 마련할 수는 없을 테고…… 어느 상단 소속인가?"

"드루아 상단이라고 합니다."

"드루아 상단? 처음 들어보는 이름이로군."

고개를 갸웃거리는 제닌의 모습에 상인이 곧바로 설명을 덧붙였다.

"본점이 멀리 넥스트라 제국에 속해 있기에 이곳까지는 잘 알려지지 않았을 것입니다."

"넥스트라 제국이면 대륙 반대편에 있는 먼 나라 아닌가? 그 먼 곳에서 굳이 이곳까지 상행을 나온 이유를 알 수 없군."

제닌은 의심스럽다는 기색을 풀풀 풍기며 되물었다.

마치 중년 사내를 심문하는듯한 분위기였다.

"상인이란 본디 이득을 좇는 천한 자 아니겠습니까? 비
록 먼 곳이기는 하지만 이곳으로 오면 커다란 이득을 얻을
수 있다는 저희 상단주의 지시에 이곳으로 오게 되었습니
다. 그리고 말씀드리기 송구하오나 이번 전쟁을 통해 적잖
은 이득을 취할 수 있었습니다."

순간 제닌의 얼굴에 한파가 몰아쳤다.

"지금 뭐라고 했나? 이득? 전쟁을 통해 이득을 보았다
고 했나? 이런 개 같은 놈들이!"

움켜쥔 주먹이 새하얗게 변해갔다. 금방이라도 뭔가가
터져 나올 듯한 제닌의 분위기에 중년 사내는 납작 엎드릴
수밖에 없었다.

"죄송합니다. 사, 살려 주십시오."

비단 중년 사내 뿐만이 아니었다.

병사들을 상대로 비싸게 팔고, 싸게 사들이는 장사로 이
득을 본 귀족들 역시 찔끔한 기색이었다.

"정말 버러지 같은 놈들이군. 버러지 같은 놈들이야!"

경멸과 멸시가 가득한 시선.

"남작님. 하오나……."

"됐다. 그런 더러운 돈 따위는 내가 받을 수 없다. 받았
다가는 죽어간 병사들이 원혼이 용서치 않을 것이야. 그러
니 이번 경매는."

제닌이 막 경매 무효를 선언하려는 찰나였다.

"자, 자, 자, 잠깐!"

도르문드 백작이 황급히 제닌의 말을 잘랐다. 여기에는 비단 백작뿐만 아니라 귀족회의에 속한 모든 귀족이 동참했다.

궤짝은 한두 개가 아니었다. 거의 스무 개에 가까운 커다란 궤짝은 그 안에 이백만 골드에 달하는 어마어마한 금액이 담겨 있음을 말해 주고 있었다.

즉, 이 돈을 빌릴 수만 있다면 금액과 관계없이 장비를 마련할 수 있다는 의미였다.

"라테스 남작. 전쟁에는 반드시 상인이 필요하오. 병사들의 무기와 장비, 보급품 들을 마련해 전선에 보급하는 역할을 하기 때문이오. 그렇게 더럽다는 말로 깎아내림은 옳지 않은 일이오."

"옳소! 상인들이 없다면 어떻게 전쟁을 지속할 수 있단 말이오? 보급 부대의 역량만으로는 한계가 있소!"

앞다투어 상인을 감싸고 도는 귀족들, 그중에는 없는 말을 지어내는 자도 있었다.

"게다가 드루아 상단이라면 들어본 적이 있소. 본인이 파견한 기사와 병사들에게 좋은 장비와 보급품을 아주 값싸게 팔았다고 하오."

"맞소! 본작 또한 들은 적이 있소!"

"드루아 상단은 왕국을 위해 헌신한 상단이오!"

누군가의 말이 시발점이 되어 드루아 상단은 어느새 크라인 왕국 최고의 상단으로 만들어지고 있었다. 물론, 드루아 상단은 크라인 왕국에서는 단 한 번도 활동한 적이 없었다.

'이것들이 어디서 약을 팔아?'

드루아 상단에 대해 누구보다 잘 아는 제닌이었건만, 이 상황에서는 웃음이 나올 수밖에 없었다.

'풍년이로다! 아니, 그물에 걸린 물고기니까 풍어라고 해야 하나?'

어디선가 파닥거리는 소리가 들려오는 듯했다.

"정 그러시다면……."

제닌은 마지못한 얼굴로 도르문드 백작에게 장비를 넘겼다.

장비를 받아든 도르문드 백작이 희희낙락한 얼굴로 돌아설 때, 중년 사내가 조심스럽게 말을 꺼냈다.

"저, 도르문드 백작님. 외람된 말씀이오만 계약서 작성을 해야 하는 데, 그래도 괜찮으시겠습니까?"

돈을, 그것도 이십만 골드나 되는 큰돈을 빌리는 일이었다. 계약서의 작성은 필수였다.

"아! 그렇지. 어디 한 번 가져와 보게."

도르문드 백작은 중년 사내가 내민 계약서를 적당히 훑

어보았다. 액수도 문제없었고, 이율 또한 연 30%로 일반
적인 대금업자보다 훨씬 낮았다.

"호오! 역시 드루아 상단이군. 연 30%라니! 이런 양심적
인 이율은 처음이오."

도르문드 백작은 만족스러운 미소를 지으며 반지의 인
장을 찍었다.

원래대로라면 아래에 적힌 특약 사항까지 차근차근 따
지며 살펴보아야 했으나, 지금은 그럴만한 여력이 없었다.

일단 도르문드 백작은 원하던 장비를 얻어 기분이 무척
이나 좋았다. 또한, 낮은 이율 덕분에 없던 신뢰감이 무럭
무럭 자라났다.

생전 처음 들어보는 상단임에도 호감이 절로 가는 상황
이었다.

계약서에 선명하게 찍힌 인장의 모습에 중년 사내와 제
닌의 눈이 순간 반짝였다. 물론 워낙 순식간에 지나간 일
인지라, 눈치챈 이는 없었다.

그때 귀족회의 측 귀족 하나가 중년 사내에게 다가왔
다.

"혹시 그 돈, 우리도 빌릴 수 있겠는가?"

"이 미천한 자 역시 바라던 바입니다. 마침 고국으로 돌
아갈 일이 생겼는데, 이런 큰돈을 들고 가기 어려웠던지
라……."

중년 사내의 대답에 귀족회의 측의 얼굴이 환하게 밝아졌다.

본래 외상이면 소도 잡아먹는다고 하지 않았던가.

게다가 상대는 천한 상인이었다.

'상황이 여의치 않으면 조용히……'

서로 바라보는 귀족들의 얼굴에 음흉한 미소가 감돌았다. 비록 제닌의 장비를 얻기 위해 경쟁하는 사이였으나, 음흉한 속내만큼 누구도 다르지 않았다.

"십만 골드!"

"십만 오천 골드!"

경매는 계속되었고, 드루아 상단이라는 자금줄을 잡은 귀족들은 치열하게 입찰했다.

그 결과 제닌은 50세트의 장비를 팔아 150만 골드 이상의 수익을 올렸다.

이어지는 보급품 경매에서는 귀족회의 측이 발을 뺐다.

더는 여력이 없기도 했지만, 낙찰가격의 세 배는 너무 비쌌다. 앞으로 병사들을 쥐어짤 수 없는 게 아쉽기는 해도, 당장 능력이 안 되니 포기하게 낫다는 분위기였다.

막대한 양의 보급품을 낙찰받은 국왕 측 귀족들은 크게 기뻐했다. 원하던 장비를 얻은 귀족회의 측도 마찬가지였다.

두 세력 모두에게 만족스러운 경매.

이것은 제닌 또한 마찬가지였다.

'이번 경매를 통해 얻은 이익은 250만 골드. 이거 어째 갈수록 많아지는 것 같은데?'

그뿐만이 아니었다.

– 띠링!

[직업 흑막의 효과로 수익의 10%의 추가이익이 발생합니다. 25만 골드를 획득하였습니다.]

비록 경매의 방식을 택했지만, 장비와 보급품 모두 '군수품'에 해당했다. 게다가 보급품은 제국의 보급부대를 습격해 거저 얻은 것이었고, 요새에서 장비를 산 금액은 낙찰가에 비하면 무시해도 좋을 정도였다.

따라서 벌어들인 돈 모두가 순수익인 상황.

'이것도 쏠쏠하지! 첫날 19만 골드, 어제는 2만 골드, 오늘이 25만 골드니, 46만 골드? 이거 추가 이익으로만 성 몇 개는 충분히 짓겠는데?'

진한 미소가 입가에 감돌았다.

단순한 비유가 아니었다. 제닌은 실제로 금화만 가지고도 성을 지을 수 있는 능력이 있었다.

막대한 금력이 있는 이상, 사람만 있으면 그들이 살 곳이나 보호해줄 시설은 문제가 아니었다. 다만 문제가 있다면 사람이 없다는 것뿐.

'십만 명인가?'

국왕측 귀족들과의 거래로 약속받은 사람의 숫자였다.

앞으로 그가 라테스 성을 얻고 안정시키면 귀족들이 사람을 모아 보내기로 했다.

'아직 부족하군. 많이 부족해……'

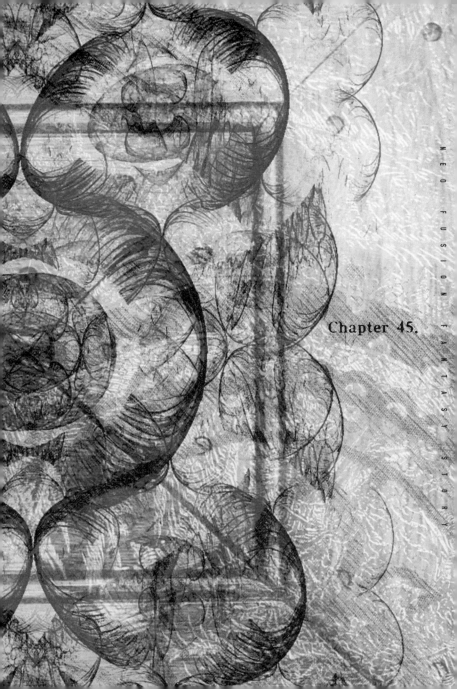

Chapter 45.

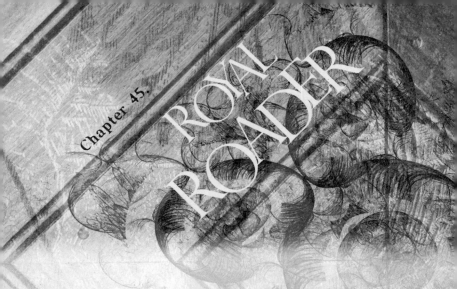

Chapter 45.

ROYAL
ROADER

I

"이게 뭔가?"

놀란 눈을 뜨고 바라보는 국왕을 향해 제닌은 싱긋 웃으며 답했다.

"계약서입니다."

"계약서?"

"드루아 상단. 폐하께서도 많이 들어보신 이름 아닙니까?"

국왕은 여전히 영문을 모르는 눈치였고, 이에 옆에 있던 노신이 그의 귓가에 무언가를 속삭였다. 국왕의 표정은 실시간으로 변화했다.

의아함에서 수긍으로 또, 수긍에서 놀람으로.

"서, 설마! 정말인가? 정말 자네가……."

"폐하. 소리를 조금 낮추심이 어떠실는지요."

비록 밀실이기는 해도 큰 소리는 밖으로 새나가기 마련
이었다.

"크흠! 그, 그렇지. 이 모든 일을 계획한 것이 자네였나?
그게 사실인가?"

국왕은 속삭이듯 작은 목소리로 다시 물었다.

"그렇습니다. 덕분에 돈을 꽤 많이 만질 수 있었지요."

"그게 얼마나 되는가?"

"4백만 골드 정도 됩니다."

국왕의 눈이 찢어질 듯 커졌다. 묵묵히 서 있던 노신 역
시 놀란 표정을 감추지 못할 정도였다.

4백만 골드.

평상시 왕실의 1년 수입이 백만 골드 남짓이었고, 왕국
의 예산은 칠십만 골드 남짓이었다.

문제는 전비였다.

아무리 쥐어짜 봤자 예산에서 전비를 모두 마련하기는
어려웠다. 기본적으로 소모되는 자금이 있기 때문이다. 결
국, 왕실의 보고를 열 수밖에 없었다.

계속되는 전쟁으로 왕실의 수입은 줄어들었고, 지출은
늘어만 갔다. 그리고 지금에 이르러서는 오랫동안 비축해
두었던 왕실의 재정마저 바닥을 보일 지경이었다.

꿀꺽!

마른 침을 삼킨 국왕이 제닌을 바라보았다.

'2백만, 아니, 백만 골드만 있어도!'

국왕의 얼굴에는 간절함이 담겨 있었다.

"크흠! 폐하. 체통을… 지키시지요."

국왕의 간절한 표정은 노신이 헛기침을 터뜨림으로써 사그라졌지만, 눈동자 속에 남은 감정만큼은 여전했다.

"내일 아침, 폐하께 올리는 선물이 도착할 겁니다."

"선물?"

"아마 폐하께서도 만족하실만한 선물일 겁니다."

"그게 무슨 말인가? 궁금하게 하지 말고 속 시원하게 터 놓고 말해보게."

안달 난 국왕의 모습에 노신이 다시 한 번 헛기침을 터 뜨렸다.

"크큼! 폐하. 소신이 라테스 남작과 이야기를 나눠도 되 겠습니까?"

"아……. 쩝. 뭐……. 그리하게."

국왕은 아쉬운 표정으로 입맛을 다셨지만, 노신은 굳은 얼굴로 앞으로 나섰다.

"우리는 무엇을 선물하면 되겠나?"

'후훗! 이제야 말이 통하는군. 아무래도 왕실이 전복되 지 않고 지금껏 버티게 한 드러나지 않은 공신이 바로 이 사람인 것 같은데?

제닌은 입가에 미소를 띠며 말을 꺼냈다.

"먼저 폐하께서 드루아 상단과 귀족들의 계약 공증을 해주셨으면 합니다."

"어려운 일이 아니네."

"그리고 한 가지를 보증해 주셨으면 합니다."

노신은 말없이 제닌을 바라보았다. 보증의 내용을 말하라는 태도였다.

"내용은 점령지의 성에 다시 왕국의 깃발을 꽂은 자에게 그 소유권을 인정하는 것입니다."

"그건……."

국왕의 눈이 화들짝 커졌다. 반면 노신은 침착한 얼굴로 되물었다.

"그만한 가치가 있는가?"

내일 아침 도착할 선물의 가치를 묻는 말이었다. 이에 제닌은 빙긋 웃으며 답했다.

"그 이상이라고 생각합니다."

"이유를 듣고 싶군."

"저울의 균형을 한쪽으로 완전히 기울일 수 있습니다. 이래도 모자라겠습니까?"

제닌은 의미심장한 표정을 지었고, 노신은 나이답지 않게 반짝이는 눈으로 제닌을 마주 보았다.

"우리가 남는 장사로군."

"나머지는 이 나라와 국왕 폐하를 생각하는 신의 마음으로 생각하시면 됩니다."

"허허허! 그렇군. 자네 같은 사람이 있어서 참 다행이야. 고맙고 또, 고맙네."

"제가 드릴 말씀을 대신 해주시는군요. 국왕 폐하와 당신 같은 분이 계시기에 이 나라가 아직 유지될 수 있다는 생각이 들었습니다. 앞으로도 성심을 다해 모시겠습니다."

마주 보며 웃음을 터뜨리는 두 사람.

이곳에서 분위기에 적응 못 한 이는 국왕뿐이었다.

'대체 무슨 말들을 하는 건지. 이거야 원……'

그 사이 제닌과 노신 사이에는 몇 마디 말이 더 오갔고, 말을 마친 제닌은 국왕을 향해 한쪽 무릎을 꿇었다.

"이 모든 은혜를 내려주신 폐하의 은총에 감사하나이다."

'끙! 내가 뭐 한 게 있다고……'

대화는 노신과 다 해놓고 이제 와 감사인사라니. 국왕은 속이 좀 불편한 느낌이었다.

"짐 역시, 라테스 남작의 수고를 치하하는 바이오. 모쪼록 짐과 나라를 위해 힘을 써 주시오."

"명심하겠나이다."

인사를 마치고 문을 향해 걸어가던 제닌이 멈칫 돌아섰다. 그리고 노신을 향해 말했다.

"아무래도 조만간 태풍이 불 것 같습니다."

Ⅱ

"내일 아침 도착할 선물은 아무래도 장비일 거라는 생각이 듭니다. 이곳 크라티아에서 폐하와 귀족회의의 힘의 균형을 무너뜨릴 수 있는 것은 그것뿐이지요."

제닌이 밀실에서 나간 뒤, 노신은 국왕에게 그동안 제닌과 주고받은 이야기를 차근차근 풀어 설명하는 중이었다.

"그런가? 장비의 가치가 작지 않음을 본인도 알기는 하나, 그게 그 정도로 큰 역할을 한단 말인가?"

국왕의 물음에 노신은 작은 막대기 하나를 가져와 검지 위에 올리고 균형을 잡았다. 그리고 다른 손가락으로 양쪽 끝을 가리키며 말을 이었다.

"이쪽이 폐하의 세력이고, 다른 쪽이 귀족들의 세력입니다. 현재 크라티아의 상태는 이처럼 균형이 맞춰져 있지요. 그런데 이중 한쪽 끝에 손톱만 한 돌을 올려놓으면 어떻게 되겠습니까?"

"기울어지겠지. 아하! 그렇군! 그래서 우리가 주도권을 잡을 수 있다는 말이로군!"

"그뿐만이 아닙니다. 제국이 점령한 영토를 수복하는 자에게 준다는 것 또한 귀족회의의 힘을 약화할 방도입니다."

이 말에 국왕이 다시 고개를 갸웃거렸다.

"그건 또 왜 그런가?"

"그들의 욕심이 끝이 없기 때문이지요."

"쉬운 말로 하게. 쉬운 말로."

제닌이라면 알아들었겠으나, 국왕에게는 여전히 알쏭달쏭한 말이었다.

"욕심에 눈이 먼 이들 아닙니까? 조금이라도 많은 땅을 확보하기 위해 진격 속도를 올릴 것입니다. 그러다 보면 자기들끼리 부딪칠 수도 있고 또, 제국군과 충돌할 수도 있다는 의미지요."

"오호! 그렇지! 그러고도 남을 놈들이지!"

국왕은 세차게 고개를 끄덕였다. 그의 얼굴에는 큰 기쁨이 떠올라 있었다.

크라티아에서의 힘이 비슷하다는 것은 수도의 특성 때문이었다. 국왕이 거하는 곳이기에 수도에서는 귀족들의 사병을 일정 수 이하로 제한했다.

그 때문에 귀족들의 호위병력은 대부분 기사로 채워질 수밖에 없었다. 소수로 안전을 보장하려면 되도록 실력 있는 자들로 정해진 숫자를 채워야 하기 때문이다.

제닌의 장비가 힘을 발휘하는 것도 이런 이유였다. 기사들의 힘이 비등한 상황에서는 장비의 영향이 클 수밖에 없었던 탓이다.

비록 수도의 상황은 이러했으나, 전체적인 병력은 이미 귀족회의 쪽이 크게 앞선 상황이었다. 따라서 귀족들의 앞선 병력이 줄어든다는 것은 국왕에게는 웃을 수밖에 없는 일이었다.

"그런데 나는 무엇을 해야 하나?"

한동안 기뻐하던 국왕이 넌지시 물었다.

"가만히 계시면 됩니다."

"내가 그리도 못 미덥나?"

국왕의 얼굴은 살짝 굳어져 있었다.

"아! 그런 의미가 아니오라, 폐하의 병사들이 움직이지 말아야 한다는 의미입니다."

"왜 움직이지 말아야 한단 말인가?"

"태풍이 불기 때문이지요. 태풍이 부는 날에는 창문을 막고 집안에 숨어 있는 것이 최선의 방책 아니겠습니까?"

노신의 말에 잠시 생각하던 국왕이 무릎을 쳤다.

"아하! 전장에 태풍과도 같은 일이 벌어지니, 우리는 가만히 지켜보고 있어야 한다. 이 말인가?"

"현명하십니다."

다행히도 이번에는 알아들은 모양이었다.

"그런데 그 태풍과도 같은 일이라는 게 무얼까?"

"신 또한, 알지 못합니다. 다만, 라테스 남작이라면 충분히 태풍의 핵이 될 수 있을 것으로 생각하옵니다."

"그리고 우리는 숨죽인 채 기다렸다가, 놈들의 힘이 빠졌을 때, 일거에 들이닥친다. 이 말이겠지?"

국왕이 빙긋 웃었고 노신 또한 웃었다.

"과연, 주군이십니다."

"자네, 나를 좀 무시하는 모양인데. 나도 할 때는 하는 사람이다. 이 말이야."

"옳으신 말씀이옵니다."

노신의 답변에 국왕은 껄껄 웃었다. 그러던 국왕이 슬며시 목소리를 낮춰 물었다.

"그러고 보니 그자들은 어떻게 한다?"

"아래에 있는 자들 말씀이십니까?"

노신의 시선이 바닥을 가리켰다. 물론 밀실 바닥이 아닌, 왕궁 가장 깊은 곳의 감옥을 뜻했다.

그곳에는 마나를 구속하는 족쇄로 제압된 기사들이 갇혀 있었다. 귀족회의 측에서 제닌을 잡을 목적으로 파견한 것을 제닌이 역으로 제압한 터였다.

제닌이 처음 노신을 대했을 때 언급했던 선물이 바로 이들이었다.

"아무래도 조금 더 날을 벼려야 할 것 같다는 생각이 듭니다. 지금 꺼내봤자 목은커녕 손톱 하나 자르지 못할 듯 싶습니다."

"지금 밝혀봤자 큰 효용이 없다는 말인가? 그래서 놈들의 힘이 빠지기를 기다리라는 의미겠군."

"정확하십니다. 지금 당장에는 그들이 발뺌해 버리면 어떻게 할 수 없지만, 폐하의 힘이 귀족들을 압도하는 상황에서는 그들의 심장을 찌르는 비수가 될 것입니다."

노신의 대답에 국왕은 만족한 표정을 지었다.

"그나저나… 어떻게 해야 할까?"

국왕은 중얼거리듯 물었다. 그의 초점은 먼 곳을 바라보는 듯 흐려져 있었다. 거의 평생을 함께 지낸 노신은 국왕의 눈빛에 담긴 의미를 한눈에 알아챌 수 있었다.

노신은 목소리를 한결 낮추며 대답했다.

"신이 지금껏 모은 정보를 토대로 짐작해 본바, 라테스 남작은 자신에게 먼저 해를 끼치지 않는 이상, 먼저 건드리지는 않을 것입니다."

"가만히 지켜보기에는 그가 지닌 힘과 능력이 너무 크지 않을까? 난 그것이 걱정이라네."

"설령 최악의 상황이 와도, 폐하께서는 든든한 방파제를 얻게 됩니다. 신이 무슨 수를 써서라도 그리할 것입니다."

국왕은 잠시 노신의 얼굴을 바라보다가 흐뭇한 표정을 지었다.

이 늙은 친우가 없었다면 어찌 되었을까?

아마 왕국은 이미 무너졌고, 자신 역시 진즉 왕좌에서 쫓겨났을 터였다.

"부디 오래 살아주게."

친우를 향한 애정이 담긴 말.

노신이 빙그레 웃으며 대답했다.

"신의 소원이 있다면, 폐하보다 딱 5분 먼저 가는 것입니다."

"허허! 이 사람. 날 외롭지 않게 하려 함인가?"

국왕은 껄껄 웃었다. 이에 노신은 고개를 내저었다.

"단 5분이라고 해도 선배는 선배 아니겠습니까?"

"응? 그 말은… 이승에서는 자네가 나를 모셨으니, 저승에서는 내가 자네를 모셔야 한다. 이 말인가?"

국왕은 살짝 눈매를 좁히며 노신을 바라보았다.

노신은 그저 은은한 미소를 지을 뿐 대답하지 않았다.

서로 바라보던 두 노인이 동시에 웃음을 터뜨렸다.

"허허허!"

주거니, 받거니 대화를 나누는 노인들의 이야기 속에 밤은 깊어갔다.

　다음 날 아침, 왕성의 정문 앞에는 번쩍이는 갑옷을
입은 기사들이 길게 늘어서 있었다. 오른쪽 가슴에 새겨
진 문양은 그들이 왕실을 수호하는 근위기사임을 나타냈
다.

　'정말일까?'

　무언가를 기다리는 표정이었다. 또한, 그들은 가끔 눈을
돌려 어딘가를 바라보았는데, 바로 수도의 거리와 왕성이
맞닿은 길이 있는 방향이었다.

　'그런 좋은 장비를 우리가 사용할 수 있다고?'

　왕성을 출입하는 귀족들은 의아한 표정으로 그들을 바
라보았다. 뭔가를 기다리고 있는 모습이기에 급한 일이 없
는 일부는 걸음을 멈춘 채 함께 기다렸다.

　쿠르르. 쿠르르르.

　멀리서 미약한 소리가 들려오기 시작했다. 소리가 나는
쪽을 바라보는 이들의 눈동자가 화들짝 커졌다.

　'왔다!'

　근위기사 모두의 눈동자가 빛나기 시작했다.

　두꺼운 포장에 둘러싸인 초라한 짐마차 세 대. 하지만
그 안에 담긴 물건은 절대 초라하지 않으리라.

　"오오! 왔네! 왔어!"

푸른빛이 감도는 은발을 휘날리는 잘생긴 청년이 앞으로 나섰다.

짐마차는 정확히 제닌의 앞에 멈췄다. 그리고 마부석에 앉은 이가 훌쩍 뛰어내려 한쪽 무릎을 꿇었는데, 그 동작이 예사롭지 않았다.

'마부 역시 보통이 아니야!'

'몸놀림만 보아도 최소한 기사급이야. 이런 자를 고작 마부로 쓰다니.'

지켜보던 근위기사들의 눈썹이 움찔거렸다.

그런 기사들의 반응을 모르는 척 무시한 제닌이 마차로 다가가 포장을 걷었다.

갖가지 장비들이 아침 햇살을 받아 찬란하게 빛났다.

세트당 무려 만 골드에 낙찰된 바로 그 장비였다.

"오오!"

근위기사들은 저도 모르게 입을 열었다.

"라, 라테스 남작님. 이것을 정말 저희에게……."

근위기사 중에는 제닌보다 작위가 높은 이들도 있었지만, 그들은 감히 하대하지 못했다.

종잡을 수 없는 제닌의 성격은 이미 유명했다. 혹시라도 마음이 바뀌어 장비를 주지 않는다고 선언해 버리면 그들의 기대 역시 물거품이 되어 버리기 때문이다.

오늘 아침 국왕에게 내려온 명령.

라테스 남작이 왕궁 앞에서 근위기사의 장비를 지급한 다는 내용이었다.

처음에는 반신반의했으나, 막상 눈앞의 장비를 보게 되 자 저마다 뛰는 가슴을 주체할 수 없었다. 기사라면 누구 나 출중한 실력을 갖추고 그에 걸맞은 장비를 마련하는 것 을 꿈꾸기 때문이다.

"뭐해? 줄 안 서고."

"줄?"

근위기사 중 한 명이 의문을 띄울 때, 눈치 빠른 하나가 번개같이 달려가 제닌의 앞에 섰다.

"훗! 제법이야. 처음이니 특별히 혜택을 주지. 착용한 장비를 모두 벗도록."

"옙!"

갑자기 장비를 벗으라는 소리에 의심할 법도 하건만, 선 두에 선 근위기사는 일말의 망설임 없이 장비를 해제하기 시작했다.

철컹. 철커덩.

쇠 부딪치는 소리가 들리고 나서야 정신을 차린 근위기 사들이 허둥지둥 달려왔다.

'이런 얍삽한 자식! 자기만 하면 다야?'

'찬물도 위아래가 있건만! 신입이 어디서!'

그들은 타오르는 눈길로 선두에 선 근위기사를 노려보

며 그 뒤에 줄을 섰다.

"다 했습니다!"

"눈치도 빠르고 동작도 빠릿빠릿한 걸 보니 선배들한테 사랑받겠어?"

"가, 감사합니다!"

대답하면서도 기사의 어깨는 바짝 움츠러들었다. 등 뒤에서 이글거리는 분노의 눈빛을 느꼈기 때문이다.

"착용."

"어? 어엇!"

기사의 눈동자가 놀라움으로 물들었다. 조금 전까지만 해도 없던 장비가 갑자기 생겨났기 때문이다.

말로만 듣던 라테스 남작의 장비. 게다가 솜씨 좋은 장인이 맞춤 제작한 듯 몸에 꼭 맞기까지 했다.

"어, 어떻게……."

기사의 입에서 믿기지 않는 목소리가 흘러나왔다. 직접 겪고 있음에도 믿기지 않는 상황이었으니, 지켜보던 이들은 거의 기겁할 지경이었다.

철컹. 철커덩. 철컹.

어리둥절해 있던 기사들은 어디선가 일어난 소리에 화들짝 정신을 차렸다.

몸에 꼭 맞는 맞춤 장비를 얻기 위한 조건. 그것은 바로 입고 있던 장비를 착용 해제하는 일이었다.

"저, 저도……."

원래는 그저 마차째로 넘기고 갈 생각이었다. 그러나 간절함이 가득 담긴 기사들의 눈빛을 보니 차마 그냥 넘어갈 수 없었다.

'뭐, 딱히 힘든 일도 아니니.'

제닌은 고개를 끄덕이며 한 명씩 기사들을 무장시키기 시작했다.

"저, 저럴 수가! 저 장비는!"

"세트 당 만 골드가 넘는 장비들을 그냥 주다니!"

"그럼 그 가격에 산 우리는 뭐가 되는……. 읍!"

몇몇 귀족들이 목소리를 높이려 했으나 득달같이 달려든 근위기사들에 의해 입이 막혔다.

"이것 놔라! 지금!"

"읍! 우우읍! 우읍!"

작위고 지위고 상관없었다.

라테스 남작의 장비에 눈이 뒤집힌 근위기사들에게 귀족들은 그저 방해물일 따름이었다.

몇몇 귀족들은 어디론가 황급히 달려갔다.

그리고 얼마 지나지 않아 청아한 알림음이 들려왔다.

– 띠링!

[음모 '귀족회의의 혼란'을 성공적으로 달성했습니다.]

'그렇지!'

국왕에게 생색을 내는 것과 귀족들의 정신을 흔드는 것. 제닌이 이렇듯 훤히 드러난 공간에서 장비를 나눠주는 것은 이를 위함이었다.

그리고 눈앞에 떠오른 메시지는 그런 그의 생각이 제대로 통했음을 알려 주었다.

[귀족회의 귀족들의 혼란도 : 81%, 사용자의 영향력 : 93%, 혼란의 영향력을 추산하여 경험치를 정산 중입니다.]

'자! 이번에는 얼마나 줄 거냐?'

제닌은 기대감 어린 눈으로 눈앞의 메시지창을 응시했다. 그리고 얼마 지나지 않아 메시지의 내용이 변화했다.

[경험치 정산이 완료되었습니다. 음모 '귀족회의의 혼란'으로 총 3256의 경험치를 획득하였습니다.]

'잉? 왜 이것밖에 안 돼?'

프라덴 영지의 혼란에서 얻은 경험치는 3721이었다. 그럼에도 제닌이 의문을 느끼는 것은 규모가 달랐기 때문이다.

영지 하나와 왕국의 절반.

아무리 제국의 후작령이라도 왕국의 절반은 최소한 그 몇 배에 달하는 규모였다.

'최소한 만은 넘을 줄 알았건만!'

물론 3200의 경험치도 적은 것은 아니었다. 하지만 거기에 만족하기에는 제닌이 걸었던 기대가 너무 컸다.

무려 열흘이 넘게 공들인 작업이었다.

[정체를 드러낸 채 행동함으로써 페널티를 받습니다. 획득 경험치의 80%가 페널티로 줄어듭니다.]

"이런 썅!"

제닌은 저도 모르게 욕설을 내뱉었다. 눈앞의 메시지가 마치 자신을 약 올리는 것처럼 느껴졌기 때문이다.

20%로 3200이었으니 제대로 받았다면 16000의 경험치를 얻을 수 있었다는 의미였다.

"이런 건 보여주지 말란 말이다!"

버럭 소리를 내지른 순간 제닌은 아차 싶은 생각이 들었다.

"왜, 왜 그러십니까?"

"무슨 일이라도……."

장비를 받기 위해 줄 서 있던 기사들이 걱정스러운 얼굴로 제닌을 바라보았다.

"후우! 아무것도 아닙니다. 갑자기 좋지 않은 일이 떠올라서……."

제닌은 쓰린 속을 달래며 남은 이들에게마저 장비를 착용시켰다.

'그래. 흑막이야. 흑막! 정체를 드러내지 않고 행동하는 게 중요했어!'

어쩐지 일이 너무 잘 풀리는 것 같았다.

귀족들은 거의 뇌가 없는 수준이었고, 덕분에 생각해둔 계책들은 짜맞춘 듯 들어맞았다.

그런데 열흘간의 작업을 끝내고 달콤한 과실을 맛보려는 순간 뒤통수를 맞다니.

'잘 된다고 아주 신이 났었지.'

솔직히 말하자면 깜빡했다는 편이 옳았다.

'후우! 속은 무지하게 쓰리지만, 그 덕분에 한 가지만큼은 확실히 깨달았군.'

긴 한숨을 내쉬면서도 제닌은 근위기사 모두에게 장비를 착용시켰다.

"감사합니다!"

"이 은혜 잊지 않겠습니다!"

"온 힘과 목숨을 다해 폐하를 수호하겠습니다!"

근위기사들의 떠들썩한 함성을 뒤로한 채 제닌은 마차를 소환해 왕궁을 벗어났다.

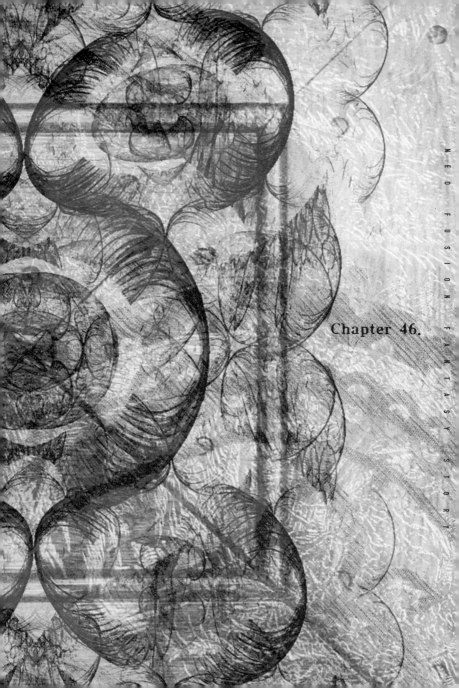

Chapter 46.

ROYAL ROADER

I

"벡스 투. 우리 뭐 하고 놀까?"

마리의 양손에 겨드랑이를 붙잡힌 벡스 투가 세차게 고개를 내저었다. 마리의 놀자는 말은 곧 맞는다든가, 맞는다든가, 맞는다든가 하는 말과 같았기 때문이다.

"헤헤! 너도 좋다고? 마리도 좋아!"

고개를 흔드는 벡스 투의 움직임이 한층 맹렬해졌다. 곧 죽어도 싫다는 의지의 표현이었다.

그러나 문제는 안간힘을 써도 마리의 손아귀를 벗어날 수 없다는 점이었다. 게다가 고개를 흔들수록 마리의 눈빛이 점차 날카로워지는 것은 명백한 위험신호였다.

"끼잉."

261

벡스 투는 시무룩해 보이는 소리를 내며 체념했다.

한때는 한 산의 패자였던 벡스 투였다. 내지르는 포효한 방에 웬만한 적들은 꼬리를 말았고, 자신을 두려워한 인간들은 감히 근처를 지날 생각을 못했다.

그런 자신이 어쩌다가 이렇게 되었을까?

물론 예전보다 더 강해진 것은 확실했다. 체구도 반 배는 더 커졌고, 힘과 민첩성 또한 상승했다.

그런데 문제는, 그럼에도 눈앞의 이 작은 악마를 어찌할 수 없다는 점이었다.

작은 악마도 문제였지만, 큰 악마는 더 큰 문제였다.

그나마 어느 정도 힘을 가늠할 수 있는 작은 악마에 비해, 큰 악마는 얼마나 강한지 가늠할 수조차 없었다.

"우리 뭐 하고 놀까? 공놀이?"

벡스 투는 고개를 내저었다.

말이 공놀이지 마리는 늘 공을 던지는 역할이었고, 벡스 투는 무시무시한 속도로 날아드는 공을 피해야 했다. 게다가 모두 피할 수도 없었다. 다 피해 버리면 성질난 작은 악마가 돌멩이나 바위 같은 것을 집어 던지기 때문이다.

공에 맞으면 그저 아프고 말지만, 돌멩이나 바위를 맞으면 살이 터지고 뼈가 부러진다. 그러니 마리와의 공놀이에서는 적당히 공에 맞아주는 게 포인트였다.

"으음. 싫어? 그럼… 술래잡기?"

술래잡기 역시 고통스럽기는 마찬가지였다.

마리는 늘 술래를 자처했다. 그리고 도망치다 붙잡히면 갖가지 관절기와 조르기를 걸어 괴롭혔다.

게다가 문제는 속도였다. 애초에 달리는 속도 자체가 달랐기에 아무리 발바닥에 불나게 뛰어다녀 봤자 벡스 투는 마리의 손바닥 안이었다.

벡스 투는 살짝 마리의 눈치를 살폈다. 아직 눈빛이 온순해 보이는 것이 한번은 더 거부해도 될 듯싶었다.

고개를 절레절레 내젓자 마리가 다시금 생각에 잠겼다.

"음. 으음. 음……. 그럼, 인형놀이?"

벡스 투의 얼굴에 화색이 돌았다. 조금 불편하고 괴상망측한 옷을 입어야 하기는 했지만, 육체적인 고통이 따르지 않는 거의 유일한 놀이였기 때문이다.

벡스 투가 황급히 고개를 끄덕이려는 찰나, 마리의 말이 이어졌다.

"뭐? 이것도 싫다고?"

끄덕이려던 고개가 황급히 좌우로 흔들렸다.

"그렇게 싫어?"

"우우웅! 끼잉!"

"많이 싫은가 보다. 그럼 다른 거."

"끼잉……."

벡스 투는 시무룩한 소리를 냈으나, 그때 평소와는 약간 다른 것을 발견했다. 아주 찰나에 불과했으나 마리가 어딘가를 자꾸 힐끔거린다는 점이었다.

마리의 시선이 향한 곳을 살펴보니 그곳에는 바위에 걸터앉은 큰 악마가 있었다.

발달한 짐승의 본능은 자신이 살 길이 바로 큰 악마에게 있다는 것을 찾아냈다.

"우우웅! 웅!"

벡스 투가 소리를 지르며 달리기 시작했다. 큰 악마를 향해서였다.

"엇! 술래잡기하자고?"

마리가 뒤를 쫓았다.

벡스 투는 큰 원을 그리며 제닌의 주위를 빙빙 돌았고, 마리 역시 그 뒤를 따라 돌았다.

충분히 잡을 수 있음에도 마리는 속도를 높이지 않았다. 그저 벡스 투의 뒤를 쫓으며 계속 제닌을 힐끔거릴 따름이었다.

"우웅! 우우웅! 웅!"

벡스 투는 신이 날 지경이었다. 자신의 예상이 제대로 맞아떨어졌기 때문이다.

그와 동시에 슬쩍 돌아본 벡스 투는 마리가 쫓아오는 방향이 일직선이 아닌, 대각선 바깥쪽이라는 것을 확인했다.

그의 본능은 마리가 빙빙 도는 원의 크기를 줄이기를 원한다는 것을 잡아냈다.

고통을 줄이는 정석은 최대한 작은 악마의 비위를 맞추는 것. 벡스 투는 마리가 원하는 대로 서서히 원의 반경을 줄여갔다.

"아! 흥!"

등 뒤에서 마리의 목소리가 들려왔다.

멈칫거리는 기척도 느껴졌다.

오늘은 어쩐지 아프지 않은 하루가 될 것 같다는 생각이 들었다.

Ⅱ

'신분을 하나 만들어야 하나? 아니면, 병력을 모두 요새 안에 숨기고 나 혼자 움직여야 하나? 쉐도우마스터를 적극 활용해?'

제닌은 고민에 고민을 거듭하는 중이었다.

머릿속이 간질거렸다. 뭔가가 떠오를 것 같은데, 도무지 생각나지 않을 때의 현상이었다.

'방법은 있어. 분명히!'

머리에 쥐가 나도록 쥐어짜 봤으나 이거다 싶을 정도로 획기적인 생각은 떠오르지 않았다.

"하아!"

결국, 제닌은 머리를 내저을 수밖에 없었다.

'천천히, 천천히 생각해 보자. 방법은 분명히 있어.'

감각이 그렇게 외쳐대고 있었으니 방법은 있을 터였다. 그리고 있다면 언젠가는 찾아낼 수 있다.

생각에서 벗어나자 부산스럽게 움직이는 소리가 들려왔다.

그가 걸터앉은 바위를 가운데 두고 빙글빙글 돌며 발소리가 이어지고 있었다.

문득 바라보던 제닌의 눈과 때마침 그쪽을 힐끔거리던 마리의 눈이 마주쳤다.

"흥!"

콧방귀를 뀌며 고개를 돌리는 마리의 모습에 제닌은 고개를 갸웃거렸다.

'저 녀석, 왜 이러지?'

마리는 다시금 벡스 투의 뒤를 쫓았고, 그 후로도 몇 번이나 제닌과 눈을 마주쳤다. 그리고 마주칠 때마다 콧방귀를 뀌며 고개를 돌렸다.

'아하! 토라진 건가? 그런 거야?'

생각해보니 왕궁에 있는 동안에는 거의 놀아주지 못했다. 놀아주기는커녕 이곳저곳 돌아다니느라 바빠 함께 있는 시간 자체가 별로 없었다.

소외된 마리를 지극정성으로 돌본 것은 왕세자와 왕손이었다. 물론 혈연관계를 엮어 보려는 불손한 목적이 있기는 했지만, 의도를 모르는 마리는 자신을 향해 온갖 정성을 쏟는 그들이 싫지 않았을 것이다.

그에 비해 제닌은 내놓은 자식처럼 소홀했으니 마리가 토라질 만도 했다.

'이거, 풀어줘야 하긴 할 텐데.'

필요성은 있었으나, 묘하게도 그럴 마음이 들지 않았다.

'신선하기도 하고, 귀엽기도 하고.'

계속 눈을 마주치고 또, 외면하는 마리의 모습에 제닌은 쿡쿡 웃음이 나왔다.

저렇게 의도가 빤히 보이는 행동을 하다니, 어찌 귀엽지 않겠는가!

그런 마리 덕분인지 복잡했던 머릿속이 한결 개운해진 기분이 들었다.

'그래. 마리 네가 약이다. 약이야.'

벡스 투와 마리가 그리는 원은 점차 크기가 줄어들었고, 제닌과 마리가 눈을 마주치는 횟수는 늘어갔다.

그러던 어느 순간 제닌이 움직였다.

마리가 눈앞에 도달한 순간, 몸을 날림과 동시에 양팔을 뻗어 덥석 껴안았다.

"놔. 이거 놔."

품에 안긴 마리가 몸부림치며 팔다리를 바동거렸다. 그러나 그리 힘이 실린 움직임은 아니었다.

"아빠가 미안해?"

산들바람처럼 부드러운 목소리.

"히잉……."

바람 빠지는 소리와 함께 몸부림이 멈췄다. 대신 복숭앗빛 볼이 빵빵하게 부풀어 올랐다.

"아빠 미워."

"헛! 정말? 이거, 어쩌지? 마리한테 미움받기 싫은데……. 아! 슬퍼라……."

제닌은 최대한 시무룩한 표정을 연출했다. 그런데 얼굴에는 아직 웃음기가 남은 상태. 두 가지 표정이 어우러진 제닌의 얼굴은 기괴할 정도로 이상했다.

"풋! 키힛!"

웃음과 함께 마리의 볼에서 바람이 빠져나갔다. 토라진 표정을 이어가기에는 눈앞에 보이는 제닌의 얼굴이 너무 우스꽝스러운 탓이었다.

"화가 좀 풀렸어요? 우리 공주님?"

"흐, 흥! 아, 아직!"

마리가 토라진 척 고개를 돌렸다.

'이런 건 대체 언제 배운 거지? 우리 마리가 아주 여우가 다 됐어! 여우가!'

이렇듯 속마음이 빤히 들여다보이는 모습에 제닌은 귀여워 어쩔 줄 모르는 표정을 지었다.

머리를 천천히 쓰다듬다가 겨드랑이에 손을 넣어 눈높이로 들어 올렸다.

마리는 잠깐 눈을 마주쳤다가 토라진 표정과 함께 다시 고개를 돌렸다.

복숭앗빛으로 물든 탐스러운 볼이 눈앞으로 다가왔다.

쪽!

마리의 몸이 일순 굳어졌다.

"아앗!"

놀란 음성이 뒤를 이었으며, 복숭아 색깔을 띠던 볼은 순식간에 잘 익은 사과의 빛깔로 물들었다.

"아앙! 몰라!"

마리가 머리를 흔들며 발버둥쳤다.

제닌이 놓아주자, 바닥에 내려선 마리가 양 볼을 감싼 채 어디론가 달려가기 시작했다.

"후훗! 녀석, 그게 그렇게 부끄러운가?"

제닌은 아빠 미소를 지은 채 멀어져가는 마리의 뒷모습을 바라볼 따름이었다.

'따라가는 게 좋을 텐데……. 큰 악마는 작은 악마의 마음을 그렇게 모르나?'

멀찌감치 떨어진 곳에서 두 사람을 지켜보는 벡스 투의 얼굴에는 왠지 모를 한심함이 깃들어 있었다.

"엇?"

마리의 뒷모습을 지켜보던 제닌의 얼굴이 살짝 굳어졌다.

'방금 뭐였지?'

순간적으로 나타났다가 사라진 미니맵.

평상시에는 인터페이스가 보이지 않았다. 인터페이스의 자동 숨김 기능 때문이었다.

그런데 숨어 있던 인터페이스가 갑자기 나타났다는 것은 주변에 뭔가 변화가 있음을 뜻했다. 이것은 미니맵 밖에 있던 적이나 아군이 안으로 들어왔다는 의미였다.

제닌은 황급히 인터페이스를 열어 미니맵을 살폈다. 마리를 상징하는 푸른 점 외에는 별다를 것이 없었다.

'아무것도… 엇!'

어렴풋하기는 하지만, 미니맵의 경계를 스쳐 지나가는 연한 푸른 점을 언뜻 본 것 같았다.

'설마, 아군이?'

제닌은 푸른 점이 스쳐 간 쪽을 바라보며 눈을 크게 떴다.

여기서 아군이라 함은 단순히 왕국군을 뜻하는 게 아니었다. 제닌이 인정한 부하거나, 마리와 같은 펫, 그리고 직접 만나 아군으로 생각한 존재만이 비로소 미니맵에 연한 푸른 점으로 나타날 수 있었다.

'그런데 저쪽에 아군이 있을 리 없는데?'

아군이 나타난 것은 대수롭지 않은 일이었으나, 문제는 그 방향이었다.

푸른 점이 출현한 쪽은 제닌의 경로와 반대되는 방향이었다. 즉, 전선이 아닌 왕국 깊숙한 방향.

제닌이 알기로 그쪽으로 향한 아군은 없었다.

현재의 일행은 제닌과 마리, 그리고 마차를 모는 마부 이렇게 셋뿐이었다. 나머지 부하들은 복장을 바꿔 드루아 상단을 따라가거나 요새로 귀환했다.

제닌 역시 어느 정도 멀어진 다음 귀환 스크롤을 사용할 생각이었다.

의아한 표정을 짓던 제닌의 머릿속에 불꽃이 번쩍였다.

'아니, 있어! 딱 한 명이기는 하지만.'

제닌의 가슴이 두근거리기 시작했다.

Ⅲ

쾅!

바닥이 터져 나갔다.

주위 풍경이 빨려들 듯 등 뒤로 사라지며 매서운 바람이 얼굴을 때렸다.

미니맵 상의 푸른 점이 빠르게 가까워졌다.

"으아아아아아! 대자아아아아아앙!"

아련하게 들려오는 목소리는 참으로 익숙했다. 제닌의 입가에 흐릿한 미소가 맺혔다.

'벡스 녀석…… 그런데 무슨 일이지?'

벡스의 저 커다란 목소리는 [술래잡기] 스킬을 사용했을 때 나타나는 현상이었다. 그리고 술래잡기는 감당할 수 없는 강력한 적의 시선을 끌기 위한 행동. 이것이 의미하는 바는 명확했다.

'강한 적? 벡스가 감당할 수 없는?'

어떤 이유에서건 벡스는 위험에 처해 있었다. 이 말은 그와 함께 있던 이들 역시 위험한 상황에 놓였음을 의미했다.

콰앙!

제닌의 다리에 실린 힘이 한층 커졌다.

얼마 지나지 않아 맹렬하게 달려오는 거구의 형체가 보이기 시작했다. 달리는 자세가 어쩐지 부자연스러워 보였는데, 조금 더 가까이 다가가자 이유를 알 수 있었다.

'옆에 낀 건 누구지?'

벡스의 옆구리에 낀 채 갈대처럼 흔들리는 인영의 모습이 보였다. 가녀린 팔다리의 모습이 어딘지 모르게 익숙해 보였다.

거리는 점차 가까워졌다. 마침내 서로 얼굴을 확인할 수 있을 거리가 되자 벡스의 눈동자가 튀어나올 듯 커졌다.

"대, 대장? 대자아아아앙!"

돌아가신 부모님께서 살아 돌아온 듯한 표정.

한편 제닌의 눈동자 역시 한껏 커져 있었다. 벡스와는 다른 의미의 놀람이었다.

'에이런? 리니가 왜?'

떠오르는 의문은 많았으나, 자세히 생각할 겨를은 없었다. 열심히 달려오는 벡스의 등 뒤로 먼지 구름이 피어올랐기 때문이다.

미니맵에 나타난 쐐기꼴의 점들은 특유의 붉은색으로 자신이 적임을 외쳐댔다.

쾅!

벡스와 마주치기 직전에 제닌은 크게 도약했다.

"벡스, 그대로 곧장 달려가!"

"예! 대장!"

그때, 벡스의 옆구리에 끼인 소녀가 번쩍 고개를 들었다.

"엇! 오, 오라버니? 어, 어디?"

황급히 고개를 들고 이리저리 돌려 보는 모습은 제닌을 찾는 듯했다. 그러나 바닥을 바라보는 자세로 옆구리에 끼인 상태에서 공중의 제닌을 발견하기는 어려운 일이었다.

"오랜만이야, 리니."

"정말 오라버니야? 오라버니이이이!"

아래에서 그를 부르는 애절한 목소리가 터져 나왔으나, 제닌은 무시한 채 앞으로 달려나갔다.

멈춰 서서 이야기를 나누고 싶은 마음이 굴뚝 같았으나, 일단은 뒤쫓아오는 적을 상대하는 게 먼저였다.

"대장! 사마귀입니다! 사마귀! 그런데 크고 강해요!"

'사마귀? 크고, 강하다? 사마귀가 커봤자……'

얼마나 크냐는 생각은 금세 사라졌다. 먼지 구름의 가장 앞에 선 것은 거의 벡스의 거구에 육박하는 크기의 붉은 사마귀였다.

'크, 크긴 크네.'

다소 당황스러운 심정을 뒤로한 채 제닌은 더 자세히 사마귀의 모습을 살펴보았다.

[Lv.20 레드 맨티스]

'붉은 사마귀? 그런데 무슨 레벨이……'

가장 먼저 눈에 들어온 것은 이름표였다.

표시된 레벨은 무려 20. 지금껏 제닌이 만나본 몬스터 중 가장 높은 레벨이었다.

'어디서 이런 놈들이!'

높은 레벨 때문인지, 붉은 광택이 감도는 각질은 엄청나게 단단해 보였고, 세워 든 두 개의 앞발은 웬만한 검보다 더 날카로워 보였다.

'레벨대로 강력한 놈들이라면……'

고위 기사 정도는 갖다 붙이지도 못한다. 순식간에 썰려 나갈 게 빤했기 때문이다.

적어도 하이어 급은 되어야 간신히 붙잡고 시간을 끌어 볼 수 있었고, 엑셀시어는 되어야 비로소 처치할 수 있을 듯싶었다.

꿀꺽!

제닌은 마른 침을 삼켰다.

슬쩍 미니맵을 살펴보았다. 쐐기 형태를 그리며 가까워 지는 붉은 점은 얼추 잡아도 백여 마리.

'이 정도면, 웬만한 성쯤은 순식간에 썰려 나가겠지.'

온몸의 근육이 조여들며 뻐근한 느낌을 주었다. 왠지 모 르게 피가 끓어오르는 듯한 느낌이었다.

'강한 놈들이라면, 그만큼 경험치도 많이 준다는 의미.'

어쩌면 페널티 때문에 제대로 못 얻은 경험치를 여기서 복구할 수도 있을 듯싶었다.

'스테이터스, 레벨 업.'

화아아악!

빛무리가 몸을 감싸는 것과 동시에 극도의 쾌감이 온몸 을 채웠다. 솟아오르듯 피어오른 힘은 전신을 누비며 약동 했고, 무엇이든 할 수 있다는 자신감을 주었다.

[레벨 28(14861/15000)]

"하앗!"

제닌은 눈앞의 메시지를 지우며 기합을 내질렀다. 그와 동시에 힘차게 도약한 제닌이 선두에 선 사마귀의 머리 위로 떨어졌다.

그의 손에는 어느새 뽑아든 [보호의 육중한 패왕의 검]이 푸른 아우라를 머금고 있었다.

콰우우우!

공기를 짓누르며 떨어져 내리는 대검과 레드 맨티스의 세모꼴 머리가 만났다.

빠각!

단단한 물체가 깨져 나가는 소리와 함께 붉은 체액이 튀어 올랐다. 인간의 피와 비슷한 색깔이 찝찝할 법도 했건만, 제닌은 오히려 진한 미소를 머금었다.

'통한다!'

중요한 것은 자신의 공격이 먹힌다는 점이었다.

'다음은······.'

쉬익!

제닌이 다음 타겟을 찾아 시선을 돌릴 때, 공기를 가르는 소리가 들려왔다.

반사적으로 몸을 낮추자, 날카로운 물체가 그의 머리 위를 스치고 지나갔다.

은빛을 내는 가느다란 실들이 살랑거리며 떨어져 내렸다.

가슴이 싸한 느낌이 밀려왔다.

하마터면 목이 잘릴 뻔했다.

'이런 썩을! 사마귀 새끼가!'

황급히 살펴보니 머리가 정수리에서 턱까지 쪼개진 사마귀가 다른 앞발을 찍어오고 있었다.

'기습!'

시야가 이지러지며 양쪽으로 나뉜 사마귀의 뒤통수가 보였다. 아래로 휘둘러지는 대검의 경로를 수평으로 변화했다.

츠칵!

묵직한 저항감이 손아귀를 때렸으나, 힘을 주어 끝까지 대검을 휘둘렀다. 그러자 어느 순간 저항감이 사라지며 붉은 체액이 치솟았다.

반으로 잘린 세모꼴 머리가 둥실 떠올랐다.

'이래도?'

아래를 살펴보니 레드 맨티스는 양 앞발을 이리저리 휘두르다가 결국 움직임을 멈췄다.

– 띠링!

[레드 맨티스를 처치하여 47의 경험치를 획득했습니다.]

의외의 일격을 받기는 했지만, 경험치는 마음에 들었다. 스켈레톤 킹의 던전과 비교하면 거의 한 무리를 잡았을 때와 비슷한 경험치였다.

'그래, 니들이 강해 봤자 어쩌겠어? 결국, 내 경험치일 뿐이지.'

앞으로 서너 마리면 다음 레벨 업이 가능했다.

제닌은 진한 미소를 머금은 채 다음 사냥감을 노렸다.

쉬익! 쉭! 쉬익!

레드 맨티스들의 앞발이 어지럽게 떨어져 내렸다. 그러나 어느 것 하나 제닌의 몸을 건드릴 수 없었다.

제닌은 자신을 향해 떨어져 내리는 앞발을 이리저리 피하며 채찍처럼 늘어난 아우라를 휘둘렀다.

가각! 가가가각!

단단한 물체가 갈리는 소리와 함께 세모꼴 머리가 떨어졌다.

처음에는 단단한 각질 때문에 전력을 다해야 겨우 베어낼 수 있었으나, 몇 마리를 상대하면서 요령을 익힐 수 있었다.

아우라의 표면을 거칠게 만들어 목을 휘감은 다음 빠르게 잡아당긴다. 그러면 거친 표면과 각질이 마찰을 일으켜 톱질하듯 썰어내는 것이었다.

그러나 요령의 효용은 몇 마리에 지나지 않았다.

레드 맨티스들이 앞발을 들어 목을 보호하기 시작한 탓
이었다. 또한, 놈들은 제닌을 향해 덤벼들지 않고 일정한
거리를 둔 채 포위했다.

'지능이 있다는 건가?'

방어적인 태세에 제닌 역시 함부로 달려들 수 없었다.

하지만 얼마 지나지 않아 그는 달려들 수밖에 없는 상황
이 만들어졌다. 그를 포위한 놈들을 제외한 나머지가 다시
이동을 시작했기 때문이다.

방향은 벡스가 달려간 쪽이었다.

'썩을!'

제닌은 멀찌감치 떨어진 레드 맨티스를 향해 기습을 사
용했다. 아우라를 최대로 압축해 목을 베어낸 순간, 섬뜩
한 느낌이 그를 엄습했다.

슈우욱!

황급히 몸을 띄운 순간, 붉은 광채를 머금은 앞발이 제
닌의 눈앞을 스쳐 지나갔다.

'뭐, 뭐야? 이건!'

붉은 광채가 오러임을 몰라서 묻는 것이 아니었다. 제닌
의 의문은 어떻게 몬스터가 오러를 사용할 수 있느냐 하는
점이었다.

시선이 앞발을 거슬러 올라가자 다른 놈들보다 반 배는
더 큰 덩치를 가진 붉은 사마귀가 눈에 들어왔다.

[Lv. 25 레드 맨티스.]

이름은 같았지만, 색깔은 달랐다. 노랗게 빛나는 이름표는 놈이 다른 놈들과 다른 존재라는 것을 말해 주었다.

키르르! 키르르르!

기괴한 소리가 울려 퍼졌고, 동시에 레드 맨티스들이 움직였다. 놈들은 일사불란한 움직임으로 순식간에 제닌을 포위했다.

'지휘관?'

그 단어를 떠올린 순간 목표는 정해졌다.

'기습!'

시야가 이지러지며 커다란 세모꼴 뒤통수가 눈앞에 나타났다. 내려치는 대검의 경로를 틀어 목을 향해 휘둘렀다.

목을 베어내려는 순간 급격히 떨어진 고개 덕분에 제닌의 대검은 허공을 갈랐다. 그리고 어느새 몸을 돌린 레드 맨티스가 오러 서린 앞발을 휘둘렀다. 낫처럼 생긴 앞발이 제닌의 몸을 찢어발길 찰나 제닌은 씩 웃었다.

'기습!'

제닌의 모습이 사라짐과 동시에 오러를 머금은 앞발이 그가 있던 자리를 찢어발겼다.

"일점집중!"

지휘관 레드 맨티스의 등 뒤에서 터져 나온 목소리. 순간, 푸른 섬광 다발이 지휘관 레드 맨티스의 뒤통수에 작렸했다.

카가가가가각!

"하앗!"

기합과 함께 휘둘러진 제닌의 대검은 뒤통수가 너덜너
덜해진 지휘관 레드 맨티스의 목을 잘랐다. 앞발을 푸들
거리던 지휘관 맨티스가 움직임을 멈췄다.

— 띠링!

[레드 맨티스(Elite)를 처치하여 134의 경험치를 획득했
습니다.]

'정예인가?'

조금 더 알아보고 싶었으나, 시간이 없었다.

'기습!'

기습을 연거푸 사용해 겨우 선두를 따라잡은 제닌의 눈
에 마차에 접근한 벡스의 모습이 들어왔다.

— 벡스. 에이린을 마부에게 넘겨주고 그 방향으로 도망
치라고 해. 넌 다시 돌아오고.

"옙!"

목소리만큼은 우렁찼다.

IV

"으아아아아아아! 대자아아아아앙!"

벡스가 술래잡기로 레드 맨티스들을 끌고 다니는 동안 제닌은 차근차근 놈들을 정리했다.

정예가 몇 마리 섞여 있었으나, 이번에는 그리 어렵지 않았다. 놈의 지휘에 따라 움직여줄 부하들이 모조리 벡스의 뒤를 쫓고 있었기 때문이다.

거기에 마리가 [속박]으로 움직임을 방해하고, [응원]으로 제닌의 공격력과 방어력을 더하니 정예 레드 맨티스는 속절없이 목을 헌납해야 했다.

레드 맨티스를 모두 처치한 제닌은 놈들의 시체를 인벤토리에 담았다. 오러로도 자르기 어려운 각질을 연구하면 좋은 장비를 만들 수 있을 듯싶었다.

정리가 끝나자 제닌은 곧바로 길을 거슬러 올라갔다.

어딘가에 남겨져 있을 가족들의 안전도 궁금했으나, 일단은 가까운 곳에 있는 가족의 안전부터 확보해야겠다는 생각이었다.

얼마 지나지 않아 마차를 따라잡을 수 있었다.

쿠르르. 쿠륵.

마차가 멈추고, 부서질 듯 문이 열리며 은발의 소녀가 뛰쳐나왔다.

"오라버니이이이!"

양팔을 한껏 벌리며 달려오는 소녀의 모습에 제닌은 흐뭇한 웃음을 머금었다.

'에이린 녀석, 많이 컸네. 가지 말라고 울고불고 매달릴 때가 엊그제 같은데.'

제닌과는 네 살 차이. 올해 나이 열일곱인 에이린의 외모에서는 처녀티가 물씬 묻어났다.

'그런데 열일곱씩이나 먹은 녀석이 행동은 왜 이 모양이야? 시집가도 될 녀석이.'

"오라버니! 오라버니! 제닌 오라버니이이이!"

고개를 갸웃거리다가도 자신의 이름을 연거푸 불러대며 달려오는 에이린의 모습에 제닌은 피식 웃었다.

'어색해하지 말라는 건가?'

4년.

많은 것이 변해도 이상하지 않은 긴 시간이다. 하지만 양팔을 벌리고 달려오는 동생의 모습에서 제닌은 옛 기억을 떠올릴 수 있었다.

'어쩌면 그냥 철이 덜든지도……'

자신에 대한 배려이든, 아직 철이 덜 든 것이든 상관없었다. 중요한 것은 반가움이었기에.

푸근한 미소를 지은 제닌이 팔을 벌렸다.

급격히 가까워지는 거리. 그리고 그 거리가 완전히 줄어들어 두 오누이가 얼싸안으려는 찰나.

턱.

"꺅!"

외마디 비명과 함께 에이린의 몸이 덜컥 멈췄다.

그녀의 이마를 막은 작은 손바닥 때문이었다. 황당함으로 물든 에이린의 눈이 손바닥의 주인을 바라보았다.

한쪽 팔로는 제닌의 목을 감고, 다른 팔을 내밀어 자신의 이마를 막은 존재는 열 살이나 됨직한 어린아이였다. 그것도 무지막지하게 예쁘고 깜찍한 소녀였다.

문제는 노려보듯 자신을 쏘아보는 눈길이었다. 인형처럼 깜찍한 소녀의 눈동자에는 자신을 향한 적대감이 느껴졌다.

"엇? 어엇? 엇! 누, 누구?"

에이린이 놀란 음성을 토해낼 때, 제닌이 손을 들어 그녀의 머리를 쓰다듬었다.

"리니, 잘 지냈어?"

제닌의 부드러운 손길은 놀람을 털어냈고, 이내 에이린의 눈매를 초승달 모양으로 변화시켰다.

반면, 품에 안겨 있던 마리의 눈동자는 점차 가늘어져 가고 있었다.

"네! 오라버니도 잘 지내셨어요?"

"보다시피."

"그런데……."

에이린이 품 안에 있는 마리를 지그시 바라보았다.

"아빠. 누구?"

물음은 마리가 한발 빨랐다.

"아빠 여동생. 그러니까 마리에게는 고모이지. 에이린 고모. 해 봐."

"아빠? 고모?"

에이린의 얼굴에 궁금증이 가득 떠올랐다.

제닌의 품에 안긴 소녀는 척 보기에도 열 살은 돼 보였다. 반면, 제닌이 집을 떠난 것은 4년 남짓. 절대로 이만한 딸을 낳을 수는 없는 시간이었다.

"에이린… 고모?"

눈을 동그랗게 뜨며 말끝을 올리는 마리의 목소리는 순진무구하기 짝이 없었다.

'귀, 귀여워!'

에이린은 눈을 반짝이며 어깨를 잘게 떨었다.

처음에는 제닌의 품에 꼭 안겨 있는 모습에 왠지 모를 불편함이 들었으나, 딸이라는 말에 불편함은 사라졌다. 그러자 에이린은 눈에 보이는 모습 그대로를 받아들일 수 있었다.

"그런데 리니. 몸은 어때? 좀 괜찮아?"

겉보기에 멀쩡해 보임에도 제닌은 물었다.

펜던트의 저주 탓에 늘 질병에 시달려야 했던 가족들이었다. 아버지는 그나마 나았으나, 몸이 약한 어머니와 어린 두 동생은 침대에 누워 있는 날이 그렇지 않은 날보다 많았다.

"응! 이제는 괜찮아."

에이린은 멀쩡하다는 것을 보여주려는 것처럼 제자리에서 한 바퀴 돌았다.

제닌의 얼굴에 안도의 표정이 떠올랐다.

"아버지랑 어머니는? 카일도 괜찮아? 괜찮아진 지는 얼마나 됐는데?"

연달아 이어지는 제닌의 물음에는 가족에 대한 걱정이 가득 담겨 있었다.

'역시, 오라버니야.'

에이린은 가슴 한가운데가 따뜻해지는 기분이 들었다.

"아빠도 괜찮으시고, 엄마랑 카일도 멀쩡해. 카일은 요즘 마틴 아저씨한테 검술도 배우는걸? 그리고 괜찮아진 것은… 두 달? 그쯤 된 것 같은데?"

'역시……'

제닌이 레벨 업을 경험한 것과 가족의 저주가 풀린 시기가 비슷했다. 마음이 한결 무거워진 기분이었다.

'미안하다. 나 때문에……'

굳이 말은 하지 않았다. 지나간 과거를 돌이킬 수는 없다는 것을 알기 때문이다. 그런 후회보다는 앞으로 행복하게 해주는 것이 제닌에게는 최선이었다.

제닌이 착잡한 얼굴로 에이린의 머리를 쓰다듬는 사이, 벡스가 다가왔다.

"휴우! 대장 덕분에 살았습니다. 그런데 어떻게 알고 오셨습니까? 역시, 이 벡스의 위기를 알아주는 사람은 대장밖에 없다니까요? 혹시, 대장이랑 저는 소울메이트?"

제닌의 얼굴이 순간 팍 일그러졌다.

소울메이트라는 단어를 어디서 주워들었는지는 모르겠으나 좋았던 분위기를 망치는 데에는 여전히 일가견이 있었다.

"벡스……."

슬쩍 말꼬리를 흐리자 벡스가 눈을 동그랗게 뜨며 제닌을 바라보았다.

"역시, 대장도 인정하는 겁니까? 캬! 역시 우리는 소울메이트라니까요! 그렇지 않고서야 어떻게 멀리서도 제 위기를 발견하고 척! 하고 나타날 수 있겠습니까?"

뿌득!

이갈리는 소리를 토해낸 것은 제닌의 잇새였으나, 정작 입을 연 것은 마리였다.

"벡스! 머리 박아!"

"아, 아니… 왜……. 제가 무슨 틀린 말을 한 것도 아닌데……."

벡스는 억울함을 가득 담아 제닌을 바라보았다. 하지만 돌아온 것은 벡스의 얼굴과 땅바닥을 번갈아 바라보는 제닌의 눈짓뿐이었다.

"쳇! 만날 나만 미워하고. 그래도 어쩌겠습니까. 착한 내가 참아야지. 쳇! 오랜만에 만나도 갈구고, 반가워해도 갈구고, 좋은 말을 해도 갈구고, 좋은 짓을 해도 갈구고……."

"벡스! 빨리 박아!"

마리의 재촉에 구시렁거리던 벡스는 마지못한 표정으로 바닥에 머리를 박았다.

쿵!

커다란 소리. 거칠게 머리를 박은 것은 토라진 심기를 그대로 드러내는 행동이었다.

사실 벡스에게 머리는 웬만한 바위도 부술 정도로 단단했다. 레벨 업을 통해 벡스의 몸 역시 인간의 한계를 초월했기 때문이다.

머리를 박는 것 자체는 아무렇지도 않았다. 다만, 다른 사람에게 보이기 굴욕적일 따름이었다.

'흥! 대장은 만날 나만 가지고 그래! 내가 그렇게 만만한가? 이래 봬도 이제는 마틴 상등병님도 나한테 함부로 못하는데!'

머리를 박은 벡스가 콧김을 씩씩 뿜어댈 때, 제닌이 마리의 귓가에 뭔가를 속삭였다.

"웅! 알았어! 벡스 투!"

작은 그림자가 쪼르르 달려왔다.

"어머! 귀여워라! 오라버니, 이건 뭐예요? 강아지는 아닌 것 같은데?"

눈을 반짝이며 묻는 에이린의 말에 제닌은 피식 웃으며 대꾸했다.

"보면 알아."

"커져라! 얍!"

마법 주문 같은 마리의 목소리에 강아지 크기였던 벡스 투의 몸이 부풀어 오르기 시작했다.

"세, 세상에……."

기겁하며 물러서는 에이린의 어깨를 부드러운 손길이 감싸 안았다.

"괜찮아. 리니. 우리 편은 안 물거든."

씩 웃는 제닌의 얼굴은 왠지 모르게 빛이 나는 것처럼 보였다. 그 모습을 멍하니 바라보던 에이린은 얼굴이 화끈거리는 느낌에 양볼을 감싸 쥐었다.

'아! 어떡해! 오라버니, 더 멋져지셨어!'

"응? 리니. 어디 아파? 왜 얼굴이 빨개?"

"아, 아무것도 아니에요."

에이린은 괜스레 부끄러운 마음이 들어 고개를 획 돌렸다.

제닌은 걱정스러운 얼굴로 그런 에이린의 머리를 쓰다듬어 주었다.

"아프면 참지 말고 말해. 이제는 오빠가 아프지 않게 해 줄 수 있으니까."

다정한 목소리에 에이린의 얼굴은 한층 더 홍조를 띠었다.

기억 속의 오빠는 언제나 그랬다.

다른 아이들의 오빠는 짓궂은 장난도 치고, 못살게 군다는데 자신의 오빠는 전혀 그렇지 않았다.

늘 다정하고 살가웠다. 특히, 아파서 누워 있을 때에는 안절부절못하며 온갖 정성을 들여 간호했는데, 그런 보살핌을 받고 싶어 꾀병을 부린 적까지 있을 정도였다.

제닌은 죄책감 때문이었으나, 그걸 알 리 없는 에이린은 그런 그가 그저 좋을 따름이었다.

그랬기에 4년 전 제닌이 입대한다고 했을 때, 울며불며 매달릴 수밖에 없었다. 에이린은 자상한 오빠와 떨어지는 게 무엇보다 싫었다.

게다가 전쟁터에 한 번 가면 다시 돌아오지 못할 수도 있다는 말을 어디선가 들었기 때문이기도 했다.

한편, 에이린의 얼굴이 붉어지면 붉어질수록 마리의 표정은 싸늘해지고 있었다.

"벡스 투!"

마리는 손가락을 들어 벡스의 등을 가리키며 말했다.

"앉아!"

"크억!"

벡스가 비명을 내질렀다.

갑자기 주변이 어두워진다 싶더니, 미약한 지진이 일어났고, 등허리에 거대한 바윗덩이가 올라간 듯한 하중이 몸을 짓눌렀다.

'대, 대체… 뭐가……'

눈동자를 이리저리 굴려 보았으나, 보이는 것은 없었다. 다만 느껴지는 것은 온몸을 짓이길 듯한 막대한 무게뿐.

머리는 깨질 듯했고, 등허리는 부러질 것 같았다.

벡스 투는 화이트 베어. 그것도 괴수의 고기로 인해 본래보다 반 배는 더 커진 상태였다. 그 때문에 본래의 몸을 되찾은 벡스 투의 무게는 톤 단위를 가뿐히 넘어갔다.

사실 벡스니까 그나마 버티고 있는 거였지, 다른 이였다면 이미 납작하게 눌린 포가 되었을 터였다.

"벡스, 설명해 봐."

"크윽! 대, 대장! 위, 위에 있는 것 좀 내려 주면 안 됩니까? 저, 죽을 것 같습니다!"

"그 시간에 설명하고 벗어나는 게 나을 텐데?"

"크윽! 그러니까……."

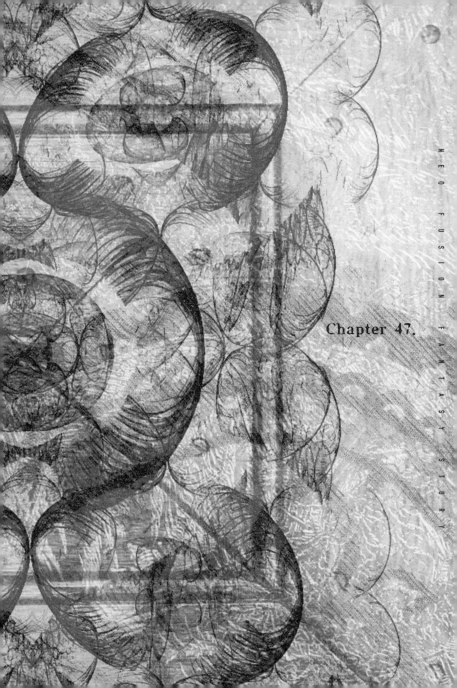

Chapter 47.

I

벡스의 설명은 두서없었다. 온몸이 짓눌리는 것 같은 고통에 시달리고 있으니 그저 떠오르는 대로 무조건 내뱉고 보는 게 최선이었다.

"그러니까 정리하자면, 갑자기 공중에 시커먼 동굴 같은 게 생기더니 그놈들이 쏟아져 나왔다는 건가? 너는 갑작스러운 상황에 일단 술래잡기로 놈들의 시선을 돌린 거고?"

"마, 맞습니다!"

상황은 대충 이해할 수 있었지만, 풀리지 않는 의문이 하나 남아 있었다.

"그런데 우리 리니는 왜 들고 온 거지?"

"아! 그건, 도망치다 보니까……."

"꺄아아아아아악!"

찢어질 듯한 비명이 벡스의 말을 끊었다.

"응? 리니, 왜 갑자기 소리를 지르고 그래?"

에이린의 얼굴은 금방이라도 터질 것처럼 빨갰다.

"그러니까, 멀리서 에이린 아가씨가 소……."

"꺄아아아아아아악!"

다시금 터져 나온 에이린의 비명, 그제야 제닌은 상황을 파악할 수 있었다.

"하하! 그게 뭐가 부끄럽다고 그래? 먹었으면 싸는 건 당연한……."

"꺄아아악! 오라버니! 미워요!"

에이린은 울먹이는 목소리로 소리를 지르더니 멀찌감치 달려가 버렸다.

제닌은 황당하다는 표정을 지었고, 벡스 역시 머리를 박은 상태에서도 어리둥절한 표정을 지었다.

다만, 마리만 홀로 미소 지을 따름이었다.

"벡스, 벡스 투. 일어나."

온몸을 짓누르던 하중이 사라지자 벡스가 몸을 일으켰다. 그리고 눈앞에 서 있는 커다란 덩치의 벡스 투를 바라보며 눈을 빛냈다.

"어? 어라? 어엇?"

벡스가 연달아 이상한 목소리를 냈다.

어마어마한 덩치의 곰. 그런데 자꾸 보다 보니 어딘지 모르게 익숙한 기분이 들었다. 딱히 꼬집어 말할 수는 없었으나, 친숙한 느낌만큼은 여전했다.

"대장, 이건 뭡니까?"

제닌이 피식 웃으며 대답했다.

"네 동생."

"으아니! 정말요? 우리 엄마가 언제 동생을! 그런데 얘, 사람이 아닌 것 같은데요?"

진짜로 믿어 버리는 분위기에 제닌은 허탈할 지경이었다.

"벡스, 바보."

"그렇지?"

"아, 아하하하! 노, 농담입니다! 농담! 정말이라니까요! 엄마가 어떻게 이런 동생을, 아니, 동생 아니지."

제닌은 횡설수설하는 벡스를 내버려 둔 채, 멀찌감치 달아난 에이린에게 다가갔다.

들썩이는 어깨가 보였고, 훌쩍거리는 소리가 들려왔다.

'왜 저러지? 가족끼리 그게 뭔 대수라고……'

어렸을 적에는 목욕도 같이 했던 사이다. 알몸도 봤는데, 그깟 소변 본 것을 말하는 걸 왜 그리 부끄러워하는지, 제닌은 도통 이해할 수 없었다.

열일곱 소녀의 감수성은 제닌에게 너무나 거리가 먼 이
야기였다.

제닌이 고개를 갸웃거릴 때, 마리가 말했다.

"내려줘."

제닌이 바닥에 내려놓자 마리가 쪼르르 달려가 에이린
의 앞에 섰다.

"울지마."

"흐윽! 응?"

"안아줘."

팔을 뻗자 에이린은 어깨를 들썩이면서도 마리를 안아
들었다. 품에서 느껴지는 작고 따스한 느낌에 왠지 마음이
풀어지는 기분이었다.

양팔로 에이린의 목을 감싸 안은 마리가 그녀의 귓가에
속삭였다.

"아빠, 바보."

눈물이 그렁그렁하던 에이린의 얼굴에 웃음이 어렸다.

"맞아! 오라버니는 바보야. 그치?"

고개를 끄덕이는 마리를 에이린은 꼭 껴안았다.

"고모도 아빠 좋아해?"

에이린은 선뜻 대답할 수 없었다. 마음은 당연하다고 하
지만 왠지 밖으로 꺼낼 수가 없었다.

"마리는 아빠 너무너무 좋아해. 그런데 아빠는 몰라. 바

보야."

다시금 이어진 속삭임에 에이린은 고개를 끄덕였다.

"맞아. 오라버니는 바보야."

이런저런 말을 속삭이는 두 사람의 얼굴에는 웃음기가 어려 있었다. 그리고 인간을 초월한 제닌의 청력은 모든 소리를 잡아냈다.

'처음에는 싸울 것 같더니, 왜 갑자기 사이가 좋아졌지? 그리고 내가 왜 바보야? 내가 바보면, 나한테 당한 놈들은 뭔데?'

그런 제닌의 마음을 아는지 모르는지. 마리와 에이린은 까르르 웃으며 끊임없이 재잘거렸다.

여자의 수다는 씹을 거리에서 나온다는 사실을 제닌은 짐작조차 할 수 없었다.

"마리도 그렇지?"

"고모도?"

'내 딸이랑 동생 아니랄까 봐 예쁘긴 한데……'

제닌은 미간을 살짝 찌푸렸다. 왠지 모르게 느껴지는 소외감 때문이었다.

Ⅱ

"내 동생이다. 베스란에게 그렇게 전하도록."

"예! 영주님."

제닌은 마부와 에이린에게 귀환 스크롤을 건넸다.

"오라버니, 이게 뭔가요?"

"그걸 찢으면 안전한 곳으로 이동할 거야."

"저 혼자만요?"

에이린의 시선은 마리를 향하고 있었다.

"아빠는 마리가 지켜!"

마리의 말에 에이린은 눈을 동그랗게 떴다.

"마리야. 마음은 알겠는데, 위험하지 않을까?"

"하하! 우리 마리가 보기보다 강하거든? 아마 이제는 벡스랑 붙어도 이길걸?"

에이린은 마리와 벡스를 번갈아 바라보았다.

'설마……'

제닌의 장담이 말이 안 된다고 생각하기는 했으나, 에이린은 입을 열지 않았다. 자신을 바라보며 살짝 고개를 끄덕이는 마리의 모습 때문이었다.

에이린은 지킨다는 말의 다른 의미를 깨달았다.

"마리야, 오라버니 잘 지켜야 한다? 오라버니도 조심하세요."

에이린은 당부를 남기며 귀환 스크롤을 찢었다. 환한 빛무리와 함께 에이린과 마부의 모습이 사라지자 제닌은 벡스를 바라보았다.

"어느 쪽이라고?"

Ⅲ

"대장! 뭐, 궁금한 거 없습니까?"

연신 입술을 움찔거리는 모양새를 보니 뭔가를 말하고 싶어 입이 근질근질한 모양이었다. 그와 더불어 흉악한 외모에 어울리지 않게 반짝이는 눈동자는 착한 일을 한 다음의 어린아이를 떠올리게 했다.

'녀석, 아까부터 계속 왜 이래?'

일행은 벡스가 도망쳐 온 길을 천천히 거슬러 올라가는 중이었다.

물론 실제 속도는 질주하는 말보다 더 빨랐지만, 어디까지나 순발력이 가장 낮은 벡스의 속도에 맞춘 것. 그보다 훨씬 빨리 달릴 수 있는 제닌과 마리에게는 '천천히'라는 말이 맞았다.

달려온 것은 삼십여 분이었다. 벡스가 한 시간가량 도망쳐왔다고 하니, 앞으로 삼십 분 정도면 벡스가 원래의 일행에서 떨어진 지점에 도착할 수 있을 것이다.

― 대장, 궁금하지 않습니까?

― 대장, 정말 안 궁금해요?

― 대장, 원하신다면 전부 말씀드릴 수 있는데요?

거의 이삼 분마다 한 번씩 계속 물어오는 통에 제닌은 살짝 미간을 찌푸렸다.

그동안의 소식이 궁금한 것은 사실이었다. 들어볼 필요 또한 분명히 있었다.

그러나 벡스에게 듣는 것은 그리 좋은 선택이 아니었다.

벡스는 무식했다. 또한, 무지했다. 그렇다고 말재주가 뛰어난 것도 아니었다.

제대로 된 설명보다는 자기가 한 일을 부풀려서 자랑할 것이 뻔했다. 그것도 앞뒤가 맞지 않는 횡설수설에 가까울 터.

차라리 조금 기다렸다가 다른 부하에게 듣는 게 낫지, 벡스의 설명은 시간 낭비에 불과했다.

제닌이 막 그만 보채라는 말을 하려 할 때였다.

"뭔데? 말해 봐. 마리 궁금해."

마리의 목소리에 슬슬 제닌의 눈치를 살피며 입을 다물려던 벡스의 얼굴이 눈에 띄게 환해졌다.

"오옷! 역시 마리밖에 없다니까!"

"히힛! 벡스, 마리 좋아?"

"당연하지! 난 처음 봤을 때부터, 마리가 딱 내 스타일이었다고!"

'벡스 이 자식이, 어디서 그런 망발을!'

얼토당토않은 벡스의 말에 제닌의 얼굴이 와락 일그러

지려는 찰나, 마리의 목소리가 이어졌다.

"움⋯⋯. 근데 안 돼. 마리는 아빠 꺼야."

'그럼! 당연하지! 마리야, 잘했어!'

절레절레 고개를 내젓는 마리의 모습에 제닌의 얼굴은 다시 흐뭇한 표정을 되찾았다. 반면, 벡스의 얼굴은 확연히 드러날 만큼 일그러졌다.

"어, 어떻게! 마리, 네가 나한테 이럴 수가! 내가 너한테 얼마나 잘해줬는데!"

"잡소리는 됐고, 그냥 설명이나 하지?"

제닌의 정리에 벡스는 입술을 삐죽거리면서도 설명을 하기 시작했다.

"그러니까 제가 그 못된 지주 놈을 확! 그리고 곧바로 영주 성에 달려가니까 기사들이 어마어마하게 몰려와서 한 방에 팍! 그리고 산속에 숨으니 몬스터가 어마어마하게 몰려나오지 뭡니까? 그래서 그냥 와장창!"

'어휴! 벡스 네가 그러면 그렇지.'

역시나 예상한대로였다.

벡스는 두서없이 횡설수설하기 시작했는데, 정작 중요한 내용보다는 자신의 활약상을 자랑하기에 여념이 없었다. 물론 누가 봐도 거창하게 부풀렸다는 것이 확연히 보였다.

"어떻습니까? 저 잘했죠? 그렇죠? 맞죠?"

설명을 그따위로 해놓고도 눈을 반짝이는 벡스의 모습에 제닌은 이마가 지끈거릴 정도였다.

"벡스. 바보야. 머리가 없나 봐."

때마침 거들어주는 마리가 없었다면, 벡스는 지금쯤 땅에 긴 고랑을 만들며 달려오고 있을 것이다. 물론 고랑을 만드는 것은 머리였다.

"그러게 말이다."

제닌이 혀를 찰 때였다.

순간적으로 시야가 변화하며 반짝이는 인터페이스가 떠올랐다.

'또, 뭐지?'

제닌의 시선은 자연스럽게 미니맵을 살폈다. 그리고 경계에 나타나기 시작한 붉은 점에 미간을 찌푸렸다.

"벡스. 아까 도망칠 때, 사마귀들 전부 끌고 왔다고 했지?"

"예? 그렇죠. 마틴 상급병이 하나도 놓치지 말라고 해서, 주변을 빙글빙글 돌았는데요?"

"그런데 왜…… 휴! 아니다."

영문을 모른다는 벡스의 얼굴에 제닌은 한숨이 흘러나왔으나, 어차피 물어봤자 모를 게 빤했다. 그것보다는 새롭게 등장한 붉은 점의 정체를 확인하는 게 먼저였다.

"계속 따라오도록. 먼저 간다."

쾅!

땅바닥이 깊숙이 패며 제닌의 몸이 쏘아지듯 나아가기 시작했다. 순식간에 벡스와의 거리가 쭉쭉 벌어졌다.

"엇! 대, 대장!"

"바보 벡스. 빠이빠이!"

탓!

마리의 역시 가속을 시작했다. 자신의 덩치만 한 벡스 투를 품에 안고 있음에도 마리는 빨랐다.

"우우웅! 끼잉!"

미묘한 울음과 함께 마리의 품에 안긴 채 뒤를 바라보던 벡스 투가 손을 흔들었다. 벡스는 왠지 모르게 벡스 투가 자신을 비웃는 듯한 기분이 들었다.

"어엇! 마리! 가, 같이!"

홀로 남겨진 벡스가 다리에 힘을 더하며 열심히 뒤쫓았으나, 한 번 벌어진 거리는 계속 늘어날 뿐. 좁혀질 기미는 전혀 보이지 않았다.

IV

'이게 어떻게 된 일이지?'

제닌은 미간을 찌푸린 채 미니맵을 바라보는 중이었다. 듬성듬성 보이는 붉은 점들이 전면에 분포하고 있었다.

붉은 점의 의미는 제닌의 몇 발짝 앞을 보면 알 수 있었다. 그곳에는 목이 잘려 죽은 붉은 사마귀의 주검이 널브러져 있었다.

"어? 또, 사마귀다!"

등 뒤에서 들려온 마리의 목소리에 제닌은 뒤를 돌아보았다. 벡스를 찾기 위함이었는데, 그는 지평선 근처에서 작은 점이 되어 있었다.

"마리, 잠깐 기다리고 있어."

제닌은 벡스가 달려오는 쪽으로 걸음을 돌렸다.

"헉! 허억! 대, 대장……."

제닌이 다가가자 벡스는 숨을 헐떡이며 허리를 숙였다.

무리하게 속도를 높인 것은 체력의 소모를 가져왔다. 아무리 활력이 높아도 오버페이스는 효율이 극악이었다. 늘어난 속도보다 거기에 들어간 힘이 몇 배나 많았기 때문이다.

"벡스, 사람들이 어느 쪽으로 도망쳤다고 했지?"

"그, 그게… 저도 잘. 일단 처음 도망쳐 왔던 곳으로 가야 알 수 있을 것 같은데요? 헛! 대, 대장!"

벡스가 기겁했다. 제닌이 말없이 그의 몸을 들쳐업었기 때문이다.

콰앙!

커다란 울림과 함께 땅바닥이 터져 나갔다. 벡스를 업었음에도 제닌의 속도는 벡스가 전력 질주한 것보다 두 배 가까이 빨랐다.

"어? 벡스 바보! 멍청이! 나빠! 아빠 힘들게 하지 마!"

마리가 눈을 동그랗게 뜨며 외쳤다. 평소라면 잘했다며 귀여워해 줄 테지만, 안타깝게도 그럴 만한 시간이 없었다.

제닌은 멈추지 않고 마리를 지나치며 말했다.

"마리. 따라와!"

딱딱하게 굳은 제닌의 표정에 마리는 더 대꾸하지 않고 조용히 제닌의 뒤를 따랐다. 적어도 마리는 상황이 급하다는 것을 파악할 눈치가 있었다.

"벡스. 얼마나 더 가야 하지?"

"이십, 아니. 이제 십 분쯤 더 가면. 우윽!"

벡스가 비명을 삼켰다. 혀를 깨문 탓이었다.

맹렬하게 달려가는 제닌의 등 위는 말보다 훨씬 더 역동적으로 요동쳤다.

평소 같았으면 구시렁거렸을 벡스였으나, 그래도 그럴 상황이 아니라는 것을 파악할 최소한의 눈치는 있었다. 눈물이 찔끔 나오도록 아팠으나 그는 입안의 통증을 참아냈다.

쉭! 쉬익! 쉭!

레드 맨티스들의 공격이 시작되었다.

제닌은 최소한의 움직임으로 피해내며 목적지까지의 직선을 유지했다.

　다만, 등에 업힌 벡스의 얼굴은 하얗게 질려가고 있었다. 레드 맨티스의 앞발이 눈앞을 스친 것은 기본이었고, 직접 그의 몸에 닿아 생채기를 만드는 공격도 있었다.

　'크윽!'

　아릿한 통증에도 벡스는 신음을 참아냈다.

　아직 때가 아니었다.

　다른 건 몰라도, 전투 상황에서만큼은 보통보다 나은 판단력을 발휘하는 벡스였다.

　제닌은 동시다발적으로 쏟아지는 공격을 피해내며 속도를 유지하느라 최고로 집중한 상태. 그의 집중을 깨는 것은 상황을 더 위험하게 만들 따름이었다.

　그렇게 달려가기를 십여 분.

　벡스가 소리쳤다.

　"대장! 여깁니다! 여기!"

　굳이 벡스의 목소리가 아니더라도 제닌은 알 수 있었다. 사람들이 급히 떠난 흔적이 사방에 남아 있었기 때문이다.

　"이 바퀴 자국! 이걸 따라가시면 됩니다."

　"수고했다."

　제닌은 벡스를 벗듯이 내려놓았다. 그리고 길게 이어진 바퀴 자국을 바라보며 조용히 중얼거렸다.

"술래잡기."

"예? 으, 으아아아아아! 대자아아아아앙!"

우렁찬 목소리가 터져 나왔고, 사방에 흩어져 있던 레드
맨티스들이 우르르 몰려들기 시작했다.

"지그재그로 달리면서 최대한 놈들을 많이 끌고 따라오
도록."

"옙!"

투덜거릴 법도 하건만 선선히 대답하는 모습은 의외였
다. 그러고 보니 달려오는 동안 꽤 상처를 많이 입었음에
도 불만 어린 표정이 아니었다.

'나만 성장한 게 아니었군.'

제닌은 피식 웃으며 말했다.

"자식, 많이 컸네."

"제가 원래 키는 더 컸지 말입니다!"

뒤에서 들려오는 벡스의 대답에 제닌의 미소가 짙어졌
다.

탓!

땅을 박차자 멀리 떨어져 있던 레드 맨티스의 모습이 끌
어당기듯 다가왔다. 하지만 공격은 없었다. 놈의 시선은
오로지 벡스를 향해 고정되어 있었다.

충분히 목을 끊어 낼 기회였으나, 제닌은 공격하지 않고
지나쳤다.

최우선순위는 레드 맨티스의 박멸이 아니었다. 그보다
는 쫓기고 있을, 어쩌면 위기에 처해 있을 가족과 부하들
을 찾아내는 것이 급했다.

바퀴 자국을 따라 달리기를 오 분여. 자국을 따라 이어
진 연장 선상에 놓인 산이 보였다.

'이런 판단은… 역시 로이드겠지?'

로이드는 십인장 시절의 부하 중에서 그나마 가장 침착
하고 판단력이 좋은 인물이었다. 그리고 산으로 향한 바퀴
자국은 그에게 나머지 부하들의 지휘를 맡긴 제닌의 선택
이 옳았음을 증명해 주었다.

쫓기는 상황에서, 그것도 전투력이 거의 없는 사람들을
보호하는 상황에서 산은 적절한 피난처였다.

제닌은 문득 놀 떼에 쫓기던 상황을 떠올렸다.

'부디 동굴이라도 하나 발견했기를……'

강렬한 염원을 빌며 발끝에 힘을 더했다. 흐릿하게 보이
던 산의 모습이 점차 커지고 있었다.

V

'어? 이건!'

제닌은 살짝 놀란 표정을 지었다.

미니맵 한 편에서 반짝이는 노란색 점 때문이었다.

'던전?'

제닌은 이미 한 번 경험해 본 적이 있었다.

문제는 노란색 점 주변에 유독 몰려있는 붉은 점들이었다.

'쫓기다가 던전으로 들어갔다?'

정황으로 보면 거의 확실해 보였다. 게다가 던전 주변에 붉은 점을 제외한 다른 색 점이 없다는 점이 제닌의 추론에 신빙성을 더해 주었다.

'문제는 던전의 수준이겠군. 음산한 폐광 정도의 수준이라면……'

음산한 폐광 정도라면 초반 부분은 부하들의 수준으로도 충분히 상대할 수 있을 터였다. 초반의 스켈레톤들은 일반인들 수준에서도 충분히 상대할 정도로 약했기 때문이다.

또한, 병과가 정해진 스켈레톤까지도 부하들이라면 어찌어찌 상대할 수 있을 것 같았다.

'가만!'

머릿속으로 수준을 가늠해보던 제닌의 얼굴이 순간 차갑게 굳어졌다. 그와 동시에 생각하느라 잠시 늦춰졌던 걸음이 폭발적으로 빨라졌다.

'시간!'

한발 늦게 떠오른 생각. 그것은 던전 안의 시간과 현실이 거의 열 배가량 차이가 난다는 점이었다.

바깥의 두 시간 정도가 던전 안의 하루와 같았다. 그 말은 안에 들어간 사람들이 그만큼 더 위험하다는 의미였다.

'제발 늦지 않았기를…….'

산의 모습이 점차 커졌다. 멀리서 볼 때는 몰랐는데, 가까이 보니 생각보다 훨씬 커다란 산이었다.

산자락이 보이기 시작했다. 그와 함께 흉물스럽게 부서진 마차의 잔해가 눈에 들어왔다.

'빌어먹을!'

잔해 주변에 흩뿌려진 선명한 핏자국이 눈에 들어오는 순간 제닌은 욕설을 내뱉을 수밖에 없었다. 누군가가 다쳤다는 의미였다.

"다쳐도 좋으니, 죽지만 마라! 죽지만 마!"

제닌은 일갈과 함께 발을 굴렀다.

콰앙!

폭음과 함께 그의 신형이 높이 솟구쳤다. 그리고 산 중턱에 있는 커다란 나무의 그림자가 눈에 들어왔다.

"기습!"

제닌의 몸이 순간 사라졌다. 그가 다시 모습을 드러낸 곳은 커다란 나무의 뒤편이었다.

"허억! 헉! 허억! 빌어먹을!"

가슴의 아릿한 통증과 함께 극도의 허탈감이 몸을 잠식

했다. 몸에 가득했던 뭔가가 순식간에 빠져나간 듯한 느낌이었다.

기습은 본래 근거리의 적의 뒤편으로 고속이동하는 스킬이었다. 급한 마음에 멀리 있는 목표에 사용했고 다행히 통했다. 여기까지는 좋았으나 무리한 스킬 운용은 제닌의 몸에 그만큼의 데미지를 되돌려 주었다.

'좀 힘들긴 하지만…….'

몸은 물먹은 솜처럼 무거웠고, 다리는 후들거렸으나 제닌은 만족했다. 미니맵의 중앙에서 약간 벗어난 곳에 노란점이 위치했기 때문이다.

'나쁘진 않은데?'

인벤토리를 연 제닌은 그 안에서 마력의 결정과 회복 물약을 꺼내 그대로 입에 털어 넣었다. 허탈감이 반쯤 사라지며 떨어졌던 체력이 서서히 차올랐다.

나뭇가지를 박차고 오르자 그리 멀지 않은 곳에 뻥 뚫린 동굴과 그 주변에 진을 친 레드 맨티스들이 보였다. 또한, 동굴 앞에 흩뿌려진 붉은 핏자국도 눈에 들어왔다.

"이 빌어먹을 새끼들이!"

거친 일갈과 함께 제닌의 발이 다시 한 번 나뭇가지를 박찼다. 꺾일 듯 휘었던 나뭇가지가 원상태로 돌아오며 제닌의 몸을 화살처럼 쏘아 보냈다. 제비처럼 날아오른 제닌의 몸은 솔개처럼 바닥에 내리꽂혔다.

쿠웅!

둔중한 소리와 함께 레드 맨티스들이 일제히 제닌을 향해 고개를 돌렸다.

어느새 소환한 [보호의 육중한 패왕의 검]에 푸른 아우라가 어렸고, 그대로 휘둘러진 대검은 동굴로 다가가는 경로에 서 있던 레드 맨티스의 목을 갈랐다.

"키익! 키익! 키이이익!"

기괴한 울음소리와 함께 일제히 달려드는 레드 맨티스들. 하지만 제닌은 놈들의 상대는 잠시 미뤄둔 채 동굴로 달려갔다.

시커먼 동굴의 입구가 눈에 들어왔을 때였다.

"헛!"

동굴 안으로 막 달려 들어갈 찰나, 제닌의 걸음이 멈칫거렸다. 동굴을 가로막은 시커먼 막 곳에서 불쑥 튀어나온 누군가의 얼굴 때문이었다.

"뭐지? 이건 대장 목소린데. 어!"

제닌과 눈을 마주친 얼굴은 깜짝 놀란 표정을 지었다. 그와 동시에 차갑게 굳어 있던 제닌의 얼굴에 한줄기 온풍이 불었다.

"마틴!"

묻고 싶은 말은 굴뚝같았으나 그럴 수 없었다. 등 뒤에서 다가오는 레드 맨티스의 앞발 때문이었다.

제닌은 슬쩍 몸을 숙여 피한 후, 뒤돌아 대검을 휘둘렀다.

"키에엑!"

단말마 비슷한 소리와 함께 레드 맨티스의 목이 떨어지자 제닌은 인벤토리에서 회복 물약을 되는대로 꺼내 마틴에게 던졌다.

"마틴! 위급한 사람부터!"

"예? 아! 알겠습니다."

마틴은 잠시 의문을 드러냈으나, 곧 제닌의 말을 알아차리고 허둥지둥 회복 물약을 받아 들었다.

시커먼 막에서 불쑥 팔이 솟아난 모습은 상당히 기괴했으나 제닌이 알 바는 아니었다. 중요한 것은 마틴과 함께 있는 사람들의 무사 여부다.

"감히 내 허락도 없이 먼저 간 놈은 없겠지?"

사실 더 궁금한 것은 가족들의 안위였으나, 직접 묻지는 않았다.

"예! 대장의 가족분들도 안전하게 모시고 있습니다."

이렇듯 속마음을 알아차리고 대답해줄 것을 알고 있었기 때문이다.

마틴의 대답에 그제야 제닌은 안도의 한숨을 내쉴 수 있었다. 이어 제닌은 흉흉한 앞발을 세우며 달려드는 레드 맨티스를 향해 비릿한 미소를 지었다.

"니들 승급했다."

"키에에엑!"

화답하듯 들려온 레드 맨티스의 괴성.

"무슨 말이냐고?"

제닌의 대검에서 실같이 가느다란 아우라가 피어올랐다.

한 줄기, 두 줄기……. 점차 가닥을 늘려가던 아우라가 한데 뭉쳐 다발을 만들었다.

"이젠 니들이 최우선순위란 말이지."

제닌은 흉흉한 기세를 피워 올리는 레드 맨티스 사이로 거침없이 파고들었다.

Chapter 48.

Chapter 48.

ROYAL
ROADER

I

"아빠! 힘내!"

밝고 명랑한 마리의 목소리가 힘을 북돋아 주었다. 그런데 그저 말뿐인 응원이 아니었다. 실제로 마리의 손끝에서 피어오른 녹색 기운이 제닌의 몸을 감싸 안았기 때문이다.

[펫 마리가 스킬 응원(Lv.4)을 발동했습니다. 20분 동안 공격력과 방어력이 9% 증가합니다.]

제닌은 온몸에 끓어오르는 힘을 느끼며 히죽 웃었다. 그리고 눈앞으로 다가오는 앞발을 그대로 갈라 버렸다.

9%의 효과는 결코 적은 게 아니었다.

'3레벨 응원이 6%였으니, 3% 증가한 건가? 3레벨마다 증가 폭이 올라가는군.'

319

1레벨 응원은 2%, 3레벨은 6%였다.

'그나저나 이 녀석, 응원은 언제 4레벨로 올린 거야?'

스킬 레벨 4를 달성하려면 제법 많은 숙련도가 필요했다. 숙련도를 올리기 위해서는 스킬을 많이 사용해야 하는데, 정작 제닌은 응원의 효과를 받아본 적이 별로 없었다. 그만큼의 전투가 벌어진 적이 없었기 때문이다.

'하긴, 사람이야 많겠군. 마력이 되는대로 요새 사람들한테 사용하면 될 일이니까.'

요새에는 만 명이 넘는 사람들이 있었다.

'아하! 사람들이 마리를 좋아하는 이유가 이런 거였나?'

물론 마리가 깜찍하고 예쁜 외모이기는 했지만, 그것은 어디까지나 남자한테나 통용되는 것. 같은 여자들의 사랑까지 독차지 한 데에는 이 응원의 힘이 컸을 것으로 짐작했다.

'힘내!' 라는 한 마디에 없던 힘이 샘솟아 나니 누군들 좋아하지 않겠는가!

"아앗! 아빠 위험! 붙잡아!"

마리의 뾰족한 목소리가 귓전을 때렸다.

'아차! 전투 중이었지?'

힘이 넘쳐나는 통에 잠시 방심한 듯싶었다.

물론 던전 주변의 레드 맨티스들 중에 정예가 없었던 탓도 있었다. 일반 레드 맨티스의 공격은 직접 맞아도 제닌의 몸에 그리 큰 타격을 주지 못했다. 더군다나 마리의 응원으로 방어력까지 상승한 상태였으니 더욱 그랬다.

정신을 차리고 보니 땅속에서 솟아난 나무뿌리에 꽁꽁 붙잡힌 레드 맨티스의 모습이 보였다. 마리가 스킬 [속박]을 사용한 모양이었다.

'괘씸한 녀석, 이 아빠를 못 믿는 거냐?'

생각과 달리 제닌의 얼굴에는 웃음기가 가득했다. 이처럼 아빠를 생각해주고, 도움을 주는 딸이 또 어디 있을까?

"마리야! 고맙다! 덕분에 살았어! 역시 우리 마리가 최고라니까!"

다소 과장된 제닌의 칭찬에도 마리는 방방 뛰며 어쩔 줄 몰라 했다.

"꺄하! 칭찬받았어! 어떡해! 붙잡아! 붙잡아! 붙잡아!"

방방 뛰며 속박을 난무하는 마리 덕분에 던전 주변의 레드 맨티스는 수월하게 처리할 수 있었다.

제닌은 레드 맨티스의 주검을 인벤토리에 집어넣고, 땅에 흩뿌려진 놈들의 체액을 흙으로 덮었다. 동굴 안에 있을 사람들을 위한 작은 배려였다.

"허어! 대장, 정말 많이 변하셨습니다?"

동굴을 가린 시커먼 막을 뚫고 마틴이 걸어 나왔다. 얼굴에는 감탄이 떠올라 있었다.

"다 봤냐?"

"그렇지요. 그런데……."

마틴의 시선이 마리를 향했다.

"내 딸."

"역시 대장! 열 살 때부터 절륜하셨군요. 그것도 여자를 임신시킬 정도라니……."

마리와의 나이 차를 짚는 말이었다.

제닌은 굳이 대답하지는 않았다. 어차피 나중에 한꺼번에 설명하면 되는 일이었다.

"농담하는 걸 보니, 크게 다친 사람은 없나 봐?"

"이게 다 어마어마한 제 지휘력 때문 아니겠습니까?"

"얼씨구! 벡스랑 같이 있다 보니 허풍도 생겼나 보네?"

"말도 마십시오. 힘 좀 생겼다고 어찌나 나대던지, 다독이면서 다루느라 죽는 줄 알았습니다."

고개를 절레절레 흔드는 마틴의 모습에 제닌은 피식 웃을 수밖에 없었다.

'그래, 이런 거였지.'

스스럼없이 농담을 주고받을 수 있는 사람이 있다는 것만으로도 제닌은 충분히 만족스러웠다. 마치 고향에 돌아온 듯한 기분이었다.

"형님!"

"아들!"

잇따라 들려오는 목소리에 제닌의 고개가 돌아갔다.

다소 빈약해 보이는 체구의 소년과 창백한 얼굴의 중년 여인, 그리고 한 발 떨어진 곳에서 헛기침을 터뜨리는 중년 사내의 모습이 눈에 들어오자 제닌의 얼굴에는 기묘한 표정이 떠올랐다.

빈약한 소년의 이름은 카일. 제닌의 남동생이자 가족의 막내였고, 병약한 중년 여인은 아리안으로 제닌의 어머니였다. 마지막으로 중년 사내는 아버지인 페트로. 예전까지는 이름만으로 살아왔으나 제닌이 라테스의 영주가 되었으니 이제는 이름 뒤에 '드 라테스'를 붙여야 했다.

"얼굴… 이상해."

반가움과 그리움, 기쁨과 감동이 뒤섞인 제닌의 표정에 마리가 고개를 갸웃거렸다.

제닌은 자신을 바라보는 가족들을 향해 몇 발짝 걸어갔다. 그러다 흠칫 놀라는 표정을 짓더니 미니맵을 살폈다. 푸른 점을 선두로 쐐기꼴로 다가오는 붉은 점들이 보였다.

'5분.'

벡스와 레드 맨티스들이 이곳에 도착하기까지 남은 시간. 회포를 풀기에는 부족했지만, 재회의 기쁨을 나누기에는 충분한 시간이었다.

다가서는 제닌의 발걸음은 느릿했다.

마음은 한달음에 달려가 이미 가족들을 안고 있었으나, 이상하리만치 걸음이 떨어지지 않았다.

마리가 폴짝 뛰어올라 목에 매달렸다.

"울어?"

'울다니, 누가!'

하지만 아까부터 왠지 눈가에 뜨거운 느낌이 들기도 했다. 손을 들어 눈가를 훔쳐보니 축축한 물기가 묻어났다.

슬쩍 마틴을 바라보았다.

'너는 또 왜 그러는데? 아… 가족이 없었지.'

눈물을 글썽이는 마틴의 모습에서 제닌은 쑥스러움과 안쓰러움을 느꼈다. 하지만 이내 털어버렸다.

지금은 마틴의 안쓰러움보다 찡하게 아파지기 시작한 가슴을 달래야 할 때였다.

제닌의 보폭이 늘어났다.

성큼성큼 다가가 가족들 앞에 섰다.

"잘… 지내셨죠?"

마음은 쾌활한 말투로 인사하려 했으나, 정작 입 밖으로 나오는 목소리에는 작은 떨림이 깃들어 있었다.

"아들도 잘 지냈어? 다친 데는 없고?"

눈시울을 붉히면서도 애써 밝은 목소리로 묻는 어머니 아리안의 목소리에 제닌은 억눌렀던 가슴 한쪽이 시큰해졌다.

"형님, 저는 안 보이십니까?"

옆에서 들려온 카일의 목소리에 제닌이 입술을 비틀었다.

"형니임? 내가 왜 니 형님이야? 형이지."

에이린보다 한 살 어린 막내면서 답지 않은 성숙한 말투에 괜스레 장난을 걸고 싶은 제닌이었다.

'고생을 얼마나 했으면……'

물론 한편으로는 안쓰러운 마음이 들기도 했다. 힘든 일과 고생이 어린아이를 더 빨리 성숙하게 한다는 것을 알았기 때문이다.

보급부대에 있을 때부터 몇 차례 겪어본 전쟁고아들은 나이에 비해 훨씬 조숙한 모습을 보였었다.

제닌은 이어 어머니 뒤에 한발 물러선 곳에 서 있는 아버지 페트로를 바라보았다.

"크흠! 흠! 안 다쳤으면 됐지. 흠!"

쑥스러운 듯 헛기침을 터뜨리며 고개를 돌려버리는 페트로. 하지만 평범함을 넘어선 제닌의 시력은 그의 눈가에 맺힌 작은 물기를 찾아냈다.

가슴 한편이 뜨끈해졌다. 평소 다소 무뚝뚝했던 아버지였기에 더욱 그러했다.

"아버지. 우세요?"

"우, 울다니! 누가! 크흠! 큼!"

"어머! 제닌, 너 그거 아니? 네가 그렇게 가고 난 다음, 이이가 밤마다 얼마나……"

"여, 여보!"

당황에 찬 커다란 페트로의 목소리에 가족들은 일제히 웃음을 터뜨렸다.

제닌은 그 웃음 속에서 가슴 한구석에 박혀 찌릿한 통증을 주던 가시가 서서히 빠져나감을 느꼈다.

문득 가슴을 흔드는 느낌이 들어 아래를 내려다보았다. 마리가 또랑또랑한 눈으로 그를 올려다보고 있었다.

"어머! 예쁜 아이네! 아들, 누구야?"

막 마리를 소개하려는 찰나, 아리안이 먼저 물어왔다.

"제 딸입니다. 비록 제가 낳은 것은 아니지만, 가족으로 생각하고 있습니다. 마리. 인사해야지?"

"응! 내려줘."

마리가 몸을 비틀자 제닌은 그녀를 바닥에 내려놓았다.

마리는 양손으로 치맛자락을 잡아 살짝 들어 올리며 고개를 숙였다.

"마리예요!"

"어머! 귀엽기도 하지!"

깨물어주고 싶은 깜찍함에 아리안은 환한 웃음을 지었고, 카일은 동그랗게 뜬 눈을 감추지 못했다. 고개를 돌리고 섰던 페트로 역시 마리를 힐끔거리며 푸근한 웃음을 머금었다.

"이리 오렴. 한 번 안아보자."

아리안이 몸을 낮춰 팔을 벌리자 쪼르르 마리가 품으로 달려들었다.

"어쩜! 정말 인형 같구나. 아니, 인형이 뭐야? 인형보다 훨씬 더 예뻐! 이런 손녀가 생기다니! 마리야. 이제부터 할머니랑 꼭 붙어 있자?"

아리안은 마리를 안아 들고 바라보다가 사랑스러운 듯 뺨을 비벼댔다. 마흔에 근접했지만 삼십 대 초반 정도로 보이는 아리안의 동안 덕분에 두 사람의 모습은 조손보다는 모녀라는 말이 더 어울렸다.

"우움……."

마리는 약간 곤란한 표정을 짓더니 아리안의 귀에 뭔가를 속삭였다.

"사실……."

첫 마디까지는 들렸으나, 뒷말은 제닌도 알아들을 수 없었다. 너무 작아서 그런지, 아니면 마리가 목소리를 막는 모종의 수를 부렸는지는 제닌도 알 수 없었다.

"어머! 정말?"

아리안이 눈을 크게 뜨며 마리를 바라보았다.

"응!"

마리는 밝게 웃으며 고개를 끄덕였다.

'대체 무슨 이야기를 한 거야?'

궁금하기도 했으나, 뭔가 비밀스러운 이야기인 것 같아 대 놓고 물어보기도 뭐했다.

"어, 어, 어머니?"

환하게 웃고 있는 아리안의 옆에서 카일의 목소리가 들려왔다.

"응? 왜 그러니 카일?"

아리안의 물음에 카일은 선뜻 대답하지 못했다. 다만 입술을 움찔거리며 마리를 흘깃거릴 뿐이었다.

지켜보는 모두가 의도를 짐작할 수 있었다.

"어머! 우리 카일도 벌써 그럴 나이였나?"

아리안은 빙긋 웃으며 마리의 귓가에 뭔가를 속삭였다.

다른 사람은 몰라도 제닌의 귓가에는 확실히 들렸다.

– 볼에 뽀뽀를 해주렴. 그럼 막내 삼촌이 마리를 엄청 좋아할 거야.

속삭임을 마친 아리안은 카일의 앞으로 마리를 내밀었다.

"어, 어머니?"

카일은 당황스러운 듯 아리안을 마주 보았으나 주춤거리며 손을 내밀었다.

"막내, 삼촌?"

"으, 으응……."

대답하는 카일은 차마 마리와 눈을 마주치지 못했다.

아무리 큰형의 딸이라고 소개했지만, 실제로 피가 섞인 사이도 아니었고 나이 차도 별로 안 났다. 무엇보다 마리는 그가 태어나서 지금껏 보아온 그 어떤 여자아이보다 예뻤다.

"가까이. 가까이."

"응?"

마리의 말에 카일은 천천히 마리를 끌어안았다. 품 안에서 느껴지는 보드라운 감촉과 코끝에 와 닿는 향기는 카일의 심장을 쿵쾅거리게 했다.

쪽!

볼에 와 닿는 촉촉하고 감미로운 감촉.

카일은 그렇게 넋을 잃었다.

"크흠! 어디서 삼촌이라는 놈이 조카한테 넋을 잃어! 넌 앞으로 우리 마리한테 접근 금지다!"

눈매를 가늘게 좁힌 제닌은 카일을 노려보며 마리를 채갔다. 반쯤은 농담이었지만, 나머지 반은 진담이었다. 아무리 가족이라지만 마리가 자신 외의 다른 이성에게 뽀뽀하는 것은 그리 마음에 들지 않았다.

"크흠. 큼! 아들아. 할애비도 있다만?"

딴청을 부리면서도 슬쩍 팔을 벌리는 페트로의 모습에 제닌은 한숨을 폭 내쉴 수밖에 없었다.

Ⅱ

가족 모두의 관심을 끌어모은 마리 덕분에 가족과의 재회는 화기애애했다. 특히, 평소 무뚝뚝하기 짝이 없던 아버지 페트로의 행동은 제닌도 의외였다.

그는 아닌 척하면서도 좀처럼 마리를 품 안에서 떼 놓으려 하지 않았다. 또한, 틈이 날 때마다 볼을 들이대곤 했는데, 어지간히 뽀뽀를 받고 싶은 모양이었다.

하지만 아리안의 귓속말을 들은 마리는 배시시 웃으며 고개를 내저었고, 그럴 때마다 살짝 일그러지는 페트로의 얼굴은 가족 모두에게 웃음을 주었다.

그렇게 화기애애하던 짧은 재회를 끝내야 할 시간이 다가왔다. 벡스가 일이 분 거리에 도달했기 때문이다.

"이제 다시 안으로 들어가셔야겠습니다."

"아들도 같이 가면 안 될까?"

걱정이 가득 담긴 아리안의 물음에 제닌은 미소 띤 얼굴로 고개를 가로저었다.

"동굴 속에서 영원히 살고 싶으신 건 아니잖아요? 게다가 이 아들 소문 못 들으셨어요? 왕국의 영웅이라는? 보시

다시피 제가 좀 많이 강해졌습니다."

제닌은 말과 함께 슬쩍 아우라 컨트롤을 사용했고, 가족들은 눈을 휘둥그레 떴다. 특히, 카일은 유독 반짝이는 눈으로 제닌의 아우라를 바라보았다.

'녀석, 마틴에게 검술을 배운다더니……'

할 수만 있다면 가르쳐 주고 싶었다. 카일 뿐만이 아닌 가족 모두에게 그러고 싶었다.

자신의 안위만큼이나 중요한 게 가족의 안전이었기 때문이다. 호위를 붙일 수도 있었으나, 역시 스스로 강해지는 것만큼 확실한 방법은 없었다.

"다치지 말렴."

"형님만 믿고 기다리겠습니다."

아리안은 카일과 함께 동굴로 걸음을 옮겼다.

"크흠! 큼! 마리는 내가 데려가마."

양팔을 꼭 끌어안는 모양새가 어지간해서는 마리를 떼놓고 싶지 않은 모양이었다.

"아버지, 제가 무사하기 위해서는 마리의 도움이 필요한데요?"

"도움? 아니! 이 아이를 싸움에 동원하기라도 하겠다는 거냐?"

높아진 페트로의 목소리는 아리안과 카일의 몸마저 돌아보게 했다.

"마리, 강해. 벡스도 이겨!"

마리의 목소리에 페트로는 눈을 크게 뜬 채 제닌을 바라보았다. 사실인가를 묻는 얼굴이었다.

"사실입니다."

"아니, 아무리 그래도 그렇지. 이런 아이를……."

페트로는 말도 안 된다는 대꾸를 하며 마리를 꼭 붙들고 놓지 않으려 했으나, 마리는 살짝 몸을 비트는 것으로 그의 품을 벗어났다. 그리고 순식간에 일행의 눈에서 사라졌다. 실제로 사라진 것은 아니었으나, 인간의 동체시력을 뛰어넘은 움직임은 그런 착각을 불러일으켰다.

마리가 다시 나타난 곳은 동굴이 자리한 공터의 끝이었다.

"마리 빨라! 이런 것도 할 수 있어!"

말이 끝나기가 무섭게 두꺼운 나무뿌리가 땅에서 솟아올랐다. 그리고 공터 근처의 나무 한 그루를 휘감았다.

우지끈! 파사삭!

산산이 조각나버린 나무의 파편을 바라보며 가족들은 떡 벌린 입을 다물지 못했다.

"이 정도니 걱정하지 마시고……."

제닌이 어서 들어가라는 말을 하려 할 때였다.

"엇! 대장. 이거 안 들어가지는 데요?"

동굴 입구에 선 마틴은 말과 함께 양팔로 시커먼 막을

밀었다. 하지만 어느 정도 밀렸던 막은 그의 팔을 밀어내
며 원상태를 찾았다.

"그게 무슨 소리야?"

"아무래도 저희를 거부하는 것 같습니다."

"전에는 어땠는데?"

제닌은 이들이 처음 동굴에 들어갔을 때를 물었다.

"저희는 들어갈 수 있었지만, 사마귀 몬스터는 안으로
들어올 수 없었습니다. 지금처럼 막을 통과하려 해도 밀어
냈거든요. 덕분에 무사할 수 있었는데, 지금은 이 막이 저
희를 사마귀 몬스터처럼 밀어냅니다."

마틴의 대답에 제닌은 순간 머리가 복잡해졌다.

"으아아아아아! 대자아아아앙!"

벡스의 우렁찬 목소리가 그리 멀지 않은 곳에서 들려왔
다.

시간이 없었다.

"안에 있는 사람들, 다시 나올 수는 있나?"

마틴이 시커먼 막에 대고 손짓하자 한 사람이 막 밖으로
얼굴을 내밀었다.

"대장님, 오래간만에 뵙습니다."

"로이드, 지금 당장 안에 있는 사람들 다 나오라고 해.
짐 챙길 필요 없이 지금 당장!"

"옙!"

다급한 목소리에 로이드의 얼굴이 다시 막 안으로 사라졌다. 그리고 안에 있던 사람들이 뛰쳐나오기 시작했다.

"로이드, 다 나왔나?"

로이드가 고개를 끄덕이자 제닌은 사람들에게 말했다.

"제가 먼저 들어가면, 곧바로 따라 들어오십시오. 조금 이상한 느낌이 들 테지만, 당황하지 말고 들어오시면 됩니다. 마리, 넌 남았다가 벡스가 오면 함께 들어와. 알았지?"

"응!"

제닌은 마리의 대답을 들음과 동시에 시커먼 막으로 몸을 던졌다.

- 띠링!

[C급 던전, 통곡의 갈림길에 입장하셨습니다.]

'통곡의 갈림길?'

알림음과 함께 눈앞에 떠오른 메시지는 음산한 폐광 때와 비슷했다. 다만 한 가지 거슬리는 것은, 시야의 상단 중앙에 떠오른 커다란 숫자였다.

"100부터 줄어드는 것 같은데."

제닌은 숫자가 0이 되는 순간, 뭔가 변화가 일어날 거라는 것을 직감했다.

'그나저나 잘한 일인지 모르겠군.'

일행을 던전 안으로 끌어들인 것을 말함이었다.

생각을 잘 해보면 다른 방법을 찾아낼 수도 있었으나, 안타깝게도 시간이 너무 촉박했다.

'바보 같은! 그냥 벡스한테 이쪽으로 오지 말라고 했으면 됐잖아? 아니면, 마리랑 함께 마중 나가서 다가오기 전에 싹 처리했어도 됐고.'

한발 늦은 생각이 연이어 머리를 때렸다.

'아직 멀었군. 멀었어! 언제나 냉철하게 생각해야 하건만. 고작 가족들 다시 만났다고 이렇게 흔들려 버리다니.'

물론 가족과의 재회는 눈물 날만큼 감동적이었다. 그러나 그 덕분에 흐려진 판단으로 가족을 위험에 빠뜨린 것은 문제였다.

'C급이라고 했어. 음산한 폐광이 D급이었으니, 그보다 강한 놈들이 있다는 뜻이야.'

제닌은 머리를 흔들며 주변을 살펴보았다.

지름 10미터 정도의 원형 공터가 있었고, 앞쪽으로 세 갈래의 갈림길이 뻗어 있었다.

'그나마 뒤편이 막혀 있어 다행이군. 비전투원들을 그쪽에 두고 지키면 되겠어.'

이미 지나간 일을 후회해봤자 돌아오는 것은 또 다른 후

회뿐이었다. 그보다는 앞으로가 중요했다.

순간적으로 여러 가지 선택지가 나타났고, 제닌은 그중에서 자신이 생각한 최고의 방법을 택했을 따름이다. 이렇게 생각하는 편이 나았다.

제닌이 갈림길을 바라보며 마음을 다잡을 때 하나, 둘 사람들이 모습을 드러내기 시작했다.

"엇! 여, 여기가 어디지?"

"대장, 대체 뭡니까? 여기는?"

"조용! 당황하지 말고 일단 비전투원들을 저쪽 벽 쪽으로 모이게 한 다음, 우리가 둘러싼다."

"옙!"

궁금한 점이 많았으나, 부하들은 대답과 함께 움직이기 시작했다. 던전 안으로 들어온 인원은 모두 마흔 명가량. 부하들의 가족까지 포함한 숫자였다.

부하들이 인원들을 통제하는 모습을 바라볼 때, 제닌의 눈앞에 문자창이 떠올랐다.

[클리어 조건 : 몬스터 웨이브 격파(0/10) / 클리어 보상 : 오르페의 상자 / 실패 조건 : 캐릭터의 사망.]

제닌은 메시지 내용을 찬찬히 훑어보다가 머릿속으로 물었다.

'이봐. 몬스터 웨이브가 뭐지?

[파도처럼 차례로 몬스터가 몰려 오는 것을 뜻합니다.]

'몬스터가 몰려온다고? 우리가 찾아가는 게 아니라?'

제닌의 미간에 골이 팼다.

원래의 계획은 비전투원을 안전한 곳에서 보호하고, 소수 정예로 던전을 클리어할 생각이었다. 그런데 그런 그의 생각을 비웃듯 몬스터가 몰려 온다고 한다.

'이거 설마, 일부러 이러는 건 아니겠지?'

대답은 없었다. 그렇지만 왠지 모르게 그럴 것 같다는 생각이 들었다.

'대체 목적이 뭐지? 동굴의 막은 왜 갑자기 들어갈 수 없도록 바뀌었지? 왜 사람들은 처음에 들어갔는데, 몬스터는 들어가지 못했지? 그러고 보니 레드 맨티스는 처음 보는 몬스터인데, 왜 갑자기 생겨난 거지?'

대답은 여전히 없었다.

'썩을! 정보 공개 레벨을 대체 얼마나 올려야 속 시원하게 대답해 주나? 빌어먹을!'

제닌은 순간 얼굴을 와락 일그러뜨렸으나 곧바로 표정을 다잡았다. 위로 보이는 숫자가 50 이하로 떨어졌다. 궁금함과 고민은 나중으로 미뤄두어야 했다.

'후우! 일단은 막고 보자! 누구도 다치면 안 돼!'

자신의 가족도 소중했지만, 부하들의 가족 역시 소중했다. 자신의 지시로 이곳에 들어온 이상, 이들의 안전은 자신의 책임이다.

'길이 세 갈래니 몬스터들도 세 갈래로 오겠지? 벡스랑 마리가 있으면 각각 하나씩 맡으면 될 텐데. 아쉽군.'

바깥과 던전 안은 시간의 흐름이 달랐다. 제닌이 경험한 바로는 거의 열 배가량. 바깥의 1분이 던전 안의 10분이 되는 것이다.

'최소한 첫 번째 몬스터 웨이브는 나 혼자 맡아야겠군. 어쩌면 두 번째까지 막아야 할 수도 있고.'

벡스가 던전 입구에 도착할 때까지 필요한 시간은 1분 남짓이었다. 곧바로 안으로 들어온다고 해도 거의 10분가량의 시간이 필요했다.

"물러서서 잘 지켜. 일단은 나 혼자 맡는다."

"대장! 그런 게 어디 있습니까? 저희더러 구경만 하라는 겁니까?"

마틴의 항변에 제닌은 코웃음 쳤다. 의도는 가상하나 실제로 도움보다는 짐이 될 확률이 높았다.

"홋! 니들 다 덤벼도 나한테 안 되는데?"

"와! 우리 대장, 우리랑 몇 달 떨어져 있더니 좀 재수 없어진 것 같지 않냐?"

앞니가 툭 튀어나온 인물의 말에 부하들이 웃음을 터뜨렸다.

'베른 이 자식은 왜 갑자기.'

다소 우스꽝스러운 외모와 사소한 말에 태클을 걸어 분

위기를 띄우는 인물이 베른이었다.

물론 평소에도 이러지는 않았다. 다만 전투를 앞둔 상황에서 긴장을 풀기 위해 종종 이런 식의 태클을 건다는 점을 알았기에 제닌도 크게 타박하지는 않던 일이었다.

자신은 안전하게 지키려 했으나, 부하들의 생각은 전혀 그렇지 않은 모양이었다.

'이것들이 나 혼자 충분하다니까?'

제닌이 인상을 찡그리며 한마디 하려 할 때, 베른의 옆에 있던 길쭉한 얼굴의 사내가 입을 열었다. 그는 평소 베른의 말에 맞장구치는 역할을 맡은 에이슨이었다.

"좀이 아니라 많이 재수 없어진 것 같은데? 마틴님도 그렇죠?"

에이슨은 제닌의 얼굴이 일그러지는 것을 보고는 마틴까지 끌어들였다. 마틴이 고개를 끄덕이며 수긍하자 부하들이 눈을 반짝이며 제닌을 바라보았다. 어서 전투 지시를 내려달라는 표정이었다.

'이런! 에이슨, 너까지!'

제닌이 화를 내려는 찰나, 아리안이 한 발 앞으로 나섰다.

"아들? 함께 지내면서 보니까 이분들도 실력이 대단한 것 같은데. 무거운 짐은 함께 드는 게 낫지 않을까?"

"오오오! 역시 어머님이십니다!"

아리안까지 나서자 제닌도 더는 뻗댈 수 없었다.

"이것들이! 우리 엄마가 왜 니들 어머닌데!"

제닌의 패배 인정에 부하들은 폭소를 터뜨렸고, 어머니 아리안 역시 입을 가리며 웃었다.

"대장. 저희는 어떻게 하면 됩니까?"

마틴의 물음에 제닌은 한숨을 내쉬며 지시를 내렸다.

"일단……."

말끝을 흐리던 제닌의 눈동자가 번뜩 빛났다.

"벗어!"

"예? 갑자기 그게 무슨 말씀이십니까?"

"벗으라니요? 설마 대장, 그 사이에 취향이……."

의문에 찬 부하들의 목소리가 들려왔으나, 굳이 들어줄 필요가 없었다.

'보면 알 테니까.'

제닌은 곧장 몸을 돌려 벽을 등지고 서 있는 비전투원들을 향해 달려들었다.

"착용! 착용! 착용!"

같은 단어가 꼬리를 물고 이어졌다.

처음에는 '저게 무슨 짓인가?' 하는 얼굴로 바라보던 부하들의 얼굴이 경악으로 일그러지기까지는 그리 오랜 시간이 필요치 않았다.

"헉! 저게 무슨!"

"말도 안 돼! 갑자기 갑옷이 어디서 튀어나오는 거야?"

어리둥절한 부하들의 목소리에 제닌이 피식 웃으며 대꾸했다.

"20초 준다."

아직 뜻을 파악하지 못한 듯, 서로의 얼굴을 바라보던 중 마틴이 고개를 번쩍 치켜들며 소리쳤다.

"벗어! 벗어야 저걸 입을 것 아니야!"

철컹! 철커덩! 철컹!

제닌의 의도를 파악한 이상 착용한 장비를 벗어던지는 부하들의 손길에 망설임은 없었다.

"어머!"

"꺄악!"

뾰족한 비명이 터져 나왔다. 비전투원 중 여자들의 입에서 흘러나온 소리였다.

'저것들이… 지금 반항하는 거냐?'

굳이 보지 않아도 상황을 짐작할 수 있었다. 아무래도 속옷까지 벗어 던진 듯했다.

"속옷까지 벗은 개념 없는 놈은 이따 보자. 아주 뼈와 살이 타오르는 면담을 해줄 테니까."

"허업!"

헛바람 삼키는 소리가 들려왔다.

'베른, 에이슨. 또 니들이냐? 마침 잘 됐군.'

굳이 보지 않아도 소리의 주인공을 알 수 있었다. 게다가 마침 제닌이 벼르던 인물들이었다. 제닌은 비릿한 미소를 머금은 채 비전투원들의 장비 착용을 마쳤다.

"웬만한 공격은 막아줄 겁니다. 그러니 설령 몬스터가 다가와도 놀라지 마시고 이곳에 꼭 붙어 계십시오."

"혀, 형님."

카일의 목소리가 막 몸을 돌리려던 제닌을 붙잡았다.

의도는 빤히 보였다. 기사들이나 입을 법한 장비를 갖추니 자기도 한몫 거들고 싶을 터였다.

"카일, 일단 가만히 있어. 일단 급한 일 해결되면 너도 강해질 방법을 찾아줄 테니까."

가만히 있으라는 말에 살짝 시무룩해졌던 카일의 얼굴은 뒤이은 제닌의 말에 환하게 밝아졌다.

"예! 형님!"

카일의 강한 대답을 뒤로한 채, 제닌은 다시 부하들이 있는 곳으로 다가가 장비를 착용시켰다.

"우헛! 이럴 수가! 이거 좋은데요?"

"가볍고, 단단하고! 최곱니다! 최고!"

사탕 받은 어린아이처럼 감탄하는 부하들의 모습에 제닌은 피식 웃었다.

"당연히 좋을 수밖에. 그거, 크라티아에서 세트당 3만 골드에 팔던 거다. 아니, 그보다 한 급 위의 장비니까 더 비싸려나?"

"삼만 골드!"

"에이! 아무리 그래도 그렇지. 삼만 골드가 어느 집 애 이름입니까?"

믿기지 않는다는 표정.

'뭐, 원가는 백 골드도 안 되지만.'

원가가 어쨌건 수습 병사의 장비가 실제로 한 세트당 삼만 골드에 팔린 것은 분명한 사실이었다. 그런데 이들에게 제공한 것은 그보다 급이 높은 숙련 병사의 장비였다.

만약 이것을 크라티아에 가져다 팔면 세트당 4만 골드도 받을 수 있을 것이다.

"자! 잡소리 그만 하고, 잘 들어. 중앙은 내가 맡는다. 너희는 진형 짜서 양옆을 막아라. 감당 못할 것 같으면 무조건 뒤로 빠지고, 다치는 놈은 내 손에 죽는다."

"예! 대장!"

"명심하겠습니다!"

부하들은 대답과 동시에 몸을 움직였다. 기사들이나 착용할 법한 좋은 장비를 얻어서인지 동작에 자신감이 가득했다.

마틴의 주도 아래 진형을 짜는 모습은 예전보다 오히려 더 숙달돼 보였다. 이를 통해 제닌은 부하들이 지금과 같은 전투 상황을 꽤 많이 겪어봤다는 것을 짐작할 수 있었다.

'하긴, 가족들을 데려오는 과정에서 마찰이 없다는 게 더 이상한 일이지.'

제닌의 가족은 자신의 땅을 가진 자영농이었지만, 나머지 부하들의 가족은 가난한 하층민이나 소작농에 불과했다.

지주나 영주의 재산과 다름없는 이들. 이것 때문에 이들을 빼내기 위해서는 몰래 움직일 수밖에 없었고, 그러다가 발각되어 전투를 벌일 일도 많았을 터였다.

잠시 생각하는 사이 시야 위쪽의 숫자가 한 자리로 줄어들었다.

'자, 어떤 놈이 올 거냐? 처음이니까 좀 살살 시작해 보자고!'

줄어들던 숫자가 마침내 '0'을 가리켰고, 멀리서 미세한 울림이 들려오기 시작했다.

미니맵을 살펴보니 붉게 빛나는 점이 세 갈래로 나뉘어 밀려오고 있었다.

"온다! 준비해라!"

제닌의 말에 부하들은 마른침을 삼키며 무기와 방패를 부여잡았다.

Ⅲ

"쓰불. 뭐가 이리 많아?"

밀려오는 붉은 점의 숫자는 많았다. 어림잡아도 백 마리 이상이었다. 게다가 박력 있는 땅 울림으로 보아 무서운 속도로 돌진하고 있음을 알 수 있었다.

"방패 땅에 박아라! 절대로 뚫리지 마라! 뚫리면 뒤에 있는 가족들이 위험해진다!"

"예! 대장!"

우렁찬 대답을 들으며 제닌은 대검을 앞으로 뻗었다.

통로는 성인 남자 세 명이 나란히 걸어갈 정도의 넓이로 대검을 휘두르기에는 비좁았다. 그러나 제닌에게는 아우라 컨트롤이 있었다. 굳이 검을 움직이지 않아도 아우라를 휘두를 수 있었다.

슬쩍 옆을 바라보자 눈을 마주친 부하들이 씩 웃었다.

방패를 땅에 박고 체중을 실어 기댄 모양새가 제법 그럴듯해 보였다. 가운데 방패를 중심으로 양옆에 방패를 받쳐 중앙으로 전해지는 충격의 분산을 꾀한 진형이었다. 또한, 후미에 빠진 마틴과 로이드는 전체적인 전투를 조율하면서 만약의 사태를 대비하는 모습이었다.

양 통로에 각각 네 명씩으로 구성된 방어진이었다.

'그래, 믿어야지. 언제까지 혼자 해결할 수는 없을 테니.'

사실 조금 전까지도 계속 고민하던 참이었다.

백 마리라는 숫자가 조금 많기는 해도 밖의 레드 맨티스보다 약하다면 얼마든지 쓸어버릴 수 있었다. 그러나 그 생각을 접게 한 것은 몬스터 웨이브가 앞으로 점차 강해진 다는 점이었다.

'나중에 더 강한 놈들이 나올 때를 대비하려면 차라리 약할 때부터 경험해 보고, 실력을 키워가는 게 나아.'

쿵쿵거리는 소리는 점차 가까워졌다. 그리고 던전 안을 채운 은은한 빛에 모습을 드러내기 시작했다.

[Lv.9 오크 돌격병]

오크 돌격병은 거구인 벡스보다도 머리 하나는 더 큰 키에 터질 듯 불거진 근육, 찰흙을 짓이겨 아무렇게나 붙여놓은 듯한 흉악한 외모를 가지고 있었다.

그런 놈이 어깨를 앞세우고 돌격하는 모습은 박진감이 넘쳐 흘렀다.

"뭔 놈의 오크가 이렇게 커? 지가 무슨 트롤이야?"

"엇! 벡스? 아니구나. 닮긴 했는데 더 크네. 그럼 벡스네 형인가?"

되지도 않는 농담을 던지며 애써 긴장을 풀려는 모습을 보니, 심장이 적잖게 쫄깃한 모양이었다.

제닌이 봐도 박진감 있는 모습이었으니, 부하들 처지에서는 마른침을 꼴딱꼴딱 삼켜가며 온몸에 힘을 주는 수밖에 다른 방도가 없었다.

휙. 휙.

제닌이 손을 휘젓는다 싶더니 양쪽 진형의 후미에 빠진 이들에게 뭔가가 날아들었다. 붉은 액체가 찰랑거리는 병들이었다.

"마틴, 로이드. 그거 뚜껑 따서 가운데 방패든 놈들 입에 좀 물려라."

그들은 무어냐고 묻지 않았다. 그저 제닌의 지시대로 뚜껑을 뽑아 방패를 든 가운데 인물의 입에 물릴 따름이었다.

"죽지는 않을 거야."

입에 머금고 있다가 충격을 받은 직후 삼키면 된다. 체력 회복 물약의 회복력은 300가량이었고, 이에 반해 부하들의 체력은 아무리 높아 봤자 100이 채 넘지 않을 터. 즉사가 아니라면 순식간에 상처를 치유할 수 있다는 의미였다.

'죽을 것처럼 아프긴 해도 말이지.'

제닌은 비릿한 웃음을 지었다.

'아! 그러고 보니, 저것들도 벡스처럼 만들면 좋을 텐데 말이야. 그건 어떻게 안 되는 건가?'

제닌이 이런 생각을 하고 있을 무렵, 달려오던 오크 돌격병이 흉측한 송곳니가 돋은 입을 벌렸다.

- 우워어어!

심장이 찌릿할 정도로 박력 넘치는 고함에 부하들의 안색이 더욱 굳어졌다. 그러나 기죽고 싶지 않았는지 부하들 역시 오크 돌격병을 바라보며 고함을 내질렀다.

"우아아아아!"

"고작 덩치 큰 오크 주제에 어디서!"

- 크워어어어!

부하들의 고함이 오히려 도발하는 셈이었는지, 오크 돌격병은 더 큰 고함을 내지르며 달려들었다.

쿵!

콰직!

방패는 멀쩡했다.

다만, 거구의 오크 돌격병이 가지고 있던 운동에너지는 고스란히 충격에너지로 변해 방패를 든 이들에게 전해졌다.

팔은 순식간에 부러졌고, 어깨가 빠졌다. 내부로까지 전해진 충격은 내장을 흔들었고, 식도를 타고 피가 역류했다.

충격은 거기서 그치지 않고 양옆에 방패를 이은 이들에게도 전해졌다. 팔뼈가 뒤틀리고 근육이 찢어지는 소리가 일어났다.

부하들의 진형이 순간 거칠게 들썩였으나, 다행히 밀리지는 않았다. 방패를 땅에 박은 것은 적절한 선택이었다.

"크어억!"

"우욱!"

"삼켜! 마시라고!"

뒤에 있던 마틴과 로이드가 고래고래 소리쳤고, 가운데
에서 방패를 든 이들은 목구멍까지 치솟은 핏물을 삼키고
물약 병에 있던 액체까지 빨아들였다.

쓰아아아아아.

다른 이들은 듣지 못했으나, 가운데를 맡은 이들의 귓가
에는 들려왔다. 부러진 뼈가 다시 붙고, 찢어졌던 근육이
이어졌다. 자리를 이탈했던 내장 또한 제자리를 찾아 돌아
왔다.

온몸에서 느껴지던 통증이 시원하게 사라지는 느낌. 동
시에 방패를 미느라 소진했던 힘까지 어느 정도 차올랐
다.

"으아아아아아!"

가운데 있던 이들이 고함을 내지르며 방패를 밀쳤다.

붙어 있던 오크 돌격병의 몸이 슬쩍 밀려났고, 그 사이
양옆에 있던 이들이 방패를 던지며 달려들었다. 그들의 손
에는 어느새 시퍼렇게 날 선 칼이 들려 있었다.

푹!

서걱!

장비의 성능은 부하들의 상상 이상이었다.

웬만한 바위보다 단단한 오크의 근육을 수월하게 헤집
으며 치명상을 입혔기 때문이다.

– 크워어어어어!

오크 돌격병이 고함을 내질렀으나, 처음의 박력이 사라진 비명에 불과했다.

"잘했어! 그렇게 하면 되는 거야!"

"뒤로! 뒤로! 다시 방패 잡아! 또 온다!"

마틴과 로이드는 고래고래 소리치며 전투를 이끌었다.

'호흡도 잘 맞고, 지시도 적절하고. 생각보다 괜찮은데? 설마, 이걸 보여주려고 바득바득 우겨서 나선 건가?'

부하들의 실력은 예전과 비교하면 천지차이였다.

굳이 비교하자면 테일스를 위시한 라테스 출신 병사들의 원래 수준 정도는 돼 보였다. 물론, 훈련소와 훈련던전을 거친 그들과는 비교할 수 없었지만, 본 소속이 수송부대였던 점을 고려하면 크나큰 발전이라 할 수 있었다.

"막아! 막고 찔러!"

"으아아아아!"

고래고래 터져 나오는 고함과 함께 양옆의 통로에서는 인간과 몬스터의 처절한 싸움이 벌어졌다.

'아……. 시끄럽네.'

이에 비해 제닌이 맡은 중앙은 그저 조용할 따름이었다.

서걱. 서걱.

양분된 오크의 시신들이 차곡차곡 쌓여나갈 뿐.

어느 순간 지루해진 제닌은 앞으로 달려가며 마주 달려오는 오크들의 몸을 도륙했다. 순식간에 중앙 통로의 붉은 점이 깨끗하게 사라졌다.

되돌아온 제닌은 비전투원들이 모인 곳으로 다가가 부하들의 전투를 관전했다.

"아들, 괜찮아? 다친 데는 없고?"

몸에 피 한 방울 튀기지 않았음에도 제닌을 바라보는 아리안의 얼굴에는 걱정이 가득 담겨 있었다.

"하하! 보시다시피……."

왠지 가슴이 뜨끈해지는 느낌이 들어 제닌은 멋쩍게 웃을 따름이었다.

"으아아아아아! 이겼다! 이겼어!"

"대장! 봤습니까? 저희 실력이 이 정도……. 어라?"

전투가 끝나자마자 제닌이 있던 중앙 통로를 바라본 이들의 눈이 동그랗게 변했다. 이어 조심스럽게 다가가 통로 안을 살펴본 부하들의 얼굴은 더 큰 놀라움으로 물들었다.

"아무리 대장이라도 이건 좀……."

"사기… 같은데?"

부하들의 목소리 속에 알림음이 들려왔다.

[1차 몬스터 웨이브를 막아냈습니다. 경험치 360을 획득했습니다. 13골드 8실버를…….]

뭔가를 얻었다는 메시지가 줄줄이 이어졌고, 다시 시야 위쪽에 100이라는 숫자가 떠올라 하나씩 줄어갔다.

'뭐, 경험치는 많아서 좋네.'

대충 훑어보고 넘기려는 순간, 다시금 알림음이 들려왔다.

- 띠링!

[기준치 이상의 충성도를 가진 이들이 있습니다. 부하(follower) 시스템 활성화 가능. 이들을 부하로 받아들이겠습니까?]

눈앞의 메시지를 확인한 제닌이 씩 웃었다.

기다리던 메시지였다.

〈5권에서 계속〉